用爱吻你的痛

彭名燕——著

献给『以人民为中心』的中国救助

海天出版社
HAITIAN PUBLISHING HOUSE
·深圳·

图书在版编目（CIP）数据

用爱吻你的痛 / 彭名燕著. — 深圳 : 海天出版社，
2021.5

　　ISBN 978-7-5507-3099-1

Ⅰ . ①用… Ⅱ . ①彭… Ⅲ . ①报告文学－中国－当代
Ⅳ . ①I25

中国版本图书馆CIP数据核字(2020)第263440号

用爱吻你的痛
YONG AI WEN NI DE TONG

出 品 人　聂雄前
责任编辑　陈少扬　涂玉香
责任校对　万妮霞
责任技编　陈洁霞
封面设计　元明设计

出版发行　海天出版社
地　　址　深圳市彩田路2038号海天综合大厦7-8楼　（邮政编码：518033）
网　　址　www.htph.com.cn
服务电话　0755-83460239（邮购、团购）
设计制作　深圳市龙瀚文化传播有限公司（0755-33133493）
印　　刷　深圳市希望印务有限公司
开　　本　787mm×1092mm 1/16
印　　张　23
字　　数　285千
版　　次　2021年5月第1版
印　　次　2021年5月第1次
定　　价　58.00元

卷首语

　　拜读了彭名燕老师的大作及李延国老师撰写的序言后，我久久沉浸在作者所描绘的一幅幅救助者的"大爱图"和受助者的"众生图"中，深深地被感动着，被感染着，也在思考着……非常感谢作者为我们提供的这一精神盛宴。

　　迄今为止，社会救助还是世人所不熟悉的一个领域，相信通过本作品，会引起大家的关注和共鸣。

——民政部社会事务司司长　王金华

序　苦难与文明交叉的路径

在我的写字台上放着一部厚厚的报告文学《用爱吻你的痛》，想我老眼昏花，这得看多久？我随手翻了几页，没有想到这一翻我的心一下被抓住了，就像在平静的旅途上突然看到一座傲人的雕塑，伟岸而充满生命的尊严，不得不让我驻足仰望。

这是我闻所未闻、见所未见的流浪人群与救助人群血泪交织的人生百态——好一幅悲怆而壮美的长卷！每一个人的故事都令我嘘唏感叹。特别是那些如同在战场上抢救生命、救赎灵魂的当代英雄，令我潸然泪下，肃然起敬。

我一口气读完了这部气势宏大的作品，掩卷沉思。

我叩问自己：

我真的不知道，在中国有这样一群人，他们每年都必须面对近200万生活无着的流浪乞讨人群。

我真的不知道，在中国有这样一群人，他们每天都要面对全国规范在册的38种疾病，无可回避地在其中穿行。

我真的不知道，在中国有这样一群人，他们每天要面对面、心对心，张开臂膀去拥抱、温暖被遗弃的先天智力障碍者、失忆者、精神病患者……

我真的不知道，在中国有这样一群人，他们天天要在危险中穿行，全然不顾突发袭击对自己生命的威胁。

我真的不知道，在中国有这样一群人，他们经常要背着沉重的行囊，在严寒中、在暴风骤雨中、在猖獗台风中，为无力抵抗恶劣天气的人群送衣、送被、送食物、送热水，并动员他们到有屋、有床、有被、有白米饭、有姜糖水的救助站避难，自己却成了落汤鸡。

这一切，我真的不知道……

作为一个写作了半生报告文学的专业作家，我为什么失职，而让一位以写小说、电影剧本见长的柔肠的女作家彭名燕去扛起了这样沉重的报告文学题材？

我想，她的这部报告文学不是用手指在电脑键盘上敲出来的，而是用眼泪带着心血流淌到纸上的。她写了一个大爱的故事，她写了一群救助者和受助者血肉相连的故事。

无法想象，绝大多数受助者，有的几个月，有的几年，有的甚至十几年没有洗过澡，没有理过发，没有刷过牙，没有吃过一餐饱饭。他们瘦骨嶙峋，浑身污垢，街上的行人都远远绕开他们。

救助这些人，需要多大的责任心、同情心、慈悲心和人文情怀？

可贵的是，全书每一篇章都渗透着习近平总书记提出的"以人民为中心"的指导思想。深圳市救助管理站几位领军人物，普普通通的基层干部，作家用文学语言和生动的细节将人物的个性展现得活灵活现，从个性中去挖掘思想，在思想中融入我党不忘初心、始终把人民放在心中最高位置的博大情怀。

作品最触动人的恰恰就是塑造了中国民政一批有血有肉、关键时刻生龙活虎冲锋在前的英雄形象。这些英雄，不仅仅是公务人员，还包括了社会各界人士、义工、社工、公安人员、城市管理者、街道办事员、普通市民……他们不抢镜头、不出风头，平凡得像一滴滴水。但是在阳光照耀下，他们闪烁出钻石般的光彩。

"千里马"杨小明，深圳市救助管理站前副站长，十多年没休过一天周末和节假日，事业与他的生命融为一体，最终把他带到了他所攀登的顶峰，融进了天国的彩云间……

"头狼"付新生，深圳市救助管理站站长，刚来深圳时，他敢讲真话："来深圳是因为深圳的电视每晚有个香港台的节目，可以看到好莱坞大片，可以看到全世界的新鲜事。"考官感叹过去面试的人千篇一律地说"我来特区，是为了把特区建设得更美好"，敢讲真话的凤毛麟角。在惊讶中，这位喜欢听真话的考官录取了这位喜欢讲真话的考生。付新生，用如"狼"的智慧、如"狼"的气魄征服了喜欢他脾气和不喜欢他脾气的伙伴，征服了在他面前撒野的受助者。一次，他曾一把抱住一个要跳楼的精神病患者，救下了一个鲜活的生命，自己差一步就成了烈士。凡此种种，他为一个团队赢得了无数次奖励、无数个先进称号。

"苍鹰"杨立君，深圳市救助管理站副站长，有着苍鹰般犀利的眼光，能瞬间高度集中注意力的部队指战员作风。一上任，就遇到台风大作时高难的救助。之后，台风专门找他来"决斗"。在若干次狂风暴雨中，他用"鹰眼"搜索奄奄一息的流浪者，并在"战场"上向上司和同事偷偷"学艺"，学得了千里风雨无阻挡的实战本领，台风亦奈他不何。

有着虎背熊腰的猛男张维文，带领他的团队，救治了两百名多精神病人，帮几十个不知家在何处的智力障碍者回归家园。这些非正常人，有在站里待了三年、五年、七年、十年，甚至三十年的。

张维文和同事制作的大幅"笑心图"，搜罗了几十个原本满脸仇恨与冷漠之后转变为灿烂笑容的受助者的头像。纯真得如同叮咚泉水的笑容，感染无数参观者驻足致敬，拍照转发到朋友圈。

　　书中这一笔很有趣，当初选安置点领导时，因为条件艰苦，张维文并没有拍着胸脯说"我去"，而是回避在一边说"不是我"。后来经过激烈的思想斗争，他几乎是拿"枪"逼着自己走到"前线"，对着"战火纷飞"的战场说："就是我。"这是一个共产党员对党忠心耿耿的心路历程。

　　只顾面朝大地，不停顿地耕耘着，却不图虚名的"老泥牛"谢笑副站长，书中描写他的"三选妃子"令人在笑声中落泪。他是在救助管理站人满为患、亟须扩大的关键时刻立下军令状，找到一块"世外桃源"（正是后来的大鹏安置点），安置精神病院无法安置的病人，以及其他残疾人。

　　从大鹏安置点的选址，到被当地群众因"精神病患者集中"强烈抵制，他用党性激励自己，动之以情，晓之以理，直到群众终于理解点头，而且从点头成为帮手，从帮手成为密友，从密友成为一家子……这中间"耕耘"的艰难，没有牛一般的坚韧、牛一般的体力、牛一般的倔脾气，只会半途而废，前功尽弃。戏剧般的一波三折，让人在担忧中爱他没商量。

　　"和平鸽"李佳副站长，每临战时却露巾帼风采。脱去高跟鞋，擦去女儿妆，显露的是将军般运筹帷幄、决胜千里的阳刚气。特别是安置从外地托养回迁的200多名精神病患者，"和平鸽"李佳立了一大功。"和平鸽"看似弱小，却有飞越大洋的力量，她的职责是将病人送进医院，将死者送进殡仪馆……多少次，她面对恐怖的死亡，但是，她最终战胜了自己的恐惧，把责任担到了肩膀上。

　　除了这些一线的人物，廖云辉局长、陈肖月副书记这些篇幅给得很少的领导，作家虽仅仅用了三言两语，几笔素描，却勾勒出了其个性的轮廓。云辉局长"挽起袖子就开干"，陈肖月副书记"幽默文章舞翩跹"。

书中塑造了他们所代表的毫无官气、一身活力的当代官员的形象。

许多基层人物笔墨无几，形象却如《清明上河图》中的人物，形态各异，性格突出。珲哥、毛哥、吕哥、"狐仙唐"、"骆驼罗"、白雪姐、钱多姐、洛新哥……他们的名字在文章里轻轻一闪，却如同闪电般刻进了读者的记忆。为什么？因为珲哥们、白雪们把救助事业当成科研，不是简简单单出个苦力，而是如同探讨课题，用头脑、用思想去探索新路、积累经验，创造了八大"巴结"手段，巴结得许多智力障碍者有了唱歌、跳舞、画画、读书等兴趣和能力，极大地丰富了救助事业的灵性和智慧。不知不觉中，救助与被救助都成了社会和谐的强音。

以人民为中心，书写在这块圣土上，就是"以受助者为中心"，这是本书的一大贡献。

以人民为中心，何其得人心！一本书，借得深圳一席之地来抒发对民政救助的敬意。民政人一向低调，救助管理站的员工们总是用"做得不够好"来躲开记者和作家。但是，你把自己当灯笼"给出去"，为别人照路，那光能掩饰得了吗？义工方子君对朋友感叹，"世上真有这样一群高尚者"！

可以看到，越来越多的百姓走进民政腹地，在了解的过程中，深深爱上她、恋上她。书中所书写的社会各界与民政人共建"让爱回家"的绿色通道，正是党和国家"以人民为中心"发展思想的高度浓缩。

人民，人民，一切围绕人民！有党和国家这个大后盾，除了有一支浩浩荡荡的民政救助大军，还组织了一支心理咨询专业队伍，建立了强大的医疗档案库，专门研究如何从肉体到灵魂，对生活无着的流浪乞讨人群进行救助的课题。心理咨询师的登台，把生命救助与心灵救助联结在一起，使传统观念"命里一尺莫求一丈"变成"命里一尺可求一丈"，使中国的救助事业在世界上独树一帜。

看起来只是简单的改变，实则挖掘了救助员工全部智慧和爱心，换来这一人群"进来如鬼出去是人"的大变身。

拯救生命，救助心灵，这是"以人民为中心"的最神圣的职责。

由民政系统两万名员工组成的救助大军，背后不仅有党和国家，还有包括张世伟和方子君等的庞大义工群，民营企业家熊福章等的人道支援。书中对这一群体的描述也妙趣横生。他们心怀家国，尊道贵德，勇于与国家救助手挽手，分担重担。

民政救助虽苦犹乐。沐浴着真、善、美的人性阳光，不分白昼和黑夜，不分暴雨和狂风，挺直腰板，在天桥上、桥洞里，在大街尽头、小巷暗处，搜寻着需要帮助的人们。

救助员工和参与的民众，在履行使命时，目睹了受助者千人千面的苦难身世。在拯救他们的同时，救助者自己又经历着怎样灵魂的震颤和身心叩问！网友 Jenny_ 薇薇，因为用假币欺骗一位卖红薯老大爷而极度内疚，从此坚持帮助弱者，其道德自我完善的反思可圈可点。

掩卷沉思，不能平静。在中国的报告文学史上，很少像《用爱吻你的痛》这样的长卷，如此深刻具象，既有被侮辱、损害的受助者，又有舍己为人、公而忘我的救助者，苦难与文明双向交叉、重合，真正是一部有历史厚重感、把人民放在中心的新时代救助史。

作家彭名燕是以写小说、影视剧本起家的。万万没想到，她一转身，创作了这么一部沉甸甸的报告文学作品，带着她独有的小说的文笔和意境、影视的故事结构，把一部风格独特的报告文学震撼地呈现给了读者。

当今的报告文学也在与时俱进，需要各种文学体裁和风格的表达，使它变得越来越有可读性，越来越有审美价值以及历史价值和现实意义。

从纵向看，作品把时间拉到 1904 年，东北的日俄海战，国破家亡之际，上海首先建立国际红十字会分会，募集捐款，救助东北数万难民。1950 年，周恩来总理亲自参与修改中国红十字会章。截至 2017 年年底，全国救助管理机构已发展到 1800 多个，平均每年救助生活无着的流浪乞讨人员约 200 万人次。中国民政救助系统的干部职工用超负荷的毅力，串起了上下一百多年，独具东方之光，有中国特色的救助风骨，展现了与祖先一脉相承的人道主义。

从横向看，这部作品串起了英、美、德、法、澳、日、印等国的救助现状。作家用巧妙的写实手法，把枯燥的理念变成富有趣味的故事，通过不同国家不同习俗的救助手段与风格，展现了不同民族的救助个性。

红利在哪里？书中描写得很好玩。红利自然惠及了大妈、大爷的腰包，在"百姓的盛宴"中，大妈的扇子舞挥去了贫穷的愁容，引得"月亮的脸偷偷地在改变"，幽默是此书的又一大特色。

百姓心里那杆秤非常公正，谁个优，谁个劣，误差不出半两重。对于那些用自己赚到的钱去做慈善、资助贫困地区的演艺明星，百姓心存感激，书中给予了公正的肯定。

文章虽然展现了受助者的困苦，但对中国改革前程的展望也令人振奋。从城市到农村，特别是边远地区的巨大变化，使人们相信，当今时代是一个伟大的复兴时代，是一个梦想成真、"以人民为中心"的伟大时代。

就素材而言，其庞杂，其琐碎，其丰富，其奇特，其庞大，其沉重，铺天盖地、包罗万象、深不可测、高不可攀，"拎起来千头万绪，放下去针头线脑"。据作家自己说，她从来没遇到过这样的挑战，差点一连声"不不不"，掉头就走。完全是因着采访过程中一把眼泪一把鼻涕的感动，她才决定在分文不取的情况下，坚持下去。沉重的压力下，她感冒咳嗽达半年之久。我深知，一部大书，能耗尽一个人的精力。

　　祝贺彭名燕，她终于将一块硬骨头啃完了，并且留下无尽的感动让我回味。

　　燕子总归是要飞翔的。

李延国

专家评论

　　《用爱吻你的痛》这部作品在艺术上表现得很真诚，那种感情的投入以及态度的鲜明，让我看了非常感慨，这是一部很"正"的作品。

——中国作协副主席、书记处书记　阎晶明

　　彭名燕女士对社会救助事业的书写，是我们广东作家践行以"人民为中心"的创作导向的一个生动的诠释，也是作家有情怀、有担当、与时代同频共振的表现。

——广东省作协党组成员、专职副主席　范英妍

　　彭名燕老师以饱满的激情，温暖的笔调，一以贯之的爱心创造了《用爱吻你的痛》这一部文学作品，让大家共同关心救助事业，在此对彭名燕老师致以崇高的敬意。

——民政部社会事务司处长　曹洪峰

　　《用爱吻你的痛》这篇报告文学第一次全景式展示了救助事业的方方面面，在广东省甚至在全国，类似的作品都是不多见的。

——深圳市文联党组成员、专职副主席　张忠亮

　　《用爱吻你的痛》全篇视野宏阔，有历史纵向救助史的回顾，也有横

向世界文明坐标系的救助现状。苦难与文明交叉，承重与作为重唱，人物命运故事与时代背景叠影，是一首反映中华民族复兴征途上"希望"与"大爱"的时代交响曲。

——《中国作家》杂志社副主编　高伟

彭名燕是为国家宣传，为人民担当，为深圳写心。《用爱吻你的痛》这部作品追问在苦难与文明交叉的地方，人性如何绽放，有比较强的抒情性。

——《文艺报》总编辑、评论家　梁鸿鹰

我们的作家到底在关注什么东西？这是一个非常严肃的事情。恰恰是彭名燕这样一种写作，这样一种写作意识，值得我们提倡和学习。

——《中国作家》杂志社原主编、评论家　王山

《用爱吻你的痛》这部作品非常丰盈，各种情节和细节、存在的现象，彭名燕都写得非常细致，写得很到位。

——中国报告文学学会常务副会长、评论家　李炳银

彭名燕的视觉是什么？不仅是下沉，而且是平视。救助者和受助者没有不平等，无非是生活和命运不一样而已。她带着理解和尊重去写。

——中国当代文学研究会会长、评论家　白烨

《用爱吻你的痛》这部作品的重要性在哪里？在于作家找到了自己的叙事角度。报告文学可以很全面反映这个社会，彭名燕找到了自己的切入点。

——作家出版社原总编辑、评论家　张陵

《用爱吻你的痛》作品思想的表现，以及以大爱之心注重题材的协作，我觉得是报告文学当中新的东西。

——《人民日报》文艺部原主任、评论家　王必胜

彭名燕说"用爱吻你的痛"，从表面来讲，这个痛是指受助人员的痛，其实救助人员自己心里也有痛。所以我特别佩服她能以坚强的心理素质把这两层痛都承担起来了，我觉得真是太不简单了。

——中国作协创研部研究员、评论家　牛玉秋

爱是《用爱吻你的痛》的主题，也是这个作品的亮色。这部作品最打动人的地方是什么？贯穿作品始终的浓浓的爱。

——沈阳师范大学教授、评论家　贺绍俊

我们的报告文学更多是宏大叙事，光有宏大叙事没用，还要推出底层叙事、基层叙事、小微叙事。《用爱吻你的痛》就是一个小微叙事。当然小微叙事里面有宏大的主题。

——常熟理工学院党委副书记、博导，评论家　丁晓原

彭名燕这本《用爱吻你的痛》最根本动人的，包括激发更多人以后参与进来的，是它把悲悯之心放在人性这个大主题里面，激发每一个人人性里面的爱、同情和怜悯。

——中山大学教授、评论家　谢有顺

《用爱吻你的痛》这部作品具有非常多元或者多样的阐释空间，尤其是对于进入一个新的时代之后，如何用新的经验去抒情，我觉得这部作品提供了一个非常新鲜和有利的尝试。

——《解放军报》文艺评论版主编、评论家　傅逸尘

目录

下编　缝合社会裂缝的高手

引子 春天的手

阳春三月，北国冰雪尚未解冻，南国深圳却迎来了木棉花开的暖春。

放眼望去，满街皆是小红裙，一丛丛一簇簇，微风一吹，红裙左右摇曳，像旋转的芭蕾，在奔放的旋律中旋出了一座城的激情。这是一座丰碑之城，也是一座有担当之城。

"姚黄魏紫向谁赊，郁李樱桃也没些。却是南中春色别，满城都是木棉花。"这是宋代诗人杨万里的诗《二月一日雨寒五首其一》。这首诗在对人们诉说，这柔情、羞涩又质朴、热情的木棉花，是热身的芭蕾，喻示着春天到来啦！

2017年3月25日，春天的阳光为雨后满院子的木棉花镶嵌了一圈金边，这一树树的红花，把一个静谧空间的阳刚之火挑旺了。

位于深圳北环路银湖汽车站旁的一座神秘老院子里，执勤的保安正在巡逻。突然，大门传来机动车的声音，哦，是局里的车驶进了大门。从车里步出几位气度不凡的人物，执勤的保安定眼一看，单位的几位领导他当然是熟悉的，但是还有几位，看来看去也似乎面熟，却想不起是谁。

走在中间的那位好气派，肯定见过。电视？也许是在电视上。肯定是大人物吧？大人物到这"小庙"做什么呢？

"大人物"对他笑呵呵打了个招呼，这位当过兵的保安这才回过神来，等他回想起来敬了一个标准的军礼时，人群已经向救助大院走去。今天是什么日子，惊动了这么多气度非凡的人！

保安是位关心政治的退伍老兵，喜欢看新闻，也喜欢打听。直到下午，才听同事说起这一行人都是谁。中间那位是中央政治局委员、广东省委书记！哇！难怪似曾见过，确实是在电视上呀。

这么大的领导，没有一点架子，老朋友般笑眯眯地与左右边走边交谈。

那么左右随同的，定是省、市的重要领导无疑。

这么多的大领导突然造访，他没有提前接到任何书面、口头通知！当保安反应过来时，那叫一个悔呀！人家同他打招呼，他只朝人家背影行了一个"马后炮"军礼，太有失礼貌！但同事们传的小道消息，叫他又是一阵惊喜，原来他所工作的这个不起眼的单位，是这样有料，这样提劲……

也许空气被这喜讯震撼了，劲风一阵阵，木棉花开始大幅摇动，花瓣张开来了，仿佛是春天伸出的手。

著名歌词作家、曲作家石顺义、羊鸣，新近创作了一曲《春天的手》，部分内容如下——

　　当秧苗萌芽吐绿的时候
　　春天伸出了手
　　搀扶起幼小的生命
　　让希望抬起了头
　　…………
　　当花儿遭遇霜雪的时候
　　春天伸出了手

驱散了扑面的严寒

让美丽笑开了口

…………

天与地，山与海，花与草，城与人……全都伸出了春天的手。

党的十八大以来，习近平总书记强调的"以人民为中心"的发展思想，就是春天的手。

伸出春天的手扶起了谁的生命？为谁驱散了扑面的严寒？

让我们来展开一幅幅春天壮美的画卷。

上编

南海用涛声唱响"中国救助"主旋律

第一章　疯狂的红土地

金色的磁场效应！

其实，这世界上谁的嗅觉最灵敏？非流浪者莫属。哪里富，哪里穷，逃不过他们的耳目。当深圳刚刚起步，许多内地精英、实业家正在考虑要不要南下创业时，流浪者已经率先来到特区，在大桥下、公园里、火车站、汽车站，扎下了他们的"寨"。

说来也怪，那时的深圳经济特区，如果要进来，是要办通行证的，没有身份证的人办不了通行证，没有通行证的人，也就只能站在边防岗哨外面偷偷窥视两眼。将特区内外隔开的铁丝网绵延84.6公里，高2.8～3米，望上去壁垒森严，连苍蝇、蚊子也不敢冒险去闯那高高带刺的大网。要知道，全国各地办证必须经过公安系统，没有旁门左道可通。你拿1万、10万块钱也买不来一个通行证。没有通行证，除非是从天空、从地洞等特殊通道进来。

不得不佩服这一群有"特异功能"的"大侠"。

这些"大侠"来自全国各地，就像是有组织有安排，每天一批一群，操着各自的方言：北京话、上海话、山东话、河南话、湖南话、江西话、四川话……游荡街头，伸手乞讨。其人数之多、规模之大、来源之杂、流动之快，这在中国其他城市是找不到的，可谓一道移动的灰色奇景。

特别是那些智力障碍者怎么来的？他们不会表达，至今无从验证，就让这个谜随风而去吧。

那些手脚健全的，就像脚下踩了飞天轮，有人上午在深南东路见到某某浪子，两个小时后在蛇口码头又见到他，他的速度比宝马车还快！

疯狂了，全都疯狂了！连空气都疯狂了！

那些年，这里是荒芜之丘，荆棘丛生，万户萧疏，只有一条蜿蜒的红色土路，一直延伸至山的缝隙。山有三层，远远看去形同笔架挂了三支笔，于是就得名"笔架山"。

许多年过去了，笔架山已经被一栋栋高楼大厦挤得走形了，架子上的"笔"早就变成流金如歌的 DVD……

木棉花儿引来百花怒放，与蜜蜂蝴蝶共跳春之舞！爱满城、福满城，这座城每天都有新鲜事儿，这座城每个小时甚至每一分钟都有奇迹……

磁铁效应产生奇迹。如果一座城，连流浪者都不登门了，说明她穷得连一斗米都没有了。

那一年，历史对一座叫深圳的小城说，你好，深圳，你的城运来了。

深圳火了，感谢国家的政策！

曾几何时，辉煌的东方之珠香港，是深圳望尘莫及的标杆。1979 年，深圳生产总值为人民币 1.96 亿元，香港生产总值为 225.3 亿美元，折合人民币 350 亿元，是深圳的 178 倍。但是，深圳赶上来了。2018 年，香港生产总值 28453.17 亿港元，折合人民币 24000.98 亿元，而深圳生产总值为人民币 24221.98 亿元，首次超过香港。

中国的"硅谷"深圳，成就了一大批璀璨的企业——有逆势而上、仅 2020 年上半年营收就达到 4050 亿元的科技公司华为；至 2020 年年底，有市值曾达到 5.33 万亿港元、员工超过 7 万名的互联网企业腾讯；有市值超过 4900 亿元、员工超过 22 万名的汽车制造商比亚迪；还有市值接近 4000 亿元，并且拥有 60 架货机、超过 4 万辆运输车的巨无霸物流企业顺丰速运……

如今，深圳通过高速、高铁网络，已经跟香港、澳门、东莞、惠州、广州、佛山、中山、珠海、江门、肇庆串联成一个城市平台，这是一个巨无霸的经济集群。一个可以媲美美国旧金山、日本东京的世界级大湾区横空出世了！

腾讯、华为、华大、大疆、华强、康佳、海王、中兴、比亚迪、富士康、长城、深业、天音、雅昌、优必选……一批批长相俊美的著名企业，就在深圳的红土地上扎了根。受着海洋气候的滋润，南方阳光的爱抚，它们生长的速度惊人，从一棵棵小苗苗，"噌噌噌"就长成了参天大树。

红土地真的疯狂了！眨眼间华丽蜕变，褪去一身泥巴，成了一艘载着中国最先进高科技产业的航空母舰。

这艘航空母舰巨大的马力激起经济腾飞的千层波涛，天南海北的有志之士踏浪而来，要借船出海，借光求索。拥有高智商、高学历的人来了，白领、蓝领、红领、黑领来了，人瑞来了，自然淘金者来了，流浪者也来了。街上流行的普通话和各地方言，汇成一曲奇特的移民大合唱。人们揣着各自的秘密，都梦想着来淘一桶金、两桶金……

红土地"妈妈"得挤出每一滴奶汁去哺育她的孩子。本性善良的"妈妈"打起精神，硬是忍痛挤出全部乳汁，喂养八方儿女，包括大量无业游民。

要着重说一说，深圳经济特区不仅仅经济发展神速，其流浪人群之多之杂，在全中国也是绝无仅有的。林子大了，什么鸟都有。百花园鲜花盛开了，采花的、看花的、种花的、偷花的，呼啦啦全登场了。

这就是金色的磁场效应。

第二章 沧桑的笔架山，请你做见证

"大佬"和"细佬"的悄悄话

深圳笔架山是一片有十余座小山峰的丘陵起伏地，其中三座主峰二低一高，东西鼎立，形同笔架。老人说，这山聚宝聚气，后人得发，但是一代一代过去了，穷困咬住这块土地不松口，发在哪代后人身上呢？

笔架山脚下，有一座老式的五层楼房。它已经很老了，没有电梯，没有气派的落地窗，也没有大理石的墙面，更没有豪华的大门厅。带着20世纪70年代素面朝天的质朴，为工作在这里的人们敞开胸怀。

当然，相对老祖宗"大佬"笔架山来说，它再老，充其量也不过是"细佬"。

"细佬"心疼工作在这里的员工"随风潜入夜，润物细无声"的纯朴，心疼他们"俏也不争春，只把春来报"的老实，心疼他们"春蚕到死丝方尽，蜡炬成灰泪始干"的厚道。"细佬"甘愿与这里的男男女女、老老小小同甘共苦，竭力将自己的老态揣进老门窗的缝隙里，让老胳膊老腿儿不断焕发出活力，每天用笑容迎来送往。几十年来，它送走了一批又一批退休员工，唯独它自己，从来没有退休的奢望：台风来了，它得挺着；寒流来袭，它得守住；骄阳似火，它得受着；过年过节，它不敢合眼。但它却从无怨言，就像真正的爷爷一样为子孙遮风挡雨。

许多年过去了，它周围气宇轩昂的高楼大厦一栋栋拔地而起，它被包围在中间，像一座被水泥巨浪包围的小岛，与周围的喧嚣有些格格不入。

不过，它虽然没有四周大楼的豪华，却得益于这方土地的原汁原味：参天古树环抱着它，一年四季飘荡着小鸟的鸣唱；虽然黄墙黑瓦，普普通通，长期被雨水浸渍，老态龙钟，面容斑驳，却充满沧桑的神秘感，具有类似"古董"的特质。

它的窗户和大门，越看越像一个老人的眼睛和嘴，越看越觉得它想说话，想告诉人们藏在它心里半个世纪的悄悄话。它想告诉人们，这里有200多人，他们分散在3个地盘，担起了2000个人也担不完的担子。

他们的工作真的那样艰辛吗？

请看一看门口挂的四块热辣辣又冷冰冰的大牌子——

深圳市救助管理站；

深圳市庇护中心；

深圳市家庭暴力庇护中心；

深圳市未成年人救助保护中心。

一块牌子让人感觉是一列长长的列车在飞奔，四块牌子让人感觉是四列列车，在四条不同的跑道上向着同一个目标奔跑。

列车奔跑发出了强劲的回声，空气颤抖着。

风一吹，遍山的树、草在摆动，那是风在梳理"大佬"的胡子。

最精彩的是笔架山"大佬"对这栋比自己资历浅的老建筑"细佬"的悄悄话，在有风的日子，窸窸窣窣说得有滋有味，时而呜呜哭，时而嘻嘻笑，楼里的人都听到了，听惯了，明白不明白也都明白了。

他们在唠叨些什么呢？在这里工作的人们常常忍不住要猜想。

这两个"老头儿"经常会在一起聊共同经历的事。

有一天，风一吹，笔架山"大佬"捋捋他的胡子，对老建筑说："细佬啊,我看你平日里就算对那些心智不全、手脚残疾或者病病歪歪、破衣烂衫、肮脏邋遢、脸色很差的人,也总是笑呵呵。最近怎么了?你一直在哭。"

老建筑"细佬"说:"大佬,我们所有的人都在哭呢,你听到没?连我身边的树木花草都在哭,眼泪,到处是眼泪!呜呜……"

笔架山"大佬"叹口气说:"其实我全都明白。我在这里已经站立了上千年,周围发生了什么我全知道,我知道你伤心,但是他已经去了。你们的哭泣和怀念,他已经听到了。"

"细佬"说:"二十年前,我刚刚开门他就走来了,我们日日夜夜守在一起,感情毕竟最深厚,请大佬理解我对他的这份特殊感情。"

一阵风刮得树叶沙沙轻唱。"细佬"压低声音说:"风能传送秘密,或许已经把我们的悄悄话传到天国了,请风带去我们这里所有人对他的祝福吧。"这是悄悄话中的一篇。这座楼里工作的人,有人硬是猜出来他们在说什么。

至于"大佬"和"细佬"两个"老头儿"说的那个"他"是谁?我们来慢慢认识。

一匹穿着"红舞鞋"的"千里马"

自古以来,马,就是人类最忠诚的朋友,无论战争年代还是和平年代,人类都离不开它。特别是"千里马",最吃苦耐劳。古人传说它"日行千里,夜行八百",当然是比喻。这个比喻一直流传至今,这是对"马"的精神的最高赞美。

首先,我们介绍一位元老级的人物,就是"大佬"和"细佬"口中的"他"。

他叫杨小明，他并不是正职，是副职，为什么首先隆重推出他？接下来慢慢告诉你。

杨小明，1969年出生，在这里一待二十年，算得上是资深"老人"，人们习惯叫他"杨站"。

杨站是分管业务的副站长，他的特点是，脾气好，性格好，总是和颜悦色，对事不妄加评判。救助站令人头痛的新鲜事层出不穷，处理问题不当就可能大意失荆州。不必担心，杨站工作从来有条不紊，先什么，后什么，轻如何，重如何，他心里那杆秤不出偏差。这样的领导，不仅站里员工喜欢他，连那些受助的刺儿头也愿意跟他打交道。

他本是一匹良种"千里马"。形容这样的良种"千里马"，只消两个字——"暖男"。

"暖男"这个新名词现今已经被用滥了。并不是笑眯眯、好脾气的男人就能配这个称呼。真正的暖男必须具备这样的素质：用自己的体温去温暖别人的心；把天下的老人当成自己的老人疼，把天下的孩子当成自己的孩子爱。他笑时是温暖的，他不笑时也是温暖的。

马的体温比人的体温高，一般在38摄氏度左右。杨小明的"暖"是嵌进骨头缝里、融入血液里的暖。甚至在病榻上，他皱着眉，发出的气息也是"暖暖"的。就算他睡在那睡榻上，挡不住的暖流依然温暖着来看望他的人。

杨小明多年的经验使他对"救助"二字不仅仅有感性的依恋，更有驰骋千里的理性思考。

流浪人群一般都有深藏的隐私，他们有偏执的自尊、防护，拒绝别人的亲近，将心扉关闭得严丝合缝，可以说是针插不入，水泼不进。但许多流浪者被杨站发自内心深处的温暖所感召，有心里话愿意跟他述说一二。对那些不符合救助条件，必须短期内离站的人，杨站从来不会粗暴对待，他会把有关政策给他们解释清楚，一天不通，就两天、三天……凭经验，他看准了某某几天内能走，还真是准！他们果然就在预计的时间内心服口服地拎起包走人。用看穿千里风景的"千里马"来比喻杨小明，再合适不过。

这位救助站的业务站长，名副其实是一位中国救助史上的能手！高手！他成天动脑子，在一个本本上画呀写呀，全集中在如何把救助做到稳、准、好、精、省。

对受助者"心理辅导，疏通堵塞，打通回乡的路"，就是他与站长付新生共同创造出来的。

深圳市救助管理站 2015 年建立的五个工作机制，特别是"街面应急救助"，就是参考了他这样资深、经验丰富的"老救助"提供的第一手材料和建议。

那些年，还没有 QQ、微博市民报料，没有电话连线给 110、120 通报，也没有手机拍照发到网上，更没有微信朋友圈。在大街上巡逻查找流浪人员需要多少人力物力？大海捞针般游荡一夜，也许找不到一个，效率非常低，而黎明时分，却可能发现有人在严寒中死去。

"千里马"志在千里，他绝对不会近距离思考问题，他的眼睛看得见前面哪里有能吃上多年而不枯干的"大草原"。

2013 年，深圳发生了一起流浪者冻死在公园角落的事故。那天其实出去了许多人在街头巡查，恰恰没想到在那么大个公园的一个小角落里出了问题。杨小明在现场看到了那缩成一团的苍白僵硬的躯体。这个可怜的人，身上只有一件单衣，不知他临终前是不是试图找到一个能帮助他的人。

这件事引起社会的极大关注，指责声不绝于耳。当然，从另一意义上看，起码说明市民关怀弱势群体的热情上涨。其实，推敲起来，这事的责任不在救助单位。但是，有良心的救助者，却会本能地自责。杨小明受了深深的刺激，心痛得坐立不安。他日思夜想，连梦里都是那个死者可怜僵硬的面容。

终于有了一个好主意，为什么救助站不与覆盖面极广的社工机构联合呢？让全社会都来参与救助，还能漏掉一个吗？

"千里马"杨小明的眼光的确能透视千里之外，他与市局分管局领导、业务处室领导研究策划，建立了一个新型的街面应急救助机制，把110、120和救助站的救助电话全部连到一起，只要有人报料，救助系统的社工、公安、城管，三管齐下，全线出击！

这样一个好主意，让站长付新生兴奋不已。他握着杨小明的手连连说："好哥们，好同志，好兄弟，好搭档！"

用了杨小明首创的这个方法，四年里，深圳街面上没有发生冻死、热死、饿死、病死的案例。这事传到了香港。

当时香港社会福利署署长带着四十多人，于2013年到深圳街面考察应急救助措施的实施情况。2016年，他们再次来深圳考察交流。

紧接着，北京、上海、广州等四十多个城市的民政局干部和救助站站长到深圳大街小巷实地考察，他们来深圳并不是先到救助站，而是先看看街面。

街面是最能映照城市文明的镜子。他们的确没有发现失实的情况。

杨小明和他的上下级共同浇灌出的这一大面积民政文明之花，有着簕杜鹃的火热，有着白玉兰的冷静，有着木棉花的大气，有着使君子的韧性。

救助的经验转换成了智慧成果！这才配叫"华丽转身"。深圳市委、市政府《信息快报》于当年出专刊介绍此举，民政部举办的"全国站长论坛"也推荐了这一"三管齐下"的新举措。

这世界不缺精明人，缺的是忠贞不贰的仗义人。

央视曾采访获得中国最高科学技术大奖、被誉为"中国肝胆外科之父"的吴孟超老院士。尽管已年近百岁，吴孟超院士仍然在手术台上为患者切除肝肿瘤，创造了肝肿瘤外科无数个"第一"，从死神手里救回上万个肿瘤病人。吴院士时间最长的一台手术是十个小时。

有一天，他从手术台上下来，浑身湿透，坐在一把椅子上，双手颤抖。学生问他："吴老，您还好吗？"他回答："如果哪一天我在手术室倒下了，我是爱干净的人，记着要把我的汗水擦干净了，不要让人看见我一脸汗水的样子。"

吴院士说："这个世界不缺专家、权威，缺乏把自己给出去，奉献出去的人。"这句话如一块路边的石头，非常质朴，掀开外层，里面却如同钻石在闪光。

高尚者都有着高尚者共同的特点——把自己"给出去"。

"给出去"的精英里，有众多与民政无关的老百姓，更有我们民政事业的民政人！这部作品的焦点，早就从民政辐射到社会各界！

杨小明把自己"给出去"了。这个"给出去"，包含着民政人对党和国家的忠贞！是他带出的一个团队的忠贞！这样的忠贞，可以说，是用生命为抵押的。用广东话说，杨小明"有料"：有共产党员的料，有民政干部的料，有厚德的料……

这位非常优秀的副站长也许过于认真，过于较真，他实在太勤奋了，工作多的时候，何止几个周末不回家？救助站给他做了记录，他已经整整十年没有回家过春节和其他的节假日。

美国有一部芭蕾舞剧大片《红菱艳》。

一名芭蕾舞演员与作曲家相恋，不顾老板反对，结婚离开舞台。但是，她对芭蕾的热爱与对爱情的痴迷，使她分不清哪个更重要。她终于重返舞台，穿着一双有魔力的红舞鞋，跳啊跳啊，不能停歇，完全把生命与芭蕾融为一体。她不停地跳，停不下来地跳。她想停下来，但那双红舞鞋不会停下来，当她看见深爱的丈夫失望地离去时，不能停歇的红舞鞋带着她从高楼纵身跃入不能两全的深渊。

杨小明如同那位舞者，他爱妻子，爱事业，这种爱就像太阳和月亮，分不清"哪个更圆"。他穿着事业的红舞鞋跳呀跳，欲罢不能。

这部美国经典大片，居然和中国的救助人员遥相呼应——那不是童话，却比冬天里的春天更真实！

杨小明是把自己彻底一丝不苟地"给出去"了，他是十年，不是十个月，更不是十天没有回家过春节和所有的节假日啊！他想不想？当然想！他曾经悄悄对朋友说，他想念他的妻子和女儿，想到心里发抖。但是，想到他离开了工作，可能会有人发疯出乱子，心里会更发抖。他回家的路往往无形中转成回办公室的路。

他为什么要如此"苦行僧"般要求自己？不仅妻子不理解，就连身边的同事、好友、搭档，全都爱莫能助。没有人能理解完全把自己"给出去"的那种欲罢不能的滋味。

他至于"案牍劳形"吗？有必要"悬梁刺股"般要求自己吗？这样的"傻"值得提倡吗？

有人说值得，有人说不值得。

但是，无数类似"千里马"杨小明这样的人就是客观存在的，他们就是有一般人无法想象的献身激情。废寝忘食，分秒必争，生怕"给出去"的时间不够，恨不能挤出最后一滴血。这样的"给"，已经成了他们的下意识。应当说，这样的"给"是情理之外意料之中，与情理之中意料之外的常规相悖逆。

杨小明啊杨小明，哪个作家听了你的故事会无动于衷？只不过你太低调，让记者、作家、媒体寻找不到你的足迹。

国家的编制是很紧俏的，杨小明身边的帮手全都一个人当五个人用，都忙得焦头烂额，一刻不停歇。

于是杨小明就样样事情亲自上阵。阅读、整理、起草、上报材料。亲自到各个部门察看工作情况，安抚重病患者，护送精神病患者就医。他马不停蹄，常常忙到清晨才能合眼。这样的领导固然太优秀，当一个男子汉也太称职！杨小明的事迹，完全可以走上《感动中国》的舞台。

但是，当一个丈夫，他是不是称职呢？

称职也好，不称职也好，历史会出来说话。谁能料到，年轻的生命就在意气风发、蒸蒸日上的黄金季节遇到一个大坎。"千里马"终于跑得太累了……

为什么说是用生命做抵押？这样的评价哪敢轻易说出口？

话分两头，有关他的故事，我们留到下回再向诸位道来。

一匹冲在最前列的"头狼"

他，是一匹彪悍的"头狼"，后面跟了斗志旺盛的"群狼"。

头狼冲在前，群狼服它，不仅因为它很凶猛，还因为它很公正。干救助这种工作，就得有阳刚十足的"狼性"。

狼的智商，狼的团结，狼的悟性，在谁身上体现得最醒目？

第二个推出的是深圳市救助管理站前站长付新生。这是一位从海军部队走出来的军人，他的父亲、岳父全是军旅出身，他自己也是一身战士的气息，腰身永远挺拔，手脚永远正步组合。出生于 1958 年 6 月 1 日的他，嘲讽自己年年过儿童节，是永远的"儿童"。虽然 2018 年 7 月他已经退休，但他的童真却永远没褪色。

2009 年，他调入深圳市救助管理站就任"一把手"，昵称"付站"，微信号"天地"，正处级。

他的故事零零星星很难汇总，全靠朋友、战友、老乡、同事、同行提供。

说起敬业精神，他也丝毫不亚于杨小明那"千里马"的锐气。他十足是拼命三"狼"。

也真是奇怪，这里办公室那么老土，连个电梯都没有，接触的人那么"危险"，干的活儿那么脏累，报酬那么不起眼，但是，绝大多数员工来了就被牢牢吸住，一动不动。

付站何尝不是这样？稳如泰山，定力十足！有人采访他，说他"爱岗敬业、模范带头、严于律己、大胆管理、勇于创新，十六年来为弃婴、孤残儿、流浪乞讨者、流浪精神病人服务的第一线开创了多个亮点"。这段描述实在一般般，可惜了一条血性汉子的有趣个性。看他，要从正面背面侧面斜面立体透视，只要与他待上一周，就能得出一个结论：仗义男儿！拼命三郎！他拼命干，没想那么多远大的目标，他一是要为民政人争口气；二是拼命要为手下员工做个称职的"大哥大"，证明这座"老楼"那四块牌子的价值。

"仗义男儿""拼命三郎""火暴脾气"也许更能勾勒他的轮廓。这就是他的狼性！

十二岁时，他就胆子大得敢夜晚一个人到坟山上去走，敢一个人睡在墓地里。干救助这一行，就是要有这样的胆量。

好笑的是人们叫他付站，外面的人不知道，以为他是副手，也跟着"副站""副站"地叫。他听了微微一笑，从不澄清。有一位家乡人来到深圳，问起："你怎么总是一个副职？你的正职不提拔你，他对你不好？"他呵呵一笑说："好得跟一个人一样。我跟我的正职一刻也不能分离，我一辈子就是个'副'手。"

他就是这样，常常用插科打诨的幽默来浓缩一大堆废话，从他嘴里说出来的笑话，能让人睡着了也会笑醒。他是典型的幽默"狼"，放松时会对同伴引吭高歌，虽然有点走调，但激情很饱满。在大家沉闷的时候，他会用他的方式调侃。他有"三高"和其他小毛病，于是就拿自己开涮：我这个人哪，个子不高，水平不高，可胆固醇高；我这个人哪，喝豆浆不放糖，喝牛奶不放糖，但我尿里有糖；我这个人哪，大会不发言，小会不发言，可我前列腺发炎；我这个人哪，政绩不突出，业绩不突出，可我椎间盘突出；我这个人哪，底气充足，阳气充足，可我余额不足……这样的一个大活宝，走到哪里哪里就热闹起来，即便是死气沉沉的地方，他一去，就活力四射。

这位深圳市救助管理站的前掌门人，领头"狼"，绝对不是一个仅仅以身作则，只知道卖苦力、天天爬高走远满街救人的"绿林好汉"，他有他狡黠的智慧，时不时会长出三头六臂，应付危局。

十分风趣幽默的付新生站长，2002年调入民政系统工作，先后担任深圳市社会福利总公司总经理、董事长，深圳市军供站站长，深圳市社会福利中心副主任、主任，深圳市救助管理站站长等职务。

一个人的成功之路与个性密切相关。付新生的个性特点就是"狼性"——风风火火，快人快语，走路、吃饭、说话、睡觉、处理事情、布置工作全是快节奏。他性格火辣，急脾气，天生不会慢条斯理。工作太多，哪能允许他先热身？一睁开眼就得立即进入状态。一阵风刮过来，刮过去，常常风声在，人已成影。

最可爱的是，他是个通透的人，从来不搞阴谋，不在背后算计人，发脾气就是发脾气，说笑话就是说笑话，话里不藏弦外音，骂完人转脸就笑眯眯地与你肩并肩去食堂打盒饭。即使挨了骂，你也只敢悄悄嘀咕两句，之后你还继续爱他。

为什么爱他？爱他是因为服他，他与杨小明副站长都以站为家，忙起来就睡在办公室的那张老行军床上，一睡 10 年，床都睡塌陷了一个坑。这样幽默可亲、吃苦在先的领导，你恨完还得爱。

付新生的办公室外连着一间小型会议室。一张椭圆形办公桌，吃饭、开会，班子成员全围着它转。平日里，他们在各自岗位马不停蹄地忙乎，忙的时候就让同志们打饭到会议室来，各人就用这一丁点宝贵的时间在这张办公桌汇报各自的工作进展。别小看饭桌会议，一餐饭能解决一摞问题。

甲说，今天送进来 13 个成年人，其中两个送去了精神病院。

乙说，我们把那个大着肚子的妇女送进了医院，医生说，哪里是怀孕，是肿瘤。

丙说，这个月我们医疗费超出预算 9 万元，请站长审核我们的账单。

丁说，送回黑龙江的张老头，已经由当地民政安排好，养老院已经接收。回程时我们的员工遇到极大麻烦，没火车票，没长途汽车票，但是飞机是不能坐的，请站长了解一下这个情况，他们在滞留期间的住宿费、餐费怎么处理？因为他们的确是万不得已……

付站说，别说废话，一是一，二是二，说重点。

饭凉了，问题症结却是热乎乎地找到了。许多问题几乎不能过夜，同馒头包子一起，当顿吃干净。

快人快语，快餐快睡，快走路快如厕。快，快，快，已经成了这道门槛里的常规节拍。付新生连骂人也像狼一样凶。他常说："有意见？到茅房对着马桶说你的牢骚话吧。"夹杂着岳阳乡音的普通话，常把"房"

说成"黄"，把"话"说成"发"，挨剋的人常常啼笑皆非。

他无论到哪里，都是直来直去，不会拐弯抹角，总能与众不同，叫人不知该批他还是该赞他。

1988年，他从湖南来闯深圳，去当时的宝安县面试政府机关的文员。主考官员问他："你为什么要到深圳来工作？"他的回答令人大吃一惊。他说："深圳的电视每晚有个香港台的节目，可以看到好莱坞大片，可以看到全世界的新鲜事。"主考官一愣，脸色先是难看，仅仅三秒钟，从撇嘴换成微笑，又换成标准笑容，说了一句其他考官想说却不敢说的话："你真敢讲真话，这个问题我问了成百上千的人，回答千篇一律——为了把特区建设得更美好。唯独你，讲了出格的话。"当然，不用猜测，这位喜欢听真话的主考官，录取了这位敢于讲真话的幽默青年。那年，他不到三十岁。

之后，他每到一个新单位，总会把那里变得生龙活虎。这与他幽默风趣、敢讲真话、不虚荣、不虚伪的领导个性有极大的关系。

上梁正下梁不歪，头狼生猛群狼不衰。

强将手下无弱兵，他手下的人也带着"狼性"在大街小巷搜寻需要救助的人。付新生从小胆大心细，不怕被不领情的受助者咬，被咬了眼都不眨，天生就是干这行的料。

救助站整体责任心强，与领导的品质不无关系。付站有句口头禅："错了我承担！"十多年来，深圳市救助管理站创造了特区独特的管理模式。

"独特"二字，是一个通用词，谁都可以说自己很独特，但是，你没有超赞的业绩，怎么能证明你"独特"？

一个机关单位对社会贡献大不大，事业做得好不好，与一把手的智慧、进取、廉明和公正直接相关。

在这四块牌子的门里，没有两面人生根的土壤。

打开大门，没有社会上的差评，只有好评，你不信也得信！

2009 年和 2010 年，深圳市救助管理站党总支都被深圳市民政局评为年度先进基层党组织。2011 年，深圳市救助管理站党总支被广东省民政厅评为全省民政系统行风建设示范单位。2012 年，付新生被广东省人力资源和社会保障厅、广东省民政厅联合授予"全省民政工作先进工作者"荣誉称号。2012 年 12 月，民政部授予深圳市救助管理站"国家一级救助管理机构"称号。2013 年，付新生当选为深圳市民政局首届党委的纪委委员。2013 年，深圳市救助管理站的救助工作受深圳市委政法委通报表扬。

这样多的集体荣誉，可不是天上掉下的馅饼！

救助事业千变万化，有许多出其不意的突发事件，防不胜防，你接不接招？

有人说，救助没有一条可以拿来就用的规则，可不是，的确没有，全世界都没有。只能出台一些可参考的条文：什么人能救助，什么人不能救助，救助经费如何分配……一旦遇到各种突发的特殊险情，就得靠智慧来应付了。

在实际救助过程中，千奇百怪的个案太多了，在这样的情势下，创新和建立新的体系显得极为迫切。

付新生带领他的团队，结合实践，摸索出了一些新思路。这些措施读起来非常枯燥，却给实际工作注入了新鲜活力。

救助事业必须开掘出新金矿！他们与全中国的救助工作者一同在尝试，比如，"内病外治""自查自纠""疏导排解"……这是对内。

对外呢？特别是街面应急救助项目，代号"情暖鹏城"，救助了不计其数的流浪人员。

"情暖鹏城"这名字太一般，像一部 20 世纪 50 年代老电影的名字。但深入灵魂，却发现它内涵不一般，而且不是一部电影，是上百部电影的串烧。

六个机制和五种模式相结合管理模式，是付新生和他的团队推出的新思路。

六个机制：街头应急；科技寻亲；护送返乡；未成年人社会保护；危重病人和精神病人救治；滞留受助者安置机制。

五种模式：被动救助与主动救助；站内救助与站外救助；自行离站与护送返乡；登记接收与科技寻亲；社会救助与政府救助。

很枯燥，对不对？任何事业做精深了都会枯燥，越枯燥越有趣。不信走着瞧。

就拿影响较大的市民报料来说吧。

当今的微博、微信，都是新打通的报料渠道。你以为报个料就完事？可不那么简单。接到报料后必须半小时内到救助现场施行救助，之后要用微博或者微信回复报料人救助的情况，这不仅是工作的责任感，更是对报料人的尊重和感激。

这一铺天盖地的信息大网，把救助者、受助者、市民紧密连在一起。这股力量无可抵挡。

2013 年起，深圳市街面消除了冻死、病死、热死、饿死等恶性事件，在全国引发热评。

"头狼"付新生就是这样实实在在地做事，就如他这个人的个性一样真实。

深圳常年酷热，一年有 9 个月是坐着都流汗，付站和全体员工穿行在烈日下的大街小巷，他们的背上，总是大片大片的汗渍。

当然，汗水没有白流，近几年来，深圳市救助管理站年均救助 1.9

万～2.1万人次，每年平均为280～300人找到了亲人并护送其返乡。

危难之处如何显身手，是对领导者的一大挑战。

当突发事件来临，救助战线的领导者应当是什么姿态？千钧一发，生死考验来临时，领导者可能没那个时间布置手下人去冲锋了。

事故就是事故，事故哪能躲得开真实，真实哪能躲得开流传。

2014年7月，有一个从广西到深圳来找姐姐的何姓小伙子，一大早在救助站大门口徘徊，被巡查人员送到救助站，他只是说，到深圳找姐姐没找到，钱也花光了，身无分文。家里父母对他不好，他才出来找姐姐。看上去这个小伙子方方面面都算正常。但是，谁也不知道他是一个抑郁症患者。快吃中午饭的时候，付新生因为发烧在医院输液，突然接到电话说有人要跳楼，吓得他拔了输液管，跌跌撞撞进了救助站。

一进救助站，付新生就看到了这样的情景：小伙子爬到救助大楼的楼顶，因为是老房子，层高很高，这样的高度跳下来必死无疑。此刻消防和警察都到了。小伙子站在女儿墙空调的旁边。女儿墙只有一脚宽，只要一松手就会没命。

付新生急得一身冷汗。这种情况他见过，绝对不是危言耸听，更不是威胁。几年前也是同样的情景，有一个小伙子到深圳找父母，流浪街头，被送到了派出所。谁也不知道他是一个抑郁症患者。到了派出所，他"咚咚咚咚"以最快的速度爬上了五楼，爬到女儿墙要跳楼。当时凤凰卫视、深圳电视台、城管、消防都来了，都以为他是要提什么条件威胁一下。人们左劝右劝，他根本不听，足足折腾两小时。就在人们以为他可能回心转意的时候，小伙子一个猛子跳了，当场死亡。派出所所长因此受了处分。

付新生的"狼性"不仅表现在他冲锋在前，更表现在关键时刻的冷静、智慧和人性。

　　此情此景，使付新生感觉到事态相当严重。生命的消失，就在分秒之间。他急中生智说："小何，你等一下，你姐姐的电话联系上了，你快点来接你姐姐的电话。"

　　这出戏就这样演开了。付新生突然冒出如狼的狡黠。他假装打电话："喂喂喂喂，有这样一个人，对，姓何……"

　　小伙子流着眼泪说："你们都别靠近我，只要有一个人靠近我，我就跳！"

　　千钧一发之际，付新生的戏也演到了高潮，他大声喊着："喂喂，你是小何的姐姐吧，哎呀！终于找到你了！我找你找得好苦啊。你弟弟就在我们这里呀，他太想你了！你跟你弟弟说话吧。"付新生拿着手机向小伙子慢慢靠拢："快快，接你姐姐的电话！"小伙子半信半疑地转过头。

　　说时迟那时快，趁着小伙子转头犹豫的瞬间，付新生飞速靠过去，拦腰一把将小伙子扳回墙内，其他人一拥而上护住他俩……如果付新生的力气小于小伙子，他们俩肯定得齐齐栽下去；如果付新生的力气大于小伙子，他们两个人的生命都保住了。只听得周围一片女人的惊叫声，那是被吓、被刺激得情不自禁发出的恐怖叫声。有人用手蒙住了双眼，等他们睁开眼睛的时候，看见付新生已经抱着小伙子，双双跌在顶楼的地面上，两个人都如同瘫痪。

　　得救了，得救了！小伙子得救了！付站也平安了！紧接着是一片欢呼声，几名女员工流下了受惊吓的泪水。

　　付新生当时的确把自己的生死置之度外了。他毕竟是快六十岁的老"狼"，力气能大得过二十多岁的壮小伙吗？何况这个对手是一匹"野狼"。

　　后来，这个小伙子被送到康宁医院。第三天，找到了他姐姐。姐姐真的来了，来看这个叫她心酸不已的弟弟了。

　　有人说，付站不应当亲自救险，当领导的，没必要为一个不正常的人以命相抵；有人说，他的行为考验出一个领导干部身先士卒的优秀品德……

英雄所见未必略同。毕竟，敢于用自己的生命去为别人的生命垫底，这样的英雄不多见。如果好莱坞的编剧在这里，一部新"生死时速"大片可能会快速问世。

这就是"头狼"的智慧和勇猛。一头母狼为救狼崽是不惜牺牲自己生命的。付新生是把小何当成自己的崽崽了。

说怪也不怪，感动中国的人物，在这样的特殊行业里，拎出一个是一个。什么叫可歌可泣？他拦腰抱住小伙子那一瞬间，就是"可歌可泣"。幸亏他八十五岁的老母亲眼睛不好，不看报纸，很少看电视新闻。因为第二天，各大媒体就登了这一消息。他母亲如果看到了，不知怎么后怕呢。

用"头狼"来定位他，最为确切。

2017 年 3 月 25 日，中央政治局委员、广东省委书记到深圳市救助管理站视察后给予了表扬。

这就是本书引子的背景。

省委领导听了付新生讲述的六个故事，非常激动，紧紧握住付新生的手。

随行的省、市领导也给予整个救助站高度表扬。

付新生一再强调："是我们整个站的荣誉，不是我一个人的，绝对不是！"优秀，先进，优秀，先进……摞起他的奖状，一箩筐装不完。付站一再要求不要宣传他，他说："此刻，荣誉已经成了过去时。比我更优秀的无名英雄才应当纳入中国救助的备忘录中，他们比我伟大得多！"这是他的原话。

2016 年、2017 年，付新生连续两年被评为年度优秀工作者。这样的一批"红人"才是中国百姓最最喜欢的"红"，时间不会淡化它！

2017年7月7日下午，在深圳广播电视台1800平方米演播厅举行的全市民政领域先进模范人物事迹报告会是深圳民政系统有史以来规格最高、场面最大、影响最广的一次先进模范人物事迹宣传推广盛会。

如此大张旗鼓地热播先进模范人物事迹，真正体现了"要将先进模范人物像明星一样热捧，向社会传递和播撒精神文明正能量"的思路。

付新生他们自己没有提供任何这方面的素材，谦逊得令人尴尬。这些素材全是在报纸上查到，并在员工中核实的。

《深圳特区报》专题报道付新生等人的先进事迹

报纸是这样报道的："深圳市救助管理站站长付新生是六位先模中年龄最长，在市民政局基层单位任主管资历最久者。他将深圳救助工作做成全省最佳，却在台上低调地讲着自己，高调地讲述手下员工们的苦劳与功劳。他如数家珍般讲述着救助站里那些平凡琐碎，甚至有些婆婆妈妈的事情，背后却全靠‘把自己给出去’在支撑。”

当时付新生站长其实已经到了快退休的年纪（作品完稿时已经退休），但他仍是战士般腰板挺直，对事业饱含激情。他说，如果没有全社会和救助员工的努力，他个人的成就无根无基，不经风吹。

深圳人才济济，不仅仅因为政策、环境等等。来了就是深圳人，流浪汉来了也有尊严——这一条，是深圳市救助管理站用肩膀扛起的荣誉，尊严！尊严！还是尊严！这是做人之本，更是为人之本，更是立业之本，更是立国之本。

送人最后一程（殡仪火化）有尊严——这一条，有半边是深圳民政救助献上的精神厚礼，还有半边是民政局殡仪部门打造的人文力作。

活在这个世界有尊严，离开这个世界有尊严。还有什么比这更能留住人心的呢！

这正是救助站这一群“付新生”为此能挺直腰板的重要原因。

即使退休了，老了，望着孙子、重孙子，告诉他们，在这个世界上，曾经有过自己在红土地上耕耘的犁痕，长出的庄稼有过祖父、曾祖父汗水的滋养，那是多么美滋滋的“范儿”！

付新生的故事暂且说到这里。

好吧，就尊重他的意见，推出他下面的无名英雄吧。

“鹰”在捕捉猎物时的姿态

鹰属于猛禽类，能准确地发现 3 公里以内的目标。每当风暴来临之前，大多数动物都急忙找避风港，而老鹰却喜欢随着强风挥动翅膀飞上高空，毫无畏惧。

接着隆重推出的人叫杨立君，他是继杨小明站长之后的业务副站长。也真是巧合，这一职位，总是离不开姓杨的"杨家将"。他的眼睛，典型的笑眼，平日不凶猛，战时露杀光。就像老鹰的眼，能看到2公里以内的"猎物"。他微信名叫"顶峰"，这名字可真响亮。

顶，连接的是高天，正是老鹰盘旋的空间。

寒冬腊月　他闪亮登场

杨立君副站长2015年年底从部队转业，是说一不二的血性汉子。救助站又来了一条面目极为慈善、身材极为硬朗的汉子！员工们议论纷纷，故意找个借口到他办公室一睹风采。可不，中等个头，不胖不瘦，弯弯眼睛，圆圆脸盘，身体相当壮实，活脱脱是一尊佛像……人们私下里议论——从部队出来的，别看面相好慈祥，但眼神聚焦，好像一眼能看穿人的心，好有气场！杨立君，这名字响亮，是能镇住人的名字！

那么，他是一个称职的副站长吗？人们希望他是。"顶峰"果然不负众望，他如同一座山一样，顶起了付新生的半边天！他一边不停地阅读、学习关于救助管理的ABC，一边在最关键时刻，像一只雄鹰冲锋在前。

他来的时候，深圳正天寒地冻，这是救助站最吃紧的季节。

以前，每年到这种时候，付新生和老副站杨小明几乎24小时坐班，一遇紧急情况必须立即赶赴现场，就地指挥。"顶峰"这位"鹰男"可是踩着点子上岗了。这对付新生来说简直如获至宝。

天上掉下个"林妹妹"，不过这个"林妹妹"可不是越剧所唱："似一朵轻云刚出岫……娴静犹如花照水，行动好比风扶柳；眉梢眼角藏秀气，声音笑貌露温柔。眼前分明外来客，心底却似旧时友……"这个"林妹妹"似一座雄峰冒出头，膀大腰圆如劲松，走路如同一阵风，眉目眼角收锐气，活脱脱一只雄鹰盘旋在山峰！眼前分明外来客，心底却似旧时友——付站当时心里一震：莫非他们前世是兄弟？是父子？是亲人？是同窗？要不怎么会一见如故？

两双手握在一起时，付新生说："我好像在哪见过你！"杨立君说："我们长得有点像，国字脸，厚肩膀，不是吗？冥冥中神交已久。"

一见如故的"顶峰"真的是旧时友！来的当天就分担了付站的担子。他整整一天，眼不偏，头不抬，在办公室仔细查阅了各种资料和上面下来的文件。毕竟在部队是副政委，有文化基础，他牢记各种规章制度，记住重要文件的条款。晚上就到救助大院挨个察看：有多少张床？多少人？多少贮存的被褥？智力健全的有多少？不健全的有多少？仓库还有多少棉衣棉裤？阅览室的书籍适合文化程度不高的人阅读吗？翻烂了的书是哪几本？没人动的新书是哪些？篮球场上打球的人叫什么名字？……从第二天开始，他就接连处理了三起大事件！

当时正值 2016 年 1 月最冷的时候，20 日那天，寒潮突然来袭，最低温度 0℃，梧桐山见到了雪飘，这是深圳建市以来最冷的一个冬天。在这个最冷冬天的寒夜里，家家户户都窗门紧闭，有的打开了取暖器，有的打开了空调热风，有的打开了床上的电热毯，美美地钻进热乎乎的被窝，合上眼，满足地享受冬天里热乎乎的梦。

杨立君虽然并不熟悉民政救助的 ABC，但他天生有鹰性，在暴风雨来临时特别兴奋，展开翅膀准备冲向高空去发现猎物。他保持着在部队的特色，主动向付站请缨。他坚持说："付站，你放心，我是战士，在部队我们救助过受灾的群众，不用培训，我能边走边学，保证胜任！"正准备出发的付站犹豫片刻，把背包交到他的手中说："我们都是战士，我相信你！风雨交加，眼神要格外聚焦。记住，如果有人动手打你，你不能还手；如果有人张口骂粗话，你不能还嘴。实在有人不肯接受，你要把棉衣和棉被放到他栖身的地方，一个也不能漏！我们分两头，我现在去救助大院，办公地点就临时改在救助院一楼的图书室，有情况及时联系！"

就这样，"顶峰"来的第二天就披雨衣上阵！暴风雨来临，正是这只雄鹰展现身手的好机会！

精"鹰"偷偷学"艺"

深圳市民政局年轻的廖云辉局长不愧是新时代的领军人，"60后"的中青年，有着能承上启下的膂力和活力。原来云辉局长也是不惧风雨的雄鹰型人物！这天，他上前线指挥战斗，一身戎装，军大衣往身上一裹，脚上一双运动鞋，包里全是应急装备，有手电、药品、水、食物、绳索、小工具……不是为自己，是为了救助时以防万一的用品。他如同一个前方的司令，又像一个冲锋的战士，带领机关办公室救灾处处长钟礼银、救助站的杨立君、刚刚启动"情暖鹏城"应急部的唐薇虹部长……从夜里10点开始，到次日凌晨2点，打着手电，冒着暴风雨，在深圳各区的天桥底下、屋檐下、涵洞里搜寻流浪者的踪影。

有局长带头，员工们士气激昂，在带着海味的又咸又湿的狂风中寻找到一批龟缩成团的流浪者。如果没有及时得到救助，说不定就会有人昏迷，过度的寒冷是会使人缺血缺氧致昏迷的。

总是有人愿意被救助，有人不愿意被救助，这是不能勉强的。

"顶峰"杨立君不傻，他可是相当"精"，会时时刻刻不动声色向周围人学习。他在学云辉局长是如何对那些流浪者说话，他在学云辉局长笑起来嘴角弯曲、能让人温暖的弧度。

"顶峰"当时心里就有数了，笑容也是门学问，嘴角咧过了头，显得虚假不真诚；弧度不足，反而会让人感觉是冷笑，凉飕飕。他在悄悄琢磨偷偷学。

云辉局长平日对员工比较严厉，要求非常严格，他们有些怕这位上司。但是，在需要帮助的人面前，云辉局长的笑容没有离开过脸上，那些很不友好、抗拒救助的人，说出的话往往很难听，诸如"我永远不会去你们的什么救助站，我不需要同情"……但云辉局长一点不动怒，如同对方是自家的孩子，笑容在嘴边足足挂了四个小时，一直保持到救助结束。他的笑容感动了几个顽固分子，他们从抗拒到同意，最后终于上了救助大巴。

大多数智力障碍者非常愿意到站里受庇护。对那些实在不愿来站里的流浪乞讨人员，应急办的员工就从车上拿出棉衣、棉被、方便面等物资，直接送到他们的身边。

云辉局长胜过千言万语的微笑，杨立君记住了。这一下可好，"永恒的微笑"真的成了永恒，他上班下班，家里家外，笑容已经抹不去了。不信，你可以去亲自见见他，故意惹怒他，亲自品尝带着微笑挨骂的滋味。

杨立君还佩服一位外号叫"狐仙"的领导干部，她就是应急部部长唐薇虹。这位女士可是专门出没在狂风暴雨中的"女侠客"！狂风吹乱了她的头发，可她从来不顾自己的容颜。狂风中她那一头浓密的长发总是飞上天，如同瀑布倒流。

"狐仙"这个名字可是非常可爱的尊称。风暴里，谁的耳朵最敏感？是她。耳朵往那儿一伸，就能捕捉到人的动静。昏暗中，谁的眼睛最明亮？还是她。眼睛往那儿扫一眼，就知道有人藏在树丛中。这可都是狐狸的看家本领。唐薇虹多年救助的经验，把她锤炼成了有"狐狸"般敏锐的特殊嗅觉。"顶峰"品味到，那实际就是注意力高度集中、全神贯注的警觉状态。

你看唐薇虹，为救助者送上最及时的帮助。有个不愿意去救助站的老人，被"狐仙"三下五除二，一个软攻势，一声"大哥"叫暖了心，居然穿上了送去的新大衣。一阵香味，让他不自觉咽下了口水。原来"狐仙"趁热打铁，以迅雷不及掩耳的速度，捧出一碗热乎乎的面条。这个抗拒救助的老人，最终还是张开了嘴。

刚刚上任的精"鹰"杨立君，不声不响向他的领导、他的同事学习着。如同海绵一样吸收着各种技能。

杨立君暗中观察"狐仙"的点点滴滴，发现她走路快，说话快，出手快，刚刚并没见她手中有东西，一转眼，一盒方便面已经送到流浪者的手中。她会变魔法？难怪得到"狐仙"的美誉。

他身边的同事注意到，这位新领导学习非常认真，的确是快速成熟，如同一只苍鹰，在冷雨中，注意力高度集中，学着"狐仙"，眼光聚焦在某一个点，眼如老鹰，耳如狐狸，判断力超准。

这一学，立即发酵。杨立君把躲在桥洞垃圾箱背后的一个老人一把扶起，如果不是嗅觉灵敏，根本发现不了这个瘦弱不堪、奄奄一息的老人。老人就轻轻咳了一下，要是耳朵不聪、嗅觉不灵的，根本无从发现。那么多人，狂风呼啸，就算能听到，你哪知道是谁咳了一下，你哪知道是从哪个方向传来的声音……

这位特殊的"学生"第一次出手，就大获全胜。

杨立君对自己说，来日方长，心急吃不了热豆腐。快速观察，自然发酵，救助这碗饭不好吃也得变得好吃。

他如同干了十年的"老手"，面容镇定，目光犀利。第一次参与应急救助，这一夜就带回了20个受助者。那时，他像极了一只苍鹰，宽大的后背如同鹰的翅膀。

那时，站里有上百双眼睛在看着这位新领导有没有料。

事后，员工竖着大拇哥说："有料，真有料！"

杨立君偷着乐，心想："这哪是我有料？是局长有料，我的搭档有料，我偷了他们的料。"

把流浪者接回救助站，付新生与杨立君等负责人立即安排住处，安排厨房工作人员把姜糖水送到每一个人的嘴边，为他们驱寒气。

人们私下里说，这种最艰难的差事，一下就撞进杨站的怀，他太有"运气"了！

杨立君更乐了，心里说，运气也是"偷"来的。

台风瞄准他来决斗

第二件事是 2016 年的台风"海马"登陆，又被杨立君撞上了。兴许是台风专门找他来决斗的？

他带领人马，冒着被台风刮得人仰马翻、车毁人伤的危险，到紧靠海边的大鹏安置点，为受助对象加固安置房。那时，大鹏告急，狂风暴雨已经把围墙推倒，正企图推倒宿舍的大墙。已经有几扇大门被吹脱钩，像风筝一样只挂住了一个角，一不留神就会飞上天。

狂风，发出恶毒的叫嚣声，直腾腾地灌进受助者宿舍。几位值班的护工用身体将破门掩住，护卫着那些惊慌失措的受助者，他们在急切地等待救兵到来。

"顶峰"一到，往风中一站，真的如同雄鹰落地，一下就把人们的恐慌镇住。他一下命令，工具全部就位。搬运工、电工、木工、厨师、清洁工齐上阵，二十几号人敲敲打打，抬抬扛扛，捆捆绑绑，足足用了四个小时，才把所有被破坏的地方修复和固定！不过，上阵的员工一个个被淋成落汤鸡。

当"顶峰"一行脱下湿漉漉的衣服，才发现身上能搓出盐来。好在他们及时赶来，受助者没有一个被雨淋到，没有一个受到伤害。

最让杨立君感动的是，"海马"用最大蛮力猛烈撕毁大地时，又是他们的云辉局长冲了出来。云辉局长在风雨中驱车近三个小时，赶到大鹏安置点，去看望受助者和在那里对抗台风的他的宝贝手下。

平时一个小时的车程，云辉局长那天多走了近两个小时。一路上到处是被"海马"折断的枝叶和被连根拔起的树，车辆艰难摇晃着向前一寸寸地移动，时不时陷入水坑中，几次差点水浸死火。他完全可以通过电话和微信遥控啊！

云辉局长的车辆停在大鹏安置点门口，出车门的一瞬间，他已经被淋成了"出水芙蓉"。正在劳作的员工被冻得瑟瑟发抖，几乎没认出他们水淋淋的领导，还以为是什么师傅送工具来了。当认出是云辉局长时，个个是喜出望外，寒意全无。

云辉局长实在是放心不下他的部下。让他坐在办公室指挥，他哪坐得住！

杨立君热泪盈眶，幸好有雨水掩饰，否则他还会不好意思呢。

云辉局长的意外出现加快了修整的速度，天亮前，一切就绪。

杨立君在与"海马"决斗时，云辉局长也上阵。全体救助人员统统在与"海马"决斗。他们从内心对云辉局长产生敬佩之情，暗下决心，要对得起云辉局长和局里所有的领导。

宿舍门修好一关严，风再怎么猖獗也灌不进去，它扯着喉咙在门外叫嚣。云辉局长他们前脚走，后脚就出了戏剧性效果。突然，从男区宿舍里传出了响亮的"夜半歌声"。不是宋丹萍的夜半歌声，而是一个从早到晚唱《世上只有妈妈好》的智力障碍男孩的歌声。这大半夜，他怎么突然唱起来了？他是不是被"顶峰"们的行为感动，不知如何表达，于是操起他的看家本领，情不自禁唱起了"妈妈好"？他是不是把云辉局长和"顶峰"们当成妈妈了？完全可能！也许他理解的妈妈就是危难时来帮他脱险的人。

风，疲弱了，渐渐温柔起来，那时已经是第二天上午的七点钟了。

"海马"决斗失败，换了一副沮丧的脸，腻腻歪歪，很不情愿地败退了。

战台风战了一整夜的"雄鹰"们，这才歪歪扭扭，各自倒在沙发上、椅子上、行军床上昏睡过去。

员工中有不认识杨立君的，以为他是木工呢，说："这位师傅，木工、铁工、电工、泥瓦工，全能。"

看，杨立君（右一）杵在那里，定力十足，像不像一尊"佛"

杨立君来了短短两年多，已经提出十几项建议，无论宏观还是微观，他都是付新生非常称职的左膀右臂。

有一扇"虎背"的猛男

虎，体长可达 2 米，重约 200 千克。虎的各亚种中，体型最大的是东北虎，平均体长 2.8 米左右，尾长 0.9～1 米，平均体重达 350 千克。虎足智多谋，总能巧妙地发现目标，和目标周旋。

第四个要推出的是大鹏安置部部长张维文。

张维文，1969 年出生。他，1.74 米，75 公斤，人高马大，虎背熊腰，从外形看，特别是从背后看，身子宽厚，头也不小。如果倒退 40 年，那些叔叔阿姨肯定会对他妈妈说，你儿子真有点虎头虎脑，好可爱。

这位虎头虎脑的男子汉，在深圳市救助管理站一干就是 20 年。

这位从业 20 年的资深老救助，点子特别多，别看他粗拉拉，却心细如发，典型智慧型。经验出智慧，我们姑且先把他定格在"虎男"这个框框里。

就是他，带领手下 85 名员工（如今已 104 名），在 200 多名智力障碍者、精神病患者及失忆者身边转呀转，揣摩行动策略，终于让 81 名不说话智力障碍者不仅说话了，而且说出了自己的名字和家庭住址。

奇迹！奇迹是怎么出现的？

且看由他带出的与他有着同样虎性的"虎男虎女"们的智慧有多么出彩吧。

先说说张维文目前的职位吧。他是深圳市救助管理站大鹏安置部的部长，用"领导""科长"来称呼他，的确浪费了一条汉子的生猛特点。

　　虎男张、"教头"张、张部长、张头……这是张维文集多种色彩于一身的爱称。

　　位于深圳市区的救助站，早已人满为患，实在无法疏散，怎么办？急坏了付站、杨站一班人。

　　有一天，付站做了一个梦，梦见他们的救助站不在城区，而是在一个被荒废了的工业区旧厂房。他模模糊糊看到许多熟悉的面孔，还有太多不熟悉的面孔，他们在林中采蘑菇，就像他自己小时候在空旷的林中采蘑菇一样，拎个篮子，跑来跑去，把采到的蘑菇放进一个大的空屋子里……这个梦给了他一个启发，为何不到外面用便宜价格，租用一个或者两个安置点，将受助者分类安置，这样或许可以解决救助床位稀缺的老大难问题，也能解决救助大院拥挤不堪的燃眉之急。

　　这可是一个非常大胆的设想，站外设站，是一个大工程。

　　云辉局长，这位也有着头狼冲劲的生猛领导，可不是人们想象中的老气横秋，打着官腔的官。他与他年轻的手下有着共同的思考和共同的目标，所以能一拍即合。只要是对党对国家对民众有利的事，挽起袖子说干就干。

　　付站的建议得到上下一致认可。他们开始选址，终于选好了位于人烟稀少的大鹏湾，离市区 57 公里，一个村办的旧厂房，这里荒废了 10 年，荒废得不成样子。

　　但是，没想到，双方谈判不成功。当地民众一听说要来一批残疾人，吓得面如土色，当然是反对没商量，阻挠的办法更是层出不穷。

　　后来，是怎样从严重对抗，到初步理解，再到和谐相处，这中间有一个长长的比登天还艰难的过程。这个故事留给后面谢笑副站长来讲述吧。

　　总之，最后是以廉价租赁的形式拍板。付新生带领副站长谢笑、办公室主任毛渝新和业务部长张维文等一帮人马，用了将近一年的时间，硬是一点一滴、一砖一瓦，选了最便宜的工程队，一个个亲自上阵，风里雨里，灰头土脸，建起了一个能接收 300 ~ 500 名残疾人的安置点。

怕蛇的"虎男"选择了"入蛇洞"

话得说回去。当人们兴致勃勃实地考察之后，一个个脸色骤变。

为什么？

废弃 10 年的建筑，姑且不说苍蝇蚊子会成群结队攻击人，拳打脚踢也赶不走。最恶心的是老鼠一家一户地打了地洞筑了窝，小眼睛闪闪发光，旁若无人自由自在地进进出出。更可怕的是，蛇也来凑热闹，公然与老鼠打成一片，成了地洞邻居。当付站率领的第一批考察队到来时，两条青花蛇就从人们的脚边"嗖嗖"溜走，吓得队员们一个个连滚带爬地往外冲去。连胆子极大的付站也"噢"地叫了一声。两个胆大的小青年，居然敢抓住蛇尾，抡一个圈，将它们扔出好几米。

就是这个地方，这副原始的模样。可想而知人们会变成什么脸色。

因为价格便宜，这个安置点你愿意不愿意就这么定了。

那么谁去挑这个担子？

开会时，大家沉默了，一向自告奋勇挑重担的团队，居然没有人开腔了。也许是那两条蛇旁若无人的傲慢影子在脑海里挥之不去？

付新生的眼睛盯住了一个人。他是谁？

他就是膀大腰圆的张维文。

张维文回避了付站的眼神。付站就直直地盯着他，大有咬定青山不松口的架势。

张维文不得不说话了："我……不适合。并不是 57 公里吓住了我，那对我来说小菜一碟，而是……"

付站调侃道："一条蛇吓坏了一只老虎？！"

张维文委屈地说："我这一生，没有怕的东西，唯独怕……这么说吧，这份差事不是我的菜。"

"蛇？"付站步步紧逼，"我就不信你这么大的块头，会被一个小东西吓倒，人选暂时不定，明天接着开会，现在散会。"

这一夜，不知共产党员张维文是怎么辗转反侧的。

第二天，没等到开会，张维文主动找到付站说："我去！"

付站一高兴，说："蛇呢，我来帮你解决。我们一起去，你看我怎么生擒它！我们逼得它们统统搬家。你想见它们？想都别想。"

这就是张维文当上安置部部长的全过程。他不是像人们想象的那样伟大，拍着胸脯当英雄，而是经历一夜的斗争，才痛下"进入蛇洞"的决心。

不是我的菜也得是我的菜。

怕蛇偏偏踏入蛇洞，这才是英雄本色。

整整一年的创建，远非人们想象中的"翻新"。这完全是在废墟上重建，先推平，再打地基，比新建房屋要难多了。老水电腐朽了，时时喷出无法控制的火光和大水。重装水电是一大考验；承重墙推倒重建，天天呛喉咙……到处都是离奇的艰难。这样的额外付出差不多使人要反悔了。什么破烂地方！不值，太不值！但付新生这头"狼"硬说值了，"虎男"张维文也说"当然值"。一"狼"一"虎"配合得天衣无缝。那时杨立君还没上任，如果他上任了，有这只"雄鹰"结实的翅膀一顶，那就更加罗曼蒂克了。

老鼠们、蛇们果真搬家了。想见它们，想都别想！应了付站的预言。

"虎男"张维文和他的伙伴们热汗洒大鹏，传为佳话。

大鹏安置点经过改建，自成一体，种上花花草草，安上明亮的电灯，巧打扮一番，一处废墟居然出落得如同一个世外桃源，最适宜安置那些自闭症患者、智力障碍者和失忆者。

当时第一批预计接收300名以上的患者，加上80多位员工，总共约400人将落地在此。

万万没想到，大鹏安置点"犹抱琵琶半遮面"轻手轻脚害羞的举止，引起了轰动，"用最小的支出，换来最大的收益"随风四处飘，成了引来全国各地有关单位争相参观学习的"样板"。一夜之间，它红了，颇有一点点明星效应。

目前，该安置点已接收安置了超过300人。省、市、区、局等各级检查组一边检查一边啧啧感叹，给予好评。

谁能想象得出来，这里曾经是鼠蛇共舞的地方。

远离深圳城区57公里的大鹏安置点，每天驱车上下班，单程需要一个半小时，堵车的时候需要两个半小时。这样远的地方，属于深圳的"深山老林"。没有娱乐场所，没有超市，没有小商小贩，甚至连小吃店都没有。谁愿来？当初张维文的犹豫，情有可原。不过，当它红起来时，人们争相报名，也是情有可原。

云辉局长、陈肖月副书记领衔拓荒，硬是把这里开发出来，中国民政的史册将会有它的一笔。

第一批将要接纳的是没有生活能力的受助者，包括自闭症患者、精神病出院者，以及完全失去记忆的无名氏，共300名。他们有的有暴力倾向，有的永远不对你说一句话，有的甚至敌视你。之所以把他们送到远离城市的安置点，正如前面所说，就是怕他们一不留神溜出去，出口伤人，出手打人。更重要的是，让他们听听大海每天的热情倾诉，让他们在大海的怀抱里，在海风的轻吻下，渐渐康复。

到这里来上班的员工可是辛苦了，连汽油费都不能报销，每个月起码多花费千把块钱开销，又不增加工资，又不提升职务，谁愿意离开妻儿老小，离别温暖的家，有时一别一个星期，甚至一个月。这笔账算来算去合算吗？

付站和杨站看着张维文那宽大的背影，人家也是上有老下有小，家也要他照顾。想到这里，付站也有些心疼，毕竟到这里不是来听涛声，而是来担沉重担子的。付站说："如果能允许，我来，轮不到维文了。"

张维文部长，这位"虎男"一个扭身，转换了他人生舞台的另一角色。要说，他也是地道元老级，在这个单位一干20年，孩子都快要中学毕业了。他与智力障碍人群打交道已经积累了20年的经验，这个新角色，他还是有底的。但是，他要做的这道题是X+Y=Z，全是未知数。

付站说："莫急，车到山前必有路，X+Y=Z，我们解得开。"并嘱咐他，"保护好你的受助者，也要保护好你手下的救助者，你自己嘛，当然也要保护好！"他回答："我早有准备，不信试试，你假装犯病来攻击我，看我怎么让你不受伤，乖乖地睡下，这可难不倒我。来呀，单打？双打？我们来较量一下。"

当然，他没有说大话，之后，他的确很好地保护了那些犯病后有攻击性的受助者，不过，他自己受点小伤的事却时有发生。脸上有痕迹无法掩饰，他有点不好意思。其他部位，他用长袖一挡，长裤一盖，在几位站长面前挺有面子。

"虎男"自从来到这里安营扎寨，哪敢打盹，磨去老虎"尖尖"的虎爪，换成肉乎乎的温柔，不到一年，就捧住了300多张受助者的笑脸。

那道数学题中的X+Y=Z，他们正在慢慢一环一环地解。

若干年后，解开了——X是男性的阳刚，Y是女性的柔情，Z是受助者家乡的太阳。

工夫茶的热气是人的气场

那天离正式到大鹏安置点上班还有 5 天，张维文驾着自己那辆老别克提前报到。他要深度熟悉内部结构和外部环境，每一扇窗，每一扇门，每一个通风口，每一条管道，每一棵小草，每一朵小花，他都必须仔细观察，画在本本上；员工的花名册，"落户"的"房客"编号，他都必须仔细核对。

守门的老头是新来的，给他打开门的时候，用不信任的眼光仔细盘查。因为他长得很壮，你要说他是招来的保安也可以，你要说他是从上面下来视察工作的干部也可以。张维文就带着这几种身份跨入了他新的家。

没想到的是办公室的门是开着的，他的几位副手已经笑呵呵地等待着他了。桌子上刚刚沏好的工夫茶还冒着热气。张维文一颗忐忑的心立刻放下来。有这样得力的左膀右臂，他还有什么可担忧的？

他数了数，来得比他还早的有负责人事内勤报账的副部长欧佩芝，负责现场管理的主任科员曾兴建，负责安全生产的主任科员程学旭，还有优秀员工晏荣莉（人事）、刘四富（消防）、谢正泰（厨房）、阮欢周（水电工）、孙跃康、刘帝（均为医生）、罗付才、付乐新、徐起国（均为男区护工）、白雪、仙姐、钱多多（均为女区护工）。整整 15 个人。这位威武的"虎男"，一时脆弱得眼泪差点流出来。

一股热气扑腾而起，分不清是工夫茶的热气还是众人热乎乎的气。

一周后，一车一车的"神秘宾客"就来这里入住了。

按照计划，先来了 102 个男受助者和 99 个女受助者，分别被安置在早就写好了名字和编号的男区和女区。

下面的任务，张维文首先是熟悉新来的社工。这些人真的不容易，在这样一个远离城市的僻角，不是三天五天，而是三年五年，甚至一辈子，做着这样艰苦又特殊的工作。这不是每个人都能坚持到底的，特别是那些对人生充满梦想的帅哥靓女。张维文真担心有一天他们会辞职，到时他会变成一个光杆司令。

正式员工的情况也得掌握在心。他仔细阅读员工的简历，有两个大学生！其他的，高中毕业的占多数。临时工呢？他们的情况也必须掌握。那些从安徽、河南、湖南远道而来的临时工，可是支柱啊！以后的架子要靠他们来撑呀！那时，这里开出的工资是每天80元，这些人背井离乡来到这荒郊野外，图的啥？他们完全可以谋到更好的生路啊。到这里来工作，属于一半义务，他们的觉悟真的那么高吗？只能走着看吧。

好好爱惜他们，好好对待他们，好好留住他们！张维文天天要对自己说上10遍。

难度很大！

首先是张维文自己的老别克耐不住寂寞了，常常半路抛锚，气得他时不时重重揍它两拳，也怪，车挨了几次揍，只敢嘀嘀咕咕，不敢随便耍脾气了。有一天，车驶向大海的臂弯时，它喘息得像得了哮喘的老头。张维文问它，你又怎么了？老别克吱吱呀呀地抱怨着，只有它的主人听懂了。

它说，这里没有超市，没有电影院，没有餐馆，没有娱乐场所，离市区那么远，给我加个油都困难，我总得饿着肚子跑，你不能换回原先的差事吗？

"虎男"张维文发起脾气来也同老虎一样，恶狠狠地说，住嘴！我不喜欢城里的灯红酒绿，这里山青水绿，没有污染，你实在讨厌这样的生活，我就把你换了！

老别克看来对主人有感情，渐渐平息了抱怨，之后表现也还算乖，别说 57 公里，张维文经常到外地开会，送受助者返乡，一跑 200 公里，甚至更多，它也用一把老骨头扛住了。张维文觉得对不起它，就用空闲时间把它里里外外擦得锃亮，让它喝得足，一把老骨头硬是焕发了一阵青春。后来，实在心疼老别克那一把老骨头，也为了省油钱，张维文还是忍痛割爱，把老别克换成了电动比亚迪。不过，他说梦里还是驾驶着老别克。

那时候，老别克闲着的时间，就看着它的主人傍晚休息的时候，在封闭的山脚下走呀走……

首先，张维文要把自己留住，而且是把心留住，要熟悉和喜欢这里的一草一木。

走呀走，走呀走，这就是他休息时唯一的乐趣。路边 200 棵树，被张维文数得手生老茧，树也生老茧了。这也是他同妻子通话的固定时间。数完大树再回来数他那一群需要帮助的"宝贝"，看看有哪个恢复记忆，终于想起自己的妻儿、父母。

大海天天打着同样节奏的呼噜，翻着同样粗糙的泡沫，他也就天天就着大海的呼噜打着自己的呼噜，伴着大海的梦做着同样有海的梦。他甚至对大海说：求求你了，歇一下你的呼吸器官吧，你无时无刻不打呼噜，太累了！

他把自己留住了。

张维文每天除了要服务、照顾好他手下的 80 多名护理人员、医务人员，更要对受助对象的饮食起居负责，帮他们恢复记忆，缓解病情，送医求药，八方奔走，上下联络。

太多太多的奇迹触动着张维文的心扉，使他抑制不住激情。在他的提议下，热爱摄影的"铁哥们"陈军，将镜头对准他的左膀右臂，特别对准那一群可怜得让他心痛的受助者，制作了一幅幅生动有趣、救助者与受助者和乐融融的摄影作品。

其实，陈军是学煤矿机电的理工生，1986 年就当上机械工程师，曾经在井下工作过 3 年。20 多年前，他曾经是义工联的正式义工。被聘到大鹏安置点时，他几乎放弃自己工程师的职业，前前后后待了一年。这一年，他与大鹏安置部的张维文，与全体工作人员结下了深厚的友谊。他同时又是摄影师，镜头之下的救助画面真实生动。他离开大鹏时，许多人流泪了。之后，陈军经常"回家看看"，来了就为他熟悉的"亲人"拍照，为他照顾过的无比挂念的流浪朋友拍照。

中国救助的"清明上河图"

上百幅珍贵的图片，排列出阵容，有如中国救助事业的"清明上河图"。

这幅"笑心图"，选取了几十张笑脸，这些春天般美丽的笑脸，可不是简简单单地张个嘴就了事的。

智力障碍者几乎没有任何表情。这一张张笑脸，是护理人员年复一年、日复一日的叮咛、呵护，呕心沥血，用汗水、智慧、激情换来的！张维文说得好，无论聪慧还是愚钝，健康快乐才会有欢笑。为了留下受助者自然纯朴的笑容，摄影师"铁哥们"长时间近距离地与受助者待在一起，捕捉他们最美的瞬间。

不知哪一天，大鹏安置点一面大墙上出现了一个大大的、用人头像组成的"心"形图。仔细琢磨一下，如果你在纸上写一个心字，奇怪，这个"心"字，如同满腔的热血在沸腾中溢出了心界；那三个点，就是救助员工的热血涌出来的；图片中那些笑脸，就是受助者的快乐从嘴巴里"喷"出来的！路过的人们总会放慢脚步或是干脆停下来，感受开怀的笑容里传递出的愉悦与欢快。许多来参观的局外人都抢着在照片下拍照，借点这里的正能量。

深圳市救助管理站大鹏安置点的笑容照片

　　安置点所有员工，都会拍一张这样的照片，拿回家向老家人、朋友炫耀一番。张维文对家里老小说："看到没？这是被爱抚开的笑容！"

　　受助者呢？他们也特别喜欢这"笑心图"，一个个争着抚摸着墙上自己的脸，发出朗朗的笑声，仿佛在给自己的笑脸配音。

　　谁说笑容仅仅是瞬间？瞬间已经定格，变成永远。社工们最希望的就是让受助者的家人也能看到亲人的笑脸。

　　他们的亲人当然看到了，不仅看到了，还把脸贴着亲人的脸，让护工拍照发到他们的微信里。有多少个人的朋友圈，就有多少人能目睹中国民政"去爱别人"的"5G信号"，是怎样一波一波绵延不断地向四面八方发射的。

这样美的照片早就具备了漂洋过海的资本，没有人能阻止这些美丽的笑脸为国家传播正能量。

听听来参观的人们是怎样说的吧：这是党和国家的笑颜，是人民的笑颜。这些笑容是属于所有人的，不能私藏，要让全深圳、全广东、全中国，甚至全世界都看到。

刚刚说过，"虎男"自己也常常因为救助别人而受伤，再威猛的老虎，也对突然袭击防不胜防啊！当他的妻子用手抚摸丈夫嘴上的青紫时，心痛地说："你怎么还是不注意呢？你那么有力气，就挡不住别人的拳头？"

他风趣地说："这可是吻痕哦，我去吻精神病人的拳头，你不要吃醋。"

"虎男"和"铁哥们"的作品，完全可以命名为"用我的爱去吻你的痛"。

能将镜头对准最底层的需要帮助的人，从表情挖掘内心的感知，大鹏安置点的张维文和"铁哥们"，完成了一件最接时代地气的杰作。

张维文，用他老虎般强劲的力量、老虎般的智慧、老虎爱子的深情，保护了一群曾经受伤的"羔羊"，让他们从不知笑是什么滋味，变成了天天笑不离口。只有在这里工作过的人，才体会得到"笑心图"里面藏着多少日日夜夜的焦虑、多少令人心碎的眼泪。

只要面对这幅"笑心图"，"虎男"张维文总是忍不住热泪盈眶。他对记者说：这些笑容就是对我们工作的褒奖，这些笑脸就是我们解开高深方程式的数据。

操碎了心，被打肿了脸，牺牲了亲情，熬红了眼，"衣带渐宽终不悔，为伊消得人憔悴"，张维文他们心甘情愿。

只识泥土不看彩云的"老黄牛"

斗牛＝开荒牛＝老黄牛＝倔牛＝汗牛＝泥牛……

牛，是中国人最信赖、最依恋的好朋友。

牛的最大特点，就是坚忍不拔，持之以恒，以耕耘为己任，无论刮风下雨，无论酷暑严寒，总是坚定不移，一辈子脸朝黄土背朝天，埋头苦耕。

这里所要推出的一个"牛人"，他的"牛性"与他的成就，简直就是一头倔强不服输的老黄牛，也可以说是"牛市"中最顽强的潜力股。

他的名字叫谢笑，是深圳市救助管理站的副站长。

人们背后叫他"牛人谢"。称他为"牛"，必有缘由。

牛，厚道得叫人无语，也倔强得叫人无语。

上面说到大鹏安置点选中现在这个地址，而拍板拿下这块"宝地"难度之大，挫折之多，花絮之杂，匪夷所思。

大鹏安置点建点前，整个深圳还没有专门场所来安置精神障碍者。这些人除部分在医院治疗外，大部分处于康复或者半康复状态，需要延续治疗。

有些有智力障碍的受助者，因无法提供明确的信息，找不到家，长期滞留深圳。据统计，目前仍然有五六百个这样的人。

由于深圳实在没有足够的空间，从 2011 年开始，救助站开始将这些长期滞留人员异地安置在化州、东莞、惠州的相关机构，进行托养和治疗。

2011 年到 2015 年，救助站发现对异地托养鞭长莫及，监管力不容易到位，而且生活环境、生存质量比较差，达不到相关的要求和标准。2015 年 7 月，深圳市民政局发出督办令，要求在一个月之内，将在东莞和化州的异地安置人员全部回迁深圳，只有惠州的暂缓。

回迁后，如果将这些人安置在救助站临时救助区域，实在太拥挤了！精神病人与精神病人挤在一起，相当危险；精神病人与智力障碍者挤在一起，后果更加可怕。

2016 年年初，救助站二期建设全面展开，临时救助区域须推倒重建，原本住在这里的人又得重新安置。

在这种情形下，深圳市民政局指示救助站，快速另觅地点来安置流浪人群。

深圳经济特区寸土寸金，土地价格蹿山越脊，你买得起？租得起？另觅地点？这可是一道 1 加 1 不等于 2 的超级难解的数学题。

这一座极不容易攻克的堡垒，就是谢笑用了一年多时间硬给攻下来的。

2015 年下半年，谢笑调到市救助站任副站长，接到的第一个任务就是寻找适合建立临时安置点的场所，条件是价格一定要便宜，要用买十个鸡蛋的钱，买到十只会下蛋的老母鸡。

行！深圳说小不小，说大不大，边远一点的地区，肯定有符合条件的处女地正在等待他去开发。

谢笑如同初生牛犊，觉得这样的事情他一个大男人肯定能搞定。

他带领唐薇虹、毛渝新几位能开车、能吃苦的领导，在全市寻找适合的地点。上面要求面积至少六七千平方米，能够安置 300 人左右，生活设施要相对方便，但又要相对偏僻，避免在居民密集区，要达到三级救助管理站的标准和要求，重点是确保安全和符合规范。这些要求确实比较苛刻。不不，是很苛刻。

前前后后花了差不多一个月时间：盐田、宝安、福田、罗湖、光明、南山、龙华……多走一步就出市了；风里，雨里，泥泞里，废墟里，一不留神就成泥猴了。没完没了地开车、停车、上车、下车、进门、出门、走走、跑跑、说说、诉诉，每天重复这一个套餐组合行动，一不留神就成机器人了。

"牛人谢"没想到，原以为很简单的事情会是这样麻烦。地方倒是有，但按照上面所要求的条件，不是这个不符，就是那条不对。没有一个十全十美符合条件的"宝地"。

有一天，谢笑的老婆盯着他左看右看，说："你是谁？怎么那么黑？你干什么了？打网球了？踢足球了？""牛人谢"摸摸自己的脸，居然搓下一层皮。深圳毒辣辣的太阳，把不涂防晒霜的那张脸给晒坏了。

选地址如选妃子。

偶尔看中一处，如同一个"三条人命"的段子：远看爱死个人，追不上急死个人，走近一看吓死个人。

"牛人谢"，拒绝远看。就像选妃子一样，走到面前，左看，右看，前看，后看，上看，下看……

两个月下来，怎么也选不上中意的"妃子"。有人说，你是不是走火入魔了？选个址要那么复杂吗？"牛人谢"梗起脖子，说："就是走火入魔，选，就要选最合适的，马马虎虎不是我的菜！"那架势，真像一头倔牛。

直到大鹏天翼工业园综合宿舍楼犹抱琵琶半遮面地出现了，"牛人谢"才在惊喜中大笔一挥，将不符合条件的其他几个"备胎"画上叉。

大鹏这个地方三面朝海，是一个半岛，自然条件优越，空气质量一流，对那些需要良好环境康复的救助者来说，实在是有着疗养价值的世外桃源。加上占地面积、水、电符合需求，周边没有居民，不会扰民。该厂房仅有的业务都已转移，只剩百十来个工人。更主要的是，租赁该综合楼的老板原打算建养老院，已做了前期的投资和改造，取得了养老院的资格证，消防也已报备。简直是"踏破铁鞋无觅处，得来全不费功夫"。

他想起南宋辛弃疾的《青玉案·元夕》最后几句："众里寻他千百度，蓦然回首，那人却在，灯火阑珊处。"

一锤定音。"牛人谢"与综合楼的老板谈妥，非常友好地拍板。

"牛人谢"对自己的眼光非常满意，他和毛渝新、唐薇虹得意扬扬地向付站汇报，兴奋的付站又立即向云辉局长和陈书记汇报，上上下下对他的辛苦给予极大的肯定。

救助站对围栏、热水器、床位进行了一定的添置，并且委托深圳市日月社会工作服务社开展3个月的试点，送去20个长期滞留人员（10男10女，部分是智力障碍者）先住下，感受一下新环境下的康复作用。

这样的结果不是很好吗？"斗牛谢"也好，"牛人谢"也好，"泥牛谢"也好，反正这头"牛"终于可以歇歇他的腿了。

但是，好事多磨，恰逢大鹏那边领导换届，新班子上任，要仔细复查各项工作的安全性和合理性，要经过现在的部门认可并加盖公章才能继续开展工作。

谢笑当时很蒙，但仔细想想，新班子这样认真，完全可以理解，加盖公章就加盖吧。

但没想到，事情越来越复杂。因为牵涉的是精神病患者、智力障碍者等非正常人群，前面说过，当地居民非常抵制，很怕他们犯病后出来伤人。新班子上任，肯定要谨慎又谨慎，这完全可以理解。但后面遭遇的困难，是"牛人谢"没想到的。

撤退，当然不可能了。救助站二期工程已全面展开，站领导正考虑将这些回迁人员安置在大鹏安置点。谢笑硬着头皮走进当地政府的大门时，多少有些发怵。

有人说，你还是撤退吧！

他说："撤？我的字典上没有这个字，我偏偏要坚持！直到政府理解我，爱我。你不信？走着瞧！"

付站和杨站他们偷偷乐着，真是一头地地道道的"斗牛"！

走着瞧？"牛人谢"可是给自己出了难题了。

不知多少次，每天来回 115 公里，进进出出反复交涉，但并未得到对方支持。对方认为，社会组织托管长期滞留流浪人员，国家没有发布相关的标准，因此存在一定的安全隐患，除非救助站亲自管养。

救助站将此情况上报民政局，民政局经紧急磋商，在大鹏召开协调会，同意在 3 月期满后由救助站自行管理该安置点，同时民政局同意救助站在大鹏设立安置部，接管民营机构的托养试点工作。这大片的"土地"，还得谢笑这头老黄牛继续耕耘。

他太累了，耕耘的是一块看不到边的坚硬水泥地。

本来，他可以休整一阵子，但他知道自己的责任没了结，于是对领导说："还是我来。"

协调的结果：2016 年 3 月，救助站正式接管大鹏临时安置点。

"牛人谢"又以为可以松一口气了！

可一个"临时"又引来了麻烦。

其实"临时"仅仅是过渡的意思，并不是真正的"临时"。在协调过程中，当地政府认为既然是"临时"，就要限期搬离，时间暂定为 2 年。

当地政府没有错，这是规矩。果然，在这 2 年里，大鹏安置点的工作陷入了孤军奋战的局面，进退两难。

"牛人谢"的倔劲犯了，他说："当地领导有他们的难处，我们要理解。我们放在这里的都是非正常人，我理解他们的心情，况且人家对我们的工作性质不了解，这是我的问题，我承担！我们不给当地政府添麻烦，我们也不给市领导出难题，化解矛盾，我来试试看。"

"倔牛"又要把老"根据地"当新的处女地来耕耘了。他换了什么新式犁器？

救助站一方面积极协调解决，另一方面向上级报告，反映所遇困难，要求设立永久安置场所，寻求各种解决方法。

深圳实在太热了，他天天热汗涔涔，加上途中修车的油泥、狂风刮起的尘土，渐渐地，他就成了"泥牛"了。

"泥牛谢"是怎么深耕细作的？

他每天来回大鹏，路程 115 公里，多次走进不同单位的办公大楼。

每当这种时候，他就给自己鼓鼓劲，面带标准笑容，专门去到与他有过误会的领导办公室，真诚给人家道歉，说自己工作太粗心，许多情况没有解释清楚，造成的误会由他一个人来承担……当地的许多公务员，大多是有文化、有同情心的现代官员，并不是不通达的老夫子。"牛人谢"锲而不舍的牛劲，使一些与他有过冲突的人反而对他产生了好感，从冷脸变成热脸，从不可通融变成"商量商量"。

是啊，你牛个什么劲？要是你家里闯进来一批素不相识的非正常人员，你不抵制才怪！人家是在尽自己的职责，你有什么可抱怨的？

想通了这一点，"牛人谢"觉得天高云淡，呼吸顺畅。

铺垫了"见面有话好好说"的基础，"牛人谢"觉得他的"对手"非常可爱，当对方的脸蛋由冷变热时，他恨不得抱住对方亲一口。

他问一位当地公务员老乡："是不是觉得我们那里非常神秘？"老乡回答："神秘而恐怖。""牛人谢"说："神秘不神秘，恐怖不恐怖，要眼见为实。想不想去参观一下？"老乡说："不是不让外人进门吗？""牛人谢"说："你们不是外人，你们是我们的亲戚、亲人，我们欢迎。"

出于好奇心，大鹏的领导干部也非常想进来这个神秘的门洞看个究竟。

盛邀之下，大鹏有关单位的领导同意到站里参观。

那时，大鹏安置点像个大姑娘，已经有模有样了。男、女二区干干净净，医生、护工各就各位，区域规划井井有条，床铺安放整整齐齐，患者活动丰富多彩，厨师烹调手脚麻利。这里哪里像精神病人的康复区，完全像个招待所嘛。

人心都是肉长的。大鹏的公务员看到那些被不法分子伤害致残的受助者时，极度同情，极度震惊！有些干部毫不掩饰地泪流满面。看到救助人员给嘴歪眼斜的受助者洗脚、换药、喂饭、剪指甲、理发、按摩……他们又感动得泪流满面，老泪未干，新泪又涌。参观的过程就是思想转变的过程。

思想深处架起了双方体谅的彩虹桥！

这以后，双方经常开展联谊活动。安置点这边有联欢活动，邀请大鹏的朋友参加，大鹏那边有活动也邀请安置点参加。友谊一天天在加深，矛盾一天天在弱化。真是"情到深处花自开"。

"牛人谢"的耕耘成功了，老根据地的水泥上长出了庄稼！

稳定了！稳定了！

大鹏够哥们儿，够仗义，国土、消防、城管的工作人员成了大鹏安置点的座上宾。

打起了精神，这以后的硬件建设，全是"牛人谢"一手撑起。

"牛人谢"说："这里条件差，没人愿意来，得要抽签来派人。我就非把它建设好，让人们抢着来。"

"斗牛"又口出狂言了，但付新生相信他的狂言必能成真。

肯定有人持另类看法。付新生说，你想让他失败都难！

大鹏安置点前期的投入主要针对老而无返的养老人员，远远满足不了救助站安置长期滞留的智力障碍者的需求。"倔牛谢"带领他的人马，从饭堂、仓库、居住区的改造等方面入手，实现了自己扩充设施，"尽量不花国家钱"，"白手起家"的"狂言"。

仓库没有货架，救助物资无法摆放。当时预订不到大型货架，谢笑说，我们自己来！他还真有鬼点子，动员安置点工作人员自己动手，利用已有的铁架床，一层一层将其用铁丝捆扎起来。这种自制的货架又宽又能承重，还能搭两三层向高处发展。得！不花钱，解决问题了。

那么多受助者，洗衣是大难题。部分受助者生活不能自理，身上有异味，衣服换洗、消毒是个大问题。小型洗衣机远远满足不了需求。

"倔牛谢"通过网络，淘来一整套物美价廉的二手大型洗衣旧设备（包括洗衣机和烘干机）。但这"胖贵妃"进不了门，怎么办？牛人说，破墙拆解！

于是，一面墙被推倒，终于把那"胖贵妃"请进来。这"胖贵妃"脾气不小，你左整右整它不给你面子，就是不启动。"牛人谢"的牛劲又犯了，他说："我收拾不好你这个胖子不姓谢。"

他和站里的几个工程人员，硬是没有花钱请技师，自己鼓捣鼓捣，把那"胖贵妃"拆个胳膊卸个腿，折腾得实在不耐烦了，终于服软得任人摆布。调试成功！

"胖贵妃"洗衣机隆隆唱起歌，周围的工作人员拍手叫好！"谢站，谢站，你太牛了！"

人们在背后取笑，说，牛人真牛，妃子就有俩，选中的地是"大贵妃"，洗衣机是"二贵妃"，他还想搞出排着队的"贵妃"。

果不其然，"倔牛谢"还解决了厨具的问题。食堂原先只有两台炒锅，油烟机也坏了。谢笑与跟此不搭界的工程部帅哥们，从维修旧的设备开始，从市区站内调拨旧的、已不用的"老婆婆"冰箱、"老奶奶"消毒柜等进行修复，全部重新利用。一大堆旧貌换新颜的老"贵妃"被他搞得重新焕发青春。

太多的琐事，全要这头"倔牛"操刀——

给卫生间加装防滑垫。

为防止智力障碍者误触误碰开关，将插座改设在 2 米以上高处。

将有棱角的床改为圆角。

增加无障碍通道和护栏，方便行走不便的残疾人员。

对排风扇和排风管进行改造。

…………

大鹏安置点附近人烟稀少、杂草丛生，那些暂时搬家的大蛇小蛇毒蛇，大有卷土重来的趋势。已经有大蛇袭扰了，吓得人们尖声怪叫。用雄黄粉效果也不好，而且雄黄粉属于管控物品，无法满足安置点的长期需要。"倔牛谢"与工作人员一起动手，在围栏上扎起长长的防蛇网。大蛇果然被挡在外面，几番突袭都受阻，只好另觅家园。这一大隐患一消除，人们的紧张情绪就缓解了，否则女员工晚上不敢睡觉。

"牛人谢"连解决医疗器械的问题都包揽了。从一台血压计、一个急救箱、一个听诊器开始，大鹏安置点医疗设施设备一点点地完善着。谢笑的妻子说，你管那么多闲事，累不累？他说，闲事就是我的事。"牛人谢"，你怎么有那么多的精力和耐力，不断推出新花样。

看，最近他又耕出了新领域：与精神病专科医院康宁医院签订定期巡诊协议，每周两次到大鹏巡诊。

与当地妇幼保健院签订躯体疾病治疗合作协议，实现患者就近救治，该院还为大鹏安置点开辟了一块专门的救治区域。

…………

太多太多的琐事，别人看着头痛，谢笑这头"开荒牛""老黄牛""倔老牛"却能化腐朽为神奇。

"牛人谢"（中）在为大鹏安置点搭建雨棚

"牛人谢"（右二）在调试监控仪

耕耘，收获；收获，耕耘。他没有停止过面朝黄土背朝天的劳作！

在大鹏安置点，"有问题，找谢站"。他俨然成了一个有传奇色彩的"耕耘高手"。

真的应了他的狂言！两年以后，救助站的员工抢着来这块被开垦得鸟语花香、被海浪温柔爱抚的港湾上班。

随着大鹏安置点的运行逐渐规范化、精细化，自安置以来对周边的居民确实没有带来干扰和危险。

慢慢地，不但大鹏新区管委会认可了安置点，周边的居民也百分之百认可了救助站的高尚事业。深圳人对"慈善"二字情有独钟，他们公认这是慈善事业，不仅认同，而且主动投身其中。

可不？现在的部分社工、护工、水电工等，都是从大鹏当地居民中挑选出来的。当地的社会团体、街道、医院、企业常常主动捐献物资，或提供免费体检服务，或联合举办各类表演活动。安置点与大鹏人成了铁哥们！

大鹏当地的义工，更是鼎力相助。大鹏人就这样质朴、可爱，一旦认可你了，他会爱死你，想死你，并为你遮挡风雨。

大鹏安置点如今成了一个香饽饽，来参观访问的人络绎不绝！

"牛人谢"在这块希望的田野上不知疲倦地耕耘着，正如臧克家笔下的"老牛亦解韶光贵，不待扬鞭自奋蹄"。

衔着橄榄枝的"和平鸽"

第六位推出的是谁？

一位娇小玲珑、眉清目秀、有着古典美人特征的女性副站长登场了。

别看她外表柔弱，其实内心的强大、个性的坚韧，一般女性可能要甘拜下风了。

和平鸽轻盈的身躯、坚硬的翅膀，使它有飞越大洋的得天独厚的资本。

救助站基本上是一个男性世界，全是硬朗的线条，这是救助站的工作性质决定的。第一，救助的对象绝大部分是男性。第二，救助站的工作强度和不分昼夜的工作时间不太适合女性。

而这位女性，就像是从这座雄性森林里面飞出的一只美丽的小白鸽。

这只小白鸽，可以称她"和平鸽"，她的嘴里是衔着橄榄枝的。知道她身上挑的担子后，也许硬汉也会惊掉下巴。

纪委书记，这副担子不轻吧。党委副书记，这副担子更有分量吧。副站长，而且是分管医务（包括托养、死亡善后）的副站长，这副担子足够重吧！

柔弱的外表下面，深藏着一颗坚强的心。

她的名字叫李佳。

我们都知道，鸽子有较强的飞翔力和归巢能力。一只幼小的鸽子，在一个地方长大后，它永远不会忘记自己的"家"。可爱的鸽子性格温顺，行走的姿态似高视阔步，显得非常高雅。它们翅长，飞行肌肉强大，故飞行快而有力。

"和平鸽"李佳，的确有类似鸽子的特点，身材娇小，走路昂首，行动利索，温和兼刚强。该温和时，她能将铁石融化；该出击时，她翅膀一展，飞翔一万里不说累。

诺贝尔文学奖得主、英国知名作家威廉·戈尔丁下面的这一段话，太形象了！

　　我觉得女人自称和男人平等真是太傻了，因为一直以来，女人都比男人优秀。无论你给一个女人什么，你都会得到更多回报。你给她一粒精子，她给你一个孩子；你给她一座房子，她给你一个家；你给她一堆食材，她给你一顿美餐；你给她一个微笑，她会给你整颗心。她会使你给她的东西放大和增倍。

　　女人往往比男人坚强。许多人这么认为。

　　前面说过，深圳市救助管理站算得上是现代社会的一块净土。

　　这世界不可能到处是公平，到处是笑脸。总会有人觉得委屈，总会有人心里不平衡，这非常正常。李佳把有委屈的人当成自己的亲兄弟姐妹，以心换心，常常用自己的切身感受开导他们："看看那些可怜的受助者，我不得不感恩我的现状。虽然我也有许多委屈，我形象不好吗？气质不好吗？学历不高吗？饭碗不丰盛吗？国家给了我这么多，老天都在保佑我顺风顺水，为什么我还时时会有那么多的怨言？我也为自己不能再上一个台阶苦闷，为自己眼光太高而迟迟没解决婚姻问题而迷惘，为朋友亲人不理解而烦恼。但是，我有手有脚有头脑有思想有学历，有房有车有稳定的收入。细想一下，国家对我不薄。一个位子，那么多人要争，总有人要让步。命运给了你我健康的身体、清醒的头脑，我们没有理由为一点小得失而苦闷。你权衡一下，会发现，我们这些有稳定工作和收入的人，不管走到哪一步都是人群中的幸运者……"

　　这些肺腑之言，没有说教，没有指责，是从心窝窝里流淌出来的暖流，带着极大的穿透力，让有一肚子委屈的人心里亮堂一阵子。

　　在深圳市救助管理站，每天天一亮，男人们几乎都在外奔忙，留守办公室的几位女人，总是眼不偏头不抬地对着电脑敲敲打打。用风清气正来形容这里，并不过分。深圳市救助管理站连续多年获得先进、模范党支部称号，获得广东省民政厅的表彰，与这位女纪委书记的配合分不开。

付新生说："我的后院不着火，在前方拼命的战士就没有后顾之忧。"

那么，这只衔着橄榄枝的小白鸽到底做了什么事情，让男人们都对她另眼相看？

一场应当是男儿出手的硬仗被谁打响了？

现在让我们来翻开 2017 年 3 月 28 日～ 30 日的日历，那是从惠州精神病医院、福利院回迁 216 名受助者到深圳的日子。

按照省委的统一部署，在异地托养的人员要在 2017 年 3 月底前全部接回本地安置。

这是中国救助史上，更是深圳救助史上具有划时代意义的大动作！

受助者的尊严与救助者的尊严一样重要。

以前，深圳市救助管理站床位极其紧张，康宁医院更是人满为患。不得已，送了 216 人到邻近的惠州市托养。但毕竟不在本地，深圳市救助管理站的工作人员对他们有着无尽的牵挂，当自己有了条件，绝对是要把他们回迁的。如同母亲不得已把孩子养在别人家，一旦有了条件，立即就会将孩子接回。

外地托养回迁，这是云辉局长一上任就下的军令状，一刻也不容耽误。

于是，2015 年，第一批回迁人员已经安全回到自己的"家"。

要知道，这第二次回迁的 216 人，全部是被各种疾病缠身的非正常人员。他们有的不能走路要坐轮椅，有的心脏问题危重，有的精神病突然复发，有的因传染病正在隔离，有的吊针没有打完。这些人一天要服若干次药。要把他们全部从异地迁回深圳，这个工作量之大，连付站和杨站都没法准确估计其中的艰难。

这场大战运筹帷幄、决胜千里的总指挥是深圳市民政局的副局长刘晖。

前方"打仗"本该是男儿的事，但这次战略的具体执行者，却是小巧玲珑、衔着橄榄枝的"和平鸽"。

李佳和搭档张晓梅、郑绍强以及社工等七人，组成一个精壮班子，披甲上阵了。

女人们脱下女儿装，换上运动装，脱去高跟鞋，换上软底鞋，铅华洗尽素面朝天。男人们换上T恤，挽起袖子，全部临战姿态。他们用了3天时间，将216人全部迁回深圳。

回迁的任务很急很重，但绝对不能对付了事。李佳对手下员工说：受助者就要回家啦，深圳市救助管理站就是他们的家。只要他们能回到家里来，我们作为亲人，一定要拿出热情来迎接他们！无论任务有多艰巨，我们扛得起。让他们平平安安、快快乐乐地回到家里来，付出再大的牺牲，我们义不容辞。

干净彻底，全部回迁，命令如山。

真的是一场大战役，只许成功，不许失败。

回迁的那几天，真是一部好莱坞大片的阵势。受助者加上医务人员、特警、工作人员，一共有600多人。

一只"小白鸽"调动了千军万马。

让这么多人听从调配，是怎么做到的？

惠州的福利院和医院就是前方，前方就需要一个指挥所。李佳在惠州成立了一个前方临时指挥所，自己担任指挥官，同时也是对外协调的负责人。因为这次的任务涉及惠州3个单位，一下子迁走216名患者，与对方肯定会有一些摩擦，对方也肯定有一些不理解。这的确给当地的相关单位带来很多烦恼。

有太多专业性很强的事情，协调不好就会大乱。

李佳们在坚持原则的基础上，尽量体谅惠州相关单位的难处，一再感谢对方的支持，一再强调被救助人员最终要回家的必然，用真情感动了对方的医务人员。对方的有关人士以为，这些患者中肯定有她们的什么亲人吧！

关键时刻，指挥官的策略决定着行动的成败。李佳们的温和与真诚，一步步化解矛盾，让对方从冷漠变成积极配合。比如说，早上救助人员吃饭吃得比较早，早餐必须提前做好，人家的厨师就要提前两个小时起床；除了回来的路上为病人提供用药，还必须带足回深圳后每个人服用一个星期的药量（有的人每天要服用三四种药），为的是每个人回来后到新医院能够顺利平安过渡，逐渐服用深圳医院开的药。一下子需要这么大批量的药物，特别是管控严格的精神类药物，没有对方医院的协助，简直不敢想象怎样完成这样专业性极强的任务。但"和平鸽"李佳终于把这个难题给协调下来了，惠州相关单位一想通，配合得相当得力。

事后想想，李佳都会出冷汗，万一配药、用药、服药出了差错，有可能引发群体发病，甚至人员死亡，那就可能前功尽弃。

但李佳用"橄榄枝"扇出的清风，将阴雨化解成了一地阳光。两边医院的专家都说这次大行动的安排非常专业。

李佳说："我们是把受助者当成自己的宝宝一样在疼爱，哪怕他六十岁、七十岁、八十岁，也是我们的宝宝。"

惠州的医院也属于民政系统，民政人有着共同的情怀和共同的责任感，共同打好了这一场中国救助史上救助、医院、特警携手并肩的硬仗。

第二个战场就更加烦琐了。

细节布局。有人是清晨空腹吃药，这部分患者的药由护士记录在册。更多患者是吃了早饭以后才能吃药。为此，李佳们早上很早就把牛奶面包准备好，必须让他们吃完了药再上路。有的人还要在路上吃药，那么路上的水、药必须在护士的掌控中对号入座。每一个人几点吃饭，几点吃药，几点喝水，都有严格的规定。路上两个多小时不能随便停车，许多尿频者必须穿好纸尿裤……

情操先行。李佳对手下人说："这是一场考验我们情操和水平的硬仗，如果只是想粗粗拉拉马大哈似的完成任务，肯定会酿成大错。我们必须以爱护自己婴儿的感情来对待这次任务！"有了充分的思想准备，手下人打起十二分的精神，使李佳镇定自如，那柔弱的身子瞬间变得无比强大。他们以极快速度做出表格，做好名牌，在车辆上排兵布局。

专业对接。李佳们紧急调动了深圳市康宁医院的医生，与惠州的医院早早进行交接。216人总共要拿多少药，每个人需要多少药，必须精确计算。因为惠州医院的药与深圳医院的药来源不同，药的成分含量千差万别。同时必须拿满一周的药，让患者有个过渡期，再慢慢换成深圳的药。光是药品就能堆满整整一大车！这个复杂的过程，李佳们与惠州的医院交涉得非常到位。惠州的医院不可能一下子有那么多的药，只能冲着面前一张张可爱的笑脸，竭尽全力从别的医院协商调拨。

微笑"外交"。微笑开道，轻言细语，人们喜爱这位和善的"使节"。冲着她会说甜甜话语的小嘴巴，任何人也会心甘情愿为她让路。情商开路，智商化险，无缝对接！有人在背后说，这几位深圳的女救助员和男救助员都有资格当外交官。

精准鉴定。什么样的人坐大巴，什么样的人坐救护车，什么样的人坐急救车进行特殊护理；每辆车的座位编号和姓名，乘车患者的编号和姓名，一排排、一行行用表格的格式排得整整齐齐，然后一页页打印，分发到每个参与者手中。

这里要提一下，光是打印名册和文字资料及各种事项，上千页的工作量，打印了两天还没完。用了人家店铺三台打印机，打烂了人家两台日本原装机器，心疼得老板直说，太多了，太多了，你们怎么这样多呢？早知道不接这活了。

对号入座。根据规定，一类危重病人，包括正在输液的、不能行走的，急救车是三个医务人员对一个病人；二类次高危病人，比如癫痫病人、心脑血管高危期病人、犯病的精神病人，分门别类乘坐在医生、护士配备齐全的救护车……其他危险性不高的正在康复的普通病人一律坐大巴。精神病患者有专车护送。为防止精神病人突然互斗或者破窗外逃，由穿着与病人一模一样 T 恤衫的特勤人员一对一跟着。这一切，在上车前就已经界定和安排好，保证不会出乱子。

需要回迁的 216 人中，只有一个因为粉碎性骨折无法挪动，继续留在惠州接受治疗，但清明节后也把他接回来了。

警车开路，18 辆救护车，8 辆大巴，170 名特警，众多的医务人员和救助员工，完整无损地安全回到深圳。

回到深圳，患者们立即分门别类进入自己的"家"。病情最重的 18 名精神病人住进了康宁医院，病情较轻的将近 150 人住进了民营的怡宁医院，56 名情况比较稳定的患者，直接到了大鹏安置点。

深圳救助史上最辉煌的"战役"，在太阳与月亮擦肩的时刻，落下了帷幕。

一个也没少，一个也没出岔子。

战役结束。李佳立即向刘晖副局长汇报。三天几乎没合眼的刘晖非常满意，用笑容肯定了这次回迁的成绩。

回到单位，李佳对从怡宁医院回来的风尘满面的付站汇报："报告，一个也没少！"

想听听一个淑女，是怎样把壮汉的差事扛在自己肩膀上的"私房话"吗？

这个家境优越的城市女孩是妈妈心上的肉，很少接触到残酷的负面事物，对生死的概念比较淡漠。

但她在单位恰恰负责的是在生与死的灰色通道上的交接。这对一个娇小的女孩来说，是不是残酷了点？

那是李佳上任后的第一周，她此前从没见过如此恐怖的情景。一名病重的受助者，是她送到医院的。在送医院途中，她还安慰了他。受助者还要求李佳要一直守到他出来。李佳同意了。在被抢救的过程中，那人的双眼从充满求生欲望到绝望、暗淡，最后闭上。李佳目睹了一个生命逐渐逝去的全过程。明明刚刚还是在同一世界，转眼他就成了另一世界的陌生客。一个人就这样蜡黄着脸，乌黑着唇，僵硬着身子。李佳有说不出的恐惧与悲凉。

爸爸妈妈没有对她说过死是什么，她只是在电影里见过，在文学作品里读过。这次是她第一次直面生与死。太神秘！太诡异！为什么生命这样脆弱？为什么那人会这么快就长辞于世……这一切，多么不真实又多么真实，是在做梦吗？在将其送往殡仪馆的路上，在殡仪馆里的所见所闻，使她更感到毛骨悚然……当天晚上，她一夜未合眼，因为一闭上眼睛就看到那个活着的生命在眼前走动。她索性打开灯，放音乐来驱赶恐惧。这之后，她经常睡不着，要用助眠药。

第二次去殡仪馆处理善后事宜时，李佳的内心比第一次更加沉重，更加恐惧。那天正好赶上清明时节，天上下雨，殡仪馆内哭声震天，人们在对亡者的哀思中求解脱。而李佳却要处理一个毫不相识的人的后事，要对他做着本该由其家属来做的事情。手续自然免不了，可怕的是与亡者见面也不能免。看着那些美女职工在亡者面前毫无惧色，李佳硬着头皮，也做出一副英雄的架势，壮着胆子，大踏步跟随殡葬员工去到那阴森的地方。那个地方好冷，她开始发抖。美女员工为李佳打开了一个抽屉……往里那么一看，天哪！她差点昏倒，浑身在颤抖中麻木。

事后，李佳不仅睡不着觉，更是一周吃不下饭。她手下的员工也都有过这样的经历。毛渝新、郑大成，这些膀大腰圆的大男人都有一周吃不下饭的共同体验。

她暗下决心，辞去这份工作，哪怕降级也认了。

"鸽子"要收住展开的翅膀了。

她回家对爸爸一说，爸爸这位老干部、老军人深思片刻，只问了她一句话："你是哪年入党的？"

李佳再也没吭声，这句反问一下镇住了她，她把汪汪的眼泪收回。

有了第一次、第二次的经历，到第三次面对时，虽然还是有点恐惧，但是李佳的个性很强，不做就不做，做就一定要做好。既然接受了这项工作，再恐惧再委屈也要做好。她对朋友说："送那些不相识的人最后一程，他若有灵，不会扰我，只会感激，就这样安慰自己。"自我开解后，恐惧的心理多少有点缓解。当一次又一次来到这个不想来也得来的地方时，每次她都先抬头望望天空，看看天上的蓝天白云，想想生活多么美好，让自己心情放松下来。

逝者为大。本着对亡者的尊敬，她尽量让自己平静再平静，紧张中还要做到一丝不差，生怕出一点点差错。去开棺验证时，要仔细与照片核对，把人与名对上号之后就要签字。手上细小的签字笔如千斤重。要知道，当这个字签下，这具肉身，就会化为灰烬。她握住的这支笔，就是生命进入另一个门槛的钥匙！有时她会乱想，那灰烬会不会随着我走？这个场景经常在梦里困扰着她。付站等站领导了解她的工作不易，经常关心她，开导她，说："你积德了，不是吗？看看你多么年轻美丽，多么得人心，看你面孔，要把年龄减去十岁。站里无论男女都喜欢你，有心事找你倾诉，你有好人缘。评先进，我自己丢了三票，你百分之百获全票。"

果然，这样的开导让李佳豁然开朗。对呀，这就是她的工作，有难度的工作才有挑战价值。加上殡仪馆那些颜值很高的美女进进出出如此优雅，她们也是大学生，也是高智商，更是天天、时时、刻刻，与素不相识的亡者打交道的天使，她们却如此淡定从容。李佳从中大受启发，她克服了恐惧，重新衔起橄榄枝，展开翅膀，在这一块特殊的土地上飞出了"和平鸽"的优雅姿态。

"战火"不忍伤害青春的容颜。

她大学时代的闺密忍不住好奇地问："你这个独生女，蜜罐里长大的娇小姐，几年不见，怎么会变得这样一身是胆？"她回答："环境改变人，硬是把文小姐变成武将军。你来做，也不得不变。"闺密哈哈大笑，说："你这个大学文小姐，谁能相信你是个武将军啊。"

是的，她天天在打仗，经常忙得头发蓬乱，但是稍微整理一下，又是一脸光彩。她常常对自己说，做慈善使人年轻。

算一算，李佳从事这项工作大概有八年了，平均每年有十几次要代替家属为受助者送行。其中有男有女，有年轻人，有老年人，他们或是被病魔缠身，或是被家庭遗弃，或是救治无效，都是可怜人。送这样的人最后一程，所积的福报真的是无法衡量了！

共产党员也有短板，重要的是，要能克服弱点，把短板拉成长板。

"小白鸽"整了整翅膀上的羽毛，飞出了新高度。天天从事同死神打交道的工作，李佳反而变年轻了。"战火"没有伤害她的容颜。

这"和平鸽"衔着橄榄枝，还飞到了不属于她的领地，救了一个企图从救助站5米多高门岗往下跳的轻生者。她身上散发着满满的正能量，洋溢着女性特有的魅力，一句话点中轻生者穴位："大叔啊，你连死都不怕，还怕生活中出现的困难？"那个原本不为任何劝慰所动的"大叔"眼睛一亮，最后从门岗上下来了。

　　李佳（前左一）在大鹏安置部女性救助人员宿舍检查安全设施。右一是大鹏安置部部长张维文

　　李佳对自己从事的事业有一句经典总结：拎起来千头万绪，放下去针头线脑。她就在这千头万绪中锤炼粗犷，在针头线脑中缝制细腻。

　　毕竟是女孩，她在朋友圈里晒出一段她喜欢的段子：

　　一个女人最好的状态是什么？

　　眼睛里写满了故事，脸上却不见风霜。每天化个淡妆，穿上自己喜欢的衣服。不嘲笑谁，不嫉妒谁，也不依赖谁。只是悄悄地努力，吞下了委屈，喂大了格局，努力活成自己喜欢的样子。

救助站的几位领导干部最爱说的一句话是"做得不够好",从来没有人说"我对自己是满意的"。

"做得不够好"?当然不够好,这世界上没有好到顶级的事情,否则还谈什么创造和超越?

借得深圳救助这一席之地,展现全国民政救助之风貌,付新生他们和全中国关注弱势群体的人们,在共同书写一本厚德之书。

付新生他们普通吗?是的,普通得比一滴水还不起眼,放在人群中不会抓人眼球,但是相处时间长了甚至觉得明星的魅力与之相比都会变得暗淡。

有民政部,有广东省民政厅,有深圳市政府以及深圳市民政局在背后顶住,付新生他们挺直腰板,带领具有同样魄力的员工、社工,不计得失,穿过白天黑夜,走过风风雨雨,迎着台风,钻进骄阳烈焰,一个个面皮黑乎乎粗拉拉,手脚老茧擦老茧,这才是老救助的资格证书。

马!狼!鹰!虎!牛!鸽!干这行的人,没有这六性中的一性,无法立脚。其实,这六性也同时存在于他们每一个人身上,只不过每个人突出的方面不同而已。救助员工,特别是一线的女性,她们温柔美丽的外表下,隐藏着她们自己都不知道的巨大能量。

付新生的妈妈对他说:"仔呀仔,你怎么找这么个工作呢?怎么当起乞丐头了呢?他们要打你怎么办?"

当过部队军事干部的父亲说:"当好乞丐头,用笑容镇住打你的手。镇得住魔性,就能当好一个团的团长。"

这一群"乞丐头",用坚韧、悲悯、厚德,维护着中国社会的安定,用激情和使命解救无数在黑暗深渊中苦苦挣扎的灵魂!

沧桑的"大佬"笔架山可以做见证!他喜欢继续倾听老楼"细佬"喋喋不休的唠叨。

第三章   人性在"疑难杂症"的旋涡中起起落落

冰冷的陷阱

救助站所救助的流浪人群，同样也存在巨大的差异。有知道感恩的，有不但不感恩还要反咬一口的；有品德高尚的，有品德低下的；有性格外向的，有性格内向的；有对人友好的，有对人仇视的。救助站的员工怎么办？只能有一个金标准，就是打不还手，骂不还口，而且还要永远用笑脸去感化、去点拨那些扭曲异化的心灵。因此，让救助站更头痛的是道德缺失的挑战。

如果一个家庭出现这样的人、一个单位出现这样的人，可以对他们嗤之以鼻，回避三分。唯独民政救助员工，不但不可以轰赶他们，反而要接纳他们。可以说这是对承受力的高强度挑战。当然，超过了人类道德底线的挑战，只能诉诸法律。这里不妨举几个例子，让人们了解一下，面对这残酷的现实，救助工作的复杂和难度往往超出人们的想象。

有一个患抑郁症的老人，在当地救助机构来接他的前一天夜里，突然在救助站二楼楼梯扶手架用鞋带自缢了！这下可不得了，当时在场的救助人员都出了一身冷汗。付新生和谢笑一接到电话，都从床上跳起来，赶回救助站。

就这样一个非常意外的事件，后来却闹得沸沸扬扬。但是，救助站到底有多大责任？

摸着良心说话。这些天，他们对老人也尽到了百分之百的责任，嘘寒问暖，悉心照顾。老人看上去身体、精神没有任何反常，总是笑眯眯的，从来没有表露过不满。谁也想不到他会突然轻生。

面对老人家属的追责和索赔，救助站只能通过法律途径解决。

后来又有抑郁症受助者企图上吊自杀，但是他踩滑了，正好被护工发现。护工不顾夜深，和他相伴走出宿舍，坐在篮球场，对他进行了推心置腹的开导，直到用一句"你老婆过几天要来接你，哪个人有你这么好的福气"，把他哄出了笑容，答应永远不走绝路。护工把他送回宿舍，亲眼看着他睡着了才离去。那时，同宿舍的人还在做梦，没有一个人知道刚刚发生了什么。护工随后连夜向领导汇报，按指示，24 小时"给予特殊加强护理"，第二天早晨送医院鉴定。

在这 600 平方米的特殊的"战场"，一天 24 小时，巡逻的护工不敢有一丝一毫的疏忽，楼上楼下，院里院外，用高度警惕的目光搜索着，生怕有任何恶性事件的苗头被忽略。他们肩上的担子，可以用"残酷"来形容，因为他们长不出 100 双眼睛，也长不出 100 双手。

用自杀来威胁救助站的事件，每个月基本有 1 ～ 2 件。还有那些躺在大门口挡住汽车的、撞墙的、绝食的、咬自己的、裸露身体的……花样百出，可怜他们不知道自己做了什么。

根据国家卫健委疾病预防控制局 2018 年公布的数据，截至 2017 年年底，全国精神障碍者达 243264000 人，总患病率高达 17.5%；严重精神障碍者超 1600 万人，发病率超过 1%。

1982 年，笔者曾经在北京安定医院（精神病专科医院）穿着白大褂，以医生身份体验过一个月。一位躁狂症患者悄悄告诉笔者，他知道自己什么时候会犯病，有一个魔鬼走进他的身体里，摆脱不掉，他会控制不了自己的恐惧，为了保护自己，自己做了什么完全不知道！

在深圳市救助管理站，就有许多因为专科精神病医院无法接收而被直接送来救治的精神病患者。

那些精神恢复正常的受助者，是不是个个都有感恩之心呢？救助员工从来没有想过这样的事，相反，倒是时时做好被人恩将仇报的准备。付新生说，他们恩将仇报，不能怪他们，因为他们不知道自己做了什么。

例如，震动了广东省、深圳市三级人民法院的"刘笑事件"，无来踪无去脉，让"医生"无从医治。

"刘笑事件"是一个捡破烂的流浪汉引发的。他同一姓刘的女人同居多年，两人生了孩子，算是事实婚姻吧。但是，这个女人有精神障碍，犯病的时候，流浪汉把她送到精神病院就跑掉了，因为要省医药费。精神病院当然不收，于是她只能在街上流浪，后被城管和公安发现，再次被送去精神病院。医院诊断她患有精神病，这种情况就必须由社会来解决了。于是民政部门就登场了，要负责她的医疗费。

足足两个月治疗，姓刘的女人才基本恢复理智。问她叫什么名字，她说叫刘笑。问她是哪里人，回答是四川南充人。救助站就担负起了把她送回家乡的责任。

按照女人的要求，救助站人员给她订好了回家乡的票，把她送往火车站，看着她与几个来接她的闺密笑眯眯地上了火车。她从窗口与救助护工友好地挥手告别，火车轰隆隆开走了。一切按部就班，井井有条，做得很是漂亮。

谁想到，刚刚把这个女人送走，她那个捡破烂的"丈夫"却突然露面了。他是来感恩的？当然不是，他居然是找救助站要他的老婆的。

实际上，这个流浪汉一直在悄悄地跟踪着他的"老婆"。他是有计划、有目的、有预谋、关键时刻出来讹诈的。

付站问他，你老婆叫什么名字？他说叫刘醒龙。付站说，我们送走的这位女人登记的名字不叫刘醒龙叫刘笑，怎么能证明是你的老婆呢？你有证据能证明她是你老婆，有结婚证吗？他被问得哑口无言，却无理取闹，咬定救助站把他老婆搞丢了，并扬言要去上告。

这桩官司打下来，当然是救助站胜诉。但这件事却始终是付站的一个心病。那段时间，付站睡觉都在念叨："救助无小事，千万要谨慎。"

的确，他们所做的事如履薄冰，一不小心就会掉进冰冷的陷阱。从这以后，他们吸取了深刻的教训，2016 年之后就很少有吃官司的情况出现。

以上几个案例仅仅是一瞥，对簿公堂必然是无理取闹一方败诉。但是，虽然胜诉了，付站、杨站和专门管这类纠纷的徐主任却没有一丝喜悦。对付这些节外生枝的事件，花了民政救助大量的精力、财力、人力和时间，给救助单位和救助人员造成精神上的压力。

打完官司，站里几位领导心情特别沮丧，顶峰"鹰男"杨站回到家，夜夜睡不着。这位从来不失眠的汉子，开始思考，自己从部队下来，一头扎进民政救助事业，是不是太鲁莽？从来不怀疑自己能力的他，开始怀疑自己是不是能担起这副担子。妻子觉得丈夫情绪不对，左右询问，他只说："你我同在一个部门工作，我不过累一点，好不好。"这些事是不能对亲人说的。

但是，这样的恶性事件，躲是躲不开的，只能硬着头皮直腾腾接招。

无可奈何花落去：深度纠结

有一些受助者，经常给救助站找麻烦，但是只要够资格进救助站这道门，救助员工一律当他们是自己的亲人。

有三个自称患有严重传染病的人，在救助站住了好几个月。救助站要送他们回乡，他们非常不情愿，怕回乡被人看不起。其中一个长得高高大大、颜值很高的人是当中的头儿。

对这样的人怎么办？

那天，这个头儿正在嘀咕："回乡？你们必须给我们买卧铺，不然我们身体顶不住。"工作人员反复解释："你是有家的，不够救助条件，我们只能给你买一张票返乡，请你体谅我们，我们必须按政策办事。否则，你的卧铺票只能我们自己掏腰包。你闹成功了，下面就会造成甲乙丙丁连锁反应，都来要求买卧铺，我们有那么多钱来满足吗？"

这人根本不理会，反复说"没有卧铺就不走"，一直闹到杨站办公室。杨站完全顾不得什么传染不传染，一把抓住他的手，一直牵到楼下。大热的天，他的汗水浸到了杨站的手上。这个从来没有人敢碰的人，这会儿反而安静了。他疑惑地看着这位敢与他身体接触、力气很大的男子，乖乖地下了楼，后面跟了他的两个"小兄弟"。

到了站里的隔离观察室，杨站指着椅子说，三位请坐。

这三个人一下有点蒙，你看我，我看你，不知道是该坐下和和气气谈判，还是该气势汹汹地直奔杨站的鼻子跟前，连威胁带骂，将唾沫星子溅到他的脸上。

杨站说："我体谅你们，你们的怒气是因为你们的不幸。但是，你们的不幸，不是别人造成的，是你们自己造成的。为什么向爱护你们的人报复？你们把理由说出来，我就让你们连打带骂，报复个够！"

这三个人无言以对。

"不说话？这样，你们不是要骂吗？就在这儿骂个够吧。想打我也可以，但是有一个规矩，你们各打我三次，之后如果还不停止，我必然还手，这叫自卫反击，有监控作证。来呀，下手吧，把你们心里的郁闷都发泄出来吧。"

这下，三个闹事的人真的被杨站那鹰一样犀利的眼神给镇住了，你看看我，我看看你，面面相觑。

杨站这才语重心长地说："我知道你们为自己的病非常苦恼，我同情你们，也在尽力帮助你们。人心都是肉长的，你们难道看不见，我们的护工没有回避你们，你们发高烧的时候给你们送吃的送喝的，给你们洗床单洗被子，给你们理发，送水，送药，送你们上医院打针输液。自己的父亲母亲、姐姐妹妹也没能做到这一步吧。你们的病，是需要慢慢调养的。回到自己的家乡，在熟悉的土地上，呼吸熟悉的空气，睡熟悉的床，过熟悉的日子，也许就会一天一天好起来。你们难道不想结束流浪，换一种方式来过正常的生活？我负责把你们的票订好，趁着你们病情现在稳定了，把你们送上火车。我们会负责与当地政府联络，对你们加以关照，不许别人歧视你们。你们三个人可以互相加微信，也可以加我的微信，交流自己生活的体会。来吧，我们现在就加。"

这三个人又是你看我，我看你，噤若寒蝉，平常骂骂咧咧的那三张嘴居然张不开了。

就这样，他们扫了杨站的微信二维码。还有什么好说的？回家。

但是，杨站回到家，可不敢对妻子说这一段。要说了，一个女人、母亲、妻子，会被吓得做噩梦的。

对待无理可讲的人，救助人员所担负的责任远远超过他们的职责范围，他们甚至担起了老师、朋友、父亲、母亲的担子。

杨站说得对，他们许多人的反常行为，是疾病惹的祸。他们有仇恨，有屈辱，有伤心，有痛苦，很深很深，却无处发泄，无处诉说，就以极端的行为来宣泄。这样的人群是需要特殊关怀的。你不以心交心，不将心比心，他们不会服你，永远不能收敛自己心狱中的恶魔。

贫穷与病痛总是勾结成一伙，一个人的背上背着这两重大山，性格怪僻是必然的。救助站的本能，就是理解，再理解。

看着那三个年轻受助者离去的背影，杨站很想哭。都是年轻的生命，他们还能挺多久？一次次的高烧、腹泻、呕吐，往后还能挺住几次？他们也是父亲、丈夫、儿子、哥哥，一举一动牵扯着多少人的神经？付新生、杨立君，以及所有救助员工都在心里默默祝福他们：一路走好，但愿奇迹降临！

无可奈何花落去啊！

有一位肺结核患者，脾气相当暴躁，他天天吵吵闹闹，想出门喝酒，救助员工不敢放他出门，他就打人，保安上前阻拦，他把保安打得头破血流……这样的人，你是救还是不救？还得救。

救助工作中有一个"术语"——"跑站"，也叫"蹭站"，是指一些不良分子以各种手段到救助站骗取救济。

看看当年的杨小明副站长是怎么对待"跑站"的人吧。

5年前，一个姓李的"跑站君"，是个"三高"患者，50多岁，一年要来救助站七八次。只要一来，就要求给他治糖尿病的药。当时的业务副站长是"千里马"杨小明，只有他能治住这个"跑站君"。

有一天，此人又闹到救助站，提出要药，要钱，要新衣。那时杨小明已身患重病，他让综合部的郭敏副部长将此人带到办公室，做好"一决雌雄"的准备。郭敏副部长带此人进办公室之前，曾对他说："我们的杨副站长身患重病，比你的病重得多得多，还坚持上班，为什么？因为你这样的人太多，他一个个都要管，是用生命在付出。如果你有点良心，请你不要在他面前撒野，请你爱护一下他虚弱的身体吧，拜托！"

这位"跑站君"早就认识杨小明副站长，对这位慈眉善目的领导有那么一丝丝好感。但他才不相信什么"重病"之类吓人的话，直腾腾地冲进办公室，他想借此机会要一笔钱。

一进门，他愣住了。一个多月不见，这位副站长变得让人几乎不认识了——黑黄消瘦的脸，身体已是皮包骨，一件短袖 T 恤穿在身上显得空空荡荡的。"跑站君"想喷出的恶语顿时消失得无影无踪。

杨小明勉强笑一笑，用虚弱的声音对面前这个神情有些恍惚的人说："不认得我了吗？第一次接你来，是我给你办的手续，那时你好像比现在要胖点。我面色好难看吧？但我的心一点没变，对你的牵挂也一点没变。你为什么要折腾自己呢？你看我，我也有重病，我能伸手向你要钱、要药吗？如果我这样做，你是不是会很瞧不起这样的无赖？我们可以换位思考吧。为了你活得有尊严，在我离开这个世界之前，一定要见见你这个老朋友。"

老朋友？"跑站君"有些不相信自己的耳朵，他眼睛里满是问号，张开的嘴说不出一句话。

杨小明继续说："我不希望你这样自暴自弃。我们都是男人，男人就应当有男人的样子……现在，你挺起胸，对，就这样，不要叫别人可怜，不要叫别人看不起……对，你现在的样子是个男人的样子……"

他站起来，颤巍巍地走到一边，拿出一个纸杯，倒了一杯温水，颤抖着递给"跑站君"。

"跑站君"接过水，眼眶突然湿润了，想说什么，仍然是一句也说不出来。

杨小明笑着叹口气，说："我也只能做这么多了，知道你生活困难，我没有更多能力帮助你，这是我刚刚托人在药房给你买的治糖尿病的药，一共五盒，够你吃两个月，保质期到 2015 年 8 月，放心吃。这 300 块钱，请你收下，给自己买点药。以后回到家乡，好好养养，然后做一点力所能及的事，我也就放心了。希望能听到你回到家乡自食其力的好消息！我相信你，你是有能力的。"他将 300 元钱放在一个信封里，与五盒药一并放入牛皮纸口袋，交给"跑站君"。

"跑站君"从头到尾，没有说一句话。沉默了大约 3 分钟，他突然眼泪汪汪站起来，转过身，缓缓走出门，缓缓下了楼，缓缓走出大堂的门，一直走出了救助站的大门。

从此以后，这个天天闹事、唯恐天下不乱的"跑站君"消失了。

那天，杨小明给了他什么样的触动，无人知晓。只知道"跑站君"离去的背影一肩高，一肩低，腰微躬。

他再怎么恶劣，也是个最底层劳苦大众中的一员啊。

杨小明他们也是眼里含着泪水，目送他出了门。

这样的案例太多太多，恨与爱交织，鄙视与同情交织，无奈与心痛交织，演绎出了太多现代版的《悲惨世界》中的沙威警长：当理智与情感发生冲撞时，索性跳进塞纳河。救助员工的塞纳河，就是心中那条血泪交织的"暗河"。

无可奈何花落去，伴随的是深度纠结。

常人无法理解，这里为何有这样多的无可奈何？

老舍先生在《老张的哲学》中说："舍己救人也要凑好了机会，不然，你把肉割下来给别人吃，人们还许说你的肉中含有传染病的细菌。"人世间就是有太多"剪不断，理还乱"的爱莫能助。往往父母、儿孙、夫妻、朋友之间都爱莫能助，哪里去找鸡犬相闻的田园美景？太多的遗憾，给世人留下"问君能有几多愁，恰似一江春水向东流"的痛。

但是，只要点穴点到要害，掐准"该出手时就出手"的时机，恶人也有可能变善人，无可奈何也有可能转换成"运筹帷幄""游刃有余"。

免费午餐何时了

这是一位老人大代表提供的素材。

政府为弱势群体兜底，这当然是必要的，但如果过多手脚健全的流浪人员依靠国家福利，而不是靠自己奋斗，他们的幸福感和存在价值感实际上是被削弱为零。

一个又一个破衣烂衫的人出现在救助站，不给他吃喝，让他在街头自生自灭，这不是与"人道"二字悖逆了吗？救助员工长出三头六臂也难以应付这样深奥的现实问题。

2013年4月15日11时许，已经反反复复进站多次的老九又来登门了，这次无论如何不给他开门。酒精的刺激让他十分焦躁，他用大嗓门喊叫："为什么不让我们进去？你们没有人性！"嘴里的酒气，让距离他10米远的路人也不自觉地皱起眉头捂住鼻子，绕得远远的。

与他一起被拦在救助站大门外的，还有一名"难弟"老胡。他们都是不够资格却要赖不走的蹭站老油条。这几年，他们申请救助有百多次，在站里也不遵守规定，总借着外出找工作的理由进进出出，其实就是出去喝酒，喝醉了就耍酒疯，打架、砸东西、打人……监控视频记录了他们的种种恶行。守着大门负责接待的一名工作人员头发有些花白。他摸着这一头花白的头发苦笑："站里一批这样的'刺头'，真能让我们少活几年。我才50岁不到，已经被磨得白了头。"

老胡称右脚有疾，才40岁就放弃自立，到救助站蹭吃蹭喝蹭床位。

论年龄，够不上用"老"来称呼他，但看长相，40岁比70岁还老。放浪形骸的生活，已经大大毁坏了年轻的肌体。

2013年4月15日，深圳市救助管理站迎来了首次"公众开放日"。这是2003年"救助"代替"收容"以来，救助站第一次向市民敞开自由参观的大门。

一大早，长长的队伍已经排在大门外，近百名市民在工作人员的带领下，分批进入救助站各个部门参观。

救助站的工作人员万万没想到，有这么多市民，包括老人大代表对流浪人群有如此热情的关注。

临近中午，参观要结束时，50岁的老九和40岁的老胡因为要强行入站，与接待科工作人员产生纷争。他们酒气熏天，满口脏话。老人大代表和参观的市民目睹了这一幕比电影还夸张的场景。58岁的市民徐阿姨和一起来参观的朋友相当震惊和气愤。

这两名求助者早已臭名远扬。救助站的电脑记录显示：50岁的老九身体健康，这几年共进站接受救助134次；40岁的老胡右脚有疾，享受户籍所在地低保待遇，这3年多共进站接受救助143次……两人的亲属情况均不详，求助原因主要有生活困难、务工无着、流浪乞讨、避寒避暑等。

救助站遵循"够条件者自愿进站、自愿离站"的原则，所以无法阻止老九白天出去"找工作"（喝酒），而在他喝醉准备回站时，只能让他在外面酒醒后再进站。而老胡则是长期反复申请救助，救助站虽然多次买票送其回家，但没过多久，他又来了。

此类求助者，站里共有67人。他们并非特困户，长期进站、离站，已让他们对救助站产生依赖性，甚至把这里当成了饭来张口、衣来伸手的另一个家。这已经违背了救助站的救助宗旨和原则。

把他请出去，他就在街上流浪、肇事，公安又把他送回来，成了恶性循环。

老九酒后话特别多，记者一发问他立即打开话匣子，说自己这样赖在救助站是无奈之举，"我 1987 年来深圳，做生意赚了点儿，在深圳买了房，可因为爱赌博喝酒，输了钱，后来生意亏了，房子也卖了，最后妻离子散。现在是没钱，如果赚了钱，我还得去赌，停不下来。听说女儿读大学了，老家是没脸回去了，就在深圳混了"。

过了一会儿，老九突然像个明白人一般向记者透露："这儿很好，帮助了很多有困难的人。但是年纪轻轻就浑水摸鱼、蹭吃蹭喝的也有。有人总赖在站里，这样赖皮就太没意思了。"话里话外的意思是，他和老胡年纪大了，总待在这里情有可原。他接着说："这些人脾气不好，常在站里打架。如果工作人员拉架，他们连工作人员都打。这时，我都要上前去拉。"一瞬间，他把自己洗得干干净净，俨然是见义勇为者。

老人大代表问："那你自己是不是属于浑水摸鱼的？"

面对这么直白的问题，老九争辩道："我这条腿痛风，给我治好了，我就走，再也不来了。"

一旁的员工忍不住插了一句："你这句话说了无数遍了，痛风不能喝酒，劝了你无数遍，你还是喝，那腿怎么能好？"

一到这种时候，老九就嬉皮笑脸自我解嘲。他对自己无可救药的状态是清楚的，只是永远不想改变。

老人大代表感叹：仅仅见到的一个小侧影，才知看似简单的救助是那么不容易啊！

老九所说的年轻人蹭站，的确是严重的社会问题。这几年，年轻求助者越来越多，80% 以上是 18 ～ 45 岁的中青年，更存在"90 后"反复蹭站的现象。

老九所说的求助者与救助站之间的矛盾，也没有夸张。救助站窗口、大门、桌椅被求助者砸毁，甚至屡屡发生救助站工作人员被威胁、打伤事件，已经见怪不怪，多次引起警方介入。还有一名求助者一伸手就要钱。不给？那就闹到民政局副局长办公室，甚至脱了裤子把尿撒在地板上……

这次市民参观结束后，付新生站长正要让老九和老胡也离去时，却被面黄肌瘦的老九唇边一个红红的口疮触动了，那是严重缺乏维生素……付新生站长到嘴边的"请你们二位也离开吧，这里不是养懒汉的地方"变成了"去吧，去食堂吃个馒头，再去洗个澡，睡个好觉，明天再走，明天一定走"。说完，他头也不回地走了，生怕眼泪掉出来。他也不知道自己为什么会改变主意。这是一次违反理智、违反规则的改变，只觉得脚步特别沉重。

救助员工常常把同情掖进反感中，把心酸藏进微笑中。

老人大代表的感叹代表了一个极大社会层面对民政救助的共同爱惜。

当天，在救助站的电脑档案上，老九的 134 次变成了 135 次。

没有什么遗憾，世界就是这样高一脚低一脚在趔趄中向前走的。

第四章　挺起"两弹一星"的民族脊梁

今日头条伸到千里之外

众所周知，原子弹、氢弹、人造卫星是中华人民共和国国防现代化的里程碑。同时，它们也泛指中国在科技、军事、经济、教育等各领域独立自主开拓的创新发展之路。

中国救助，是全党全民共同开创的宏伟大业，同样融入了"两弹一星"爱国、爱民、无私奉献、勇于攀登的民族精神。

首先，是媒体。

打开电视机，无论地方台还是中央台，寻亲的节目非常活跃。特别是互联网上民间自觉、自发的救助行为，已经构成一道人性美的绚丽彩虹。

不论报纸、电视，还是互联网，这一类公益节目总是能吸引眼球。越来越多的节目面向普通人，面向社会底层。

这些节目，让主持人、观众不知陪着掉了多少心痛的眼泪。在央视《等着我》的一期节目中，10岁少女20年后被解救，母女相见的场面，让主持人倪萍失声痛哭。此外，还有《今世缘》《向幸福出发》《宝贝回家》《与你不见不散》等许多节目，同样让人忍不住心痛和流泪。

这些直接将镜头对准流浪人群的专题节目，除了在职的救助员工之外，还可以看到中国的普通老百姓是怎样摸着良心回馈社会的。

全民在行动，全国在联动！媒体唤起寻亲大军，把滴滴浓情融入了国家的血脉里。

再来翻开更新的一页。

2012 年 3 月，今日头条诞生。

在救助事业最需要的时刻，今日头条的寻亲平台于 2016 年上线。

2016 年春节，民政部与今日头条开通了联网寻人通道。深圳民政救助借助这个平台，仅在 2017 年就寻找到了 69 名失忆者、智力障碍者的信息，并把他们平安护送到家。

今日头条寻人平台先后与民政部门、公安部门、志愿者机构、研究机构等开展了相关的合作。

这是党和国家关注弱势群体的接地气创举，其意义如同当年第一颗"原子弹"的诞生！

今日头条寻人公益项目（简称"头条寻人"）由今日头条新闻客户端于 2016 年 2 月中旬正式发起，面向全国走失人员及寻亲人员，提供免费帮助。头条寻人利用精准的地图推送技术，将寻人信息推送到走失地点或者可能出现的地点，信息可以到达全国任何一个城市的任何一个点，弹窗到周边的头条用户手机上。这一弹，弹出了出乎意料的结果。许多走失的智力障碍、痴呆、失忆人员的信息会出现在手机上、电脑上。全国的手机、电脑用户或许有人无意中就发现失踪人士是他以前的邻居，是他同学的妈妈，是他同一地区的同乡，是他远房的亲戚……这就形成了全民皆"兵"的阵势。

借助头条寻人的海量用户，这种现代化高科技的先进技术，极大地提高了寻人成功概率。神奇的是，深圳市救助管理站前一天把寻人资料推送到头条寻人，第二天就有亲人来接人。这新的深圳经济特区速度，可真是创造神话了。

这样的速度应当归功于民政部对民生大计的决策，也归功于深圳民政局救助员工的大脑和手脚。

党的十九大报告提出"坚持在发展中保障和改善民生"的基本方略，"必须多谋民生之利、多解民生之忧，在发展中补齐民生短板、促进社会公平正义，在幼有所育、学有所教、劳有所得、病有所医、老有所养、住有所居、弱有所扶上不断取得新进展"。

看，头条寻人，正全力以赴践行这一神圣使命。

许多儿女在惊喜中抱住失散多年的父母，说一声"对不起，是我的错"！

据 2016 年中民社会救助研究院发布的《中国老年人走失状况白皮书》，全国走失老年人一年约 50 万人，平均每天走失的失忆、痴呆老人约为 1370 人。这一数据还不包括极容易走失的精神障碍者。

随着互联网的兴起，新的技术应运而生，许多"土法报料"方式被淘汰了。

高科技运用于救助事业，与今日头条等媒介结成钢铁长城，如同中国第一颗人造卫星般震撼！

40 岁以上的人，闭着眼睛回忆一下，在电线杆上、人行道上、火车站的墙壁上、公共厕所里、居民楼的外墙上张贴的寻人启事，能找到几个儿子？能找到几个妈妈？曾经多少人千里寻亲，背着干粮，坐汽车、坐火车、坐牛车、坐马车、坐小船、坐江轮……在小城穿梭，在大城流连，眼泪流干了，喉咙喊哑了，干粮吃完了，自己变成流浪者了，亲人依旧踪影渺茫。

传统寻人之苦，浸满了亲人们的血泪，却往往竹篮打水一场空。

来看看今天我们是怎样寻亲的。

还用头条寻人为例子。

头条寻人能充当救助的眼和手，靠的不仅仅是一腔热情。光有热情有什么用？它掌握了高科技的手段，才有了敢与民政部联手的底气。

智能定位推送技术，充当了民政救助现代舞台的幕后操纵师，什么时候换什么背景，什么时候换什么灯光，什么时候打什么字幕，什么时候放什么音响，全在一个电脑板上，只消把程序设置好，一个手指头就能搞定幕后操作，将一条条寻人寻亲信息推送到全国任何城市和地区。一个走失的人，即便到了天涯海角，也"逃"不过它的"眼"。

人脸识别，这可是伟大的科技进步，准确率超过 99.99%。

民政部与今日头条的联合项目，截至 2017 年 11 月 16 日，短短 1 年 7 个月时间，已经发布 2 万多条寻人信息，成功帮助 3738 人回到自己的家，其中 3143 人回到家乡的安置机构。这是头条寻人与全国各地民政救助机构联合行动的成果。

从 2016 年起，深圳的民政救助就和这条快速通道对接了。

由于精准定位和推送的科技优势，头条寻人在互联网寻人领域创下的纪录是惊人的：全国范围内，最快一分钟找到 1 名走失者；最多一天帮助 23 名走失者回家；帮助找到的年纪最大的走失者为 101 岁；找到的走失者中，走失时间最长达 57 年。

57 年哪！他的父母早已经在对他的呼唤中离去。他如果回到家乡，虽然连一寸熟悉的土地也找不到了，但故乡的风、故乡的云、故乡的水、故乡的味道能焐热他一颗苍凉的心。起码今日头条帮他还了落叶归根的夙愿。即便他对父母怀恨一世，但在故乡的怀抱里，一切恩恩怨怨都会化成一缕青烟。

有人说，头条寻人是千里眼。何止千里，只要有人、有信号，试试看，看看它的"眼睛"能不能锁定你。

中国的人脸识别技术已经被许多国家所用。

在中国，不仅火车站、地铁站、银行、商场、影院、酒店、小区都安装了能识别人脸的高科技电子眼，就连警察所佩戴的墨镜也能人脸识别，只要有一张清晰照片作依据，这种识别能力极高的"眼睛"就能一眼识别你是不是所要找的人。

这不仅仅是寻亲，更是对人类安全的一大维护。那些罪犯逃不脱大网大络。即便逃犯已经老得白发苍苍，正在酒店办入住手续，酒店的人脸识别早已经发出警报，手续没办好，警察已经将他双手铐牢了。

现代科技，有情有义，与中国民政和网络媒体亲密同行，一路顺风。

这颗原子弹厉害了！

多情的人民"战争"

2019 年 7 月，对于中国的志愿者来说，是一个喜庆的月份。

据新华社 2019 年 7 月 24 日的报道，在中国志愿服务联合会第二届会员代表大会召开之际，中共中央总书记、国家主席习近平发贺信表示祝贺，指出"志愿服务是社会文明进步的重要标志。党的十八大以来，广大志愿者、志愿服务组织、志愿服务工作者积极响应党和人民号召，弘扬和践行社会主义核心价值观，走进社区、走进乡村、走进基层，为他人送温暖、为社会做贡献，充分彰显了理想信念、爱心善意、责任担当，成为人民有信仰、国家有力量、民族有希望的生动体现。希望广大志愿者、志愿服务组织、志愿服务工作者立足新时代、展现新作为，弘扬奉献、友爱、互助、进步的志愿精神，继续以实际行动书写新时代的雷锋故事……为实现'两个一百年'奋斗目标、实现中华民族伟大复兴的中国梦贡献力量"。

志愿服务得到党和国家高度认同，有了可靠的强大盾牌！

深圳市民政局的陈肖月副书记，是一位从基层一步步走上来的儒雅文官，写得一手好诗，曾荣获国家"五个一工程"奖。他非常善于用文学语言表达政治理念，他说："如果说民生是天大的事，民政就是通天的桥。当好桥梁与纽带，把党和政府的温暖送到千家万户，尤其是低收入群体和特殊群体，让他们共享改革开放的成果，是民政人的天职和良知。"这位领导，深得员工的喜爱。

人们很难想象，穿着打扮时尚，高跟鞋踩得"噔噔"作响的冷傲特区美女，跳动着的却是水晶般透明纯真的爱心；看似娇媚柔弱不经风雨的特区小妹，却能在救助战场冲锋陷阵。

在头条寻人之前，深圳市救助管理站于 2012 年开通了官方微博，作用与今日头条大同小异，也是值得收藏并点赞的。

不同历史时期会诞生不同的历史性的举措。

官方微博出现以后，牵出了一个在新时期诞生的精英团队。

"义工"这个词在上个世纪很新潮、很高尚，甚至有点神秘。那时的人们会问，无条件付出，不是傻瓜吗？那需要多大的牺牲精神和多么高尚的情操啊？能自告奋勇投身的，怕是凤毛麟角吧。到今天，已经没有人怀疑时代打造的高情商。

19 世纪初，当最早的志愿者群体在西方社会悄然出现时，很少有人能料到，近 200 年后，它会在古老的中国蓬勃兴起，迅猛发展。

中国的志愿服务始于 1992 年。后来，在中国南方，志愿者悄悄改变了称呼，与香港、澳门保持一致——义工！

当人们还在掂量"义工"这个词含金量有多高时，已经有那么一群人，一马当先，推动了时代的潮流。

什么潮流？不是爱马仕，不是香奈儿，不是奔驰和宝马，不是苹果手机，更不是酒吧夜总会。恰恰相反，在高楼大厦的灯光刺激下，在觥筹交错的诱惑下，就有人摒弃世俗的金钱崇拜，一个转身，投入救助他人的事业中。

义工，就这样，没有霞光的映衬，没有优质的肥料，却茁壮着自己，生长着自己，成了一片茂密的林子，一片神奇的森林。

你是否以为，到了 21 世纪，人们丰衣足食，酒足饭饱，"义工"这个词的颜色应当渐渐淡去？

不，错了！好酒好饭滋养的不是平庸和俗气，而是更为敏锐的社会神经末梢。

什么是社会神经末梢？那就是"人性"！

义工的奉献精神，就等同于社会神经末梢的营养液。

城乡差距的拉大，使得许多以前显现不出来的荒漠露出了疤疤癞癞的痕迹，需要有人去耕耘，去播种。

荒漠是可能变绿洲的，关键是谁能去耕耘这块荒原呢？

当然是党和政府。在党和政府领导下，有一大群觉悟很高、愿意捐出自己青春的青年志愿者，浩浩荡荡前赴后继。他们支教、支农、支医、救灾、扶贫。中国救助的大军里，除了国家的公务员，越来越多地见到志愿者的红背心。

在深圳这座激情洋溢的城市，义工之多之热烈，超出人们的预料！许多从外地来探亲的老人，看着自己以前娇生惯养的独生子女和他们的同学、朋友，穿着红背心，早出晚归，苦乐不计，真的惊掉了下巴！在家里睡懒觉打都打不起来的熊孩子，怎么会变得如此废寝忘食？是什么魔力吸引了他们？莫非那个地方有好吃好喝好招待？如果他们知道，这些孩子是吃着自己订的外卖盒饭，在公交，在地铁，因为打瞌睡差点误站，不知有多心疼，有多宽慰。

越是普通人，越是珍惜人间真情。他们是极富爱心的人群，不论肤色，不论种族。

2017 年，美国拉斯维加斯枪击事件爆发后，各种肤色、各种年龄的人，排了一里多长的队伍，为伤者献血，天天不断。各大饭店、饮品店争先恐后举着免费食物和饮料献给输血的市民。其中，许多中国饭店送上包子、饺子、馒头、面条、葱花饼……其壮观的场面，出乎社会学家、统计学家的预料。

同样，深圳这座表面看五彩斑斓的不夜城，深深地埋藏着一种与经济发展同步的人性美，住久了的人都知道，深圳人的爱心是深藏于魂的。民政局的微博就是试金石。一石激起千层浪，微博一开通，没想到有那么多人响应。

没有办义工证的"准义工"和办了义工证的正式义工，他们是打工仔、打工妹、医生、老师、公务员、企业员工、外卖送餐员、学生、律师……他们虽然行色匆匆，却耳聪目明，走在大街小巷，穿行在公交地铁，只要一发现情况，随时向"中枢神经系统"传递"指令"，这是最接地气的"指令"。

太多热心网友无时无刻不在为救助事业提供信息和线索。这张无形的巨网一撒，不得了！它的威力如同打响了救助事业的人民战争，而且是"多情的人民战争"。

这，难道不是"两弹一星"精神鼓舞下，"中国救助"融入全民行动，挺直脊梁骨的强壮身影吗！

南海母亲养育了一群"优生儿"

他们如流动的大海，浩浩荡荡，时而流动到公众场所，时而隐身在微信朋友圈，专门帮助需要帮助的人群，自觉替党和政府分担重担。他们是互联网时代的"特种神兵"。

继民政部注册的"宝贝回家"之后，"让爱回家"在互联网上一露面就独领南国风骚。

张世伟，这位"让爱回家"寻亲网的创始者、领军者，带有传奇色彩的打工族，悄无声息地在履行民政救助"别动队"的神圣职责。他们时而向救助机构提供线索；时而自己主动担起保护和护送的担子。流浪者除了可以到救助站避寒、吃饭、洗澡、睡觉，也可以在"让爱回家"的总部临时休息。无家可归者于感动中，自然而然把一腔感恩之情倾注给党和政府。有一位稍有文化的流浪者见人就说："政府真好，救助站有良心，红背心也有良心，我不过是一棵草，他们把我当花一样浇。"

这一切，全是义工你一分我一毛，自己掏腰包筹款创建的爱心场地。

方子君：帮助别人我快乐

有一位从河南到深圳寻亲的农民，以为这里一年四季春暖花开，只穿了单薄的衣服。两个月过去，他寻亲无果，走投无路，钱也用光。没想到寒流来袭，他饥肠辘辘，瑟瑟发抖，蜷缩在墙角，手脚已经失去知觉，意识也开始模糊，以为自己必死无疑。就在此刻，救命的车来了……后来，他一直在思考，救命恩人是怎么知道他在这个被世界遗忘的角落里的呢？

他永远不知道，他是被有正式义工资格的方子君女士发现的。当方子君想用手机向救助站报料时，手机没电了，眼看眼前的这流浪男子头都耷拉了，她急着叫一声"有人吗？"。远处一位没有正式义工证的李女士循声而来，用手机向救助站报了料。

谁能看得出，这位有着贵夫人气质的方子君，血液里流动的全是柔情。她做的善事，大大小小加起来，自己都数不清了。

她，就是"让爱回家"深圳龙岗工作室的室长。她的微信群里，最大的一个群有 180 位网友，其中大多数是她工作室的义工，也有小部分是热心人士。

话说 2017 年盛夏，方子君路过自家附近的深圳大鹏汽车站，发现了一个破衣烂衫、头发长到腰际的流浪者从垃圾箱里捡出别人没喝完的矿泉水和没吃完的盒饭，坐在长条凳上，用手抓着吃。乘车的人们都远远避开他。更可怜的是，这样挥汗如雨的季节，他居然穿的是一件脏得板结成硬块的黑色棉袄。只有方子君一个人没有捂鼻子，而是直腾腾地走到他面前，反倒把他吓了一跳，连连说"我不去，我不去"。他以为方子君是来抓他的。子君正想说："大妈……"突然发现那人有喉结，急忙改口说："老大爷，你别怕，我是来帮助你的。你吃这些饭多不卫生啊，很容易生病的，我去给你买一个盒饭吧。"这话说完，她飞快地跑到附近的一家快餐店打了一个鸡腿盒饭，送到流浪者面前。用狼吞虎咽来形容他吃鸡腿的情景，实在不够劲。

这个人实在太脏太臭了！

管闲事就管到底，这是方子君的特点。

她对迎面走来的清洁工说："大哥，你得空时帮帮忙，给这位大爷洗个澡吧。"清洁工非常爽快地同意了。但是，没有衣服，拿什么给大爷换？

别着急，子君自有办法。她立刻向关注她的热心微友发了一条消息："各位亲们，大鹏汽车站有一流浪男子，还穿着冬天的棉袄，急需一套夏天的衣服……"这才真叫一呼百应，住在附近的网友立即拎了一个大包，里面全是夏天的衣服，火速送到汽车站。清洁工大哥拎了一个大桶，从附近的餐馆要了一些热水，把流浪男子领到了公共厕所。在进门之前，他让流浪男子先把全身的衣服扒光。

恐怖的事情发生了，那件已经破烂呈网状、硬结如铁丝网的破棉袄扔出来时，正好落在子君的脚边，里面掉出了几只大大小小的蟑螂。

天哪，蟑螂在这破棉袄里面做了窝，生了崽，吓得方子君一声惨叫……

在清洁工大哥的帮助下，流浪男子终于洗干净了。

天哪，他哪里是什么老大爷？活脱脱一个帅小伙。

令人着急的是，此人不肯说他的姓名，更不肯说他家在哪里，也不配合子君让他去救助站的要求。之后，子君每天都给他送一个盒饭。渐渐地，他对子君亲近起来，每天都朝着子君出没的方向张望。终于有一天，他从仅有的一份财产——一个破黑包里拿出了一张身份证，上面写有姓名和家庭地址。他是"90后"，才二十多岁！白白受了一个"老大爷"的尊称。

子君欣喜若狂，立刻给群里的一个朋友发了信息。这位朋友也是热心义工，立即找到了小伙子家乡的派出所，这才了解到，他的家人已经找了他半年多。也就是说，那件棉袄穿在他身上半年多。下面的事情不必啰唆。他的家人火速来到了深圳大鹏，接走了这个不知什么原因突然失忆的儿子、哥哥。

子君的微信里有流浪男子的妹妹，时不时有联系。这位妹妹说，哥哥现在完全正常了，已经找到工作。

唯一遗憾的是，子君没有记下那位清洁工大哥的电话和姓名，再去找的时候，已经换了另外一个清洁工了。她真是后悔莫及，怎么报恩呢！

　　子君给许多不愿意去救助站的流浪人员送过饭和水，得到的更多是他们的笑脸和关心的话语。"你也不容易，还要为我破费。""好人有好报。""菩萨保佑你。"……但也不是个个都如此。有人说，我牙齿痛，你不要给我买瘦肉，塞牙，我吃不动。有人说，你天天给我买鸡腿，我都吃腻了。还有人居然抡起胳膊要打她，吓得她扔了饭盒像兔子一样飞快逃跑。

　　不管受多大的挫折委屈，子君初心不改。她说她不愿意穿着义工的红背心去救助别人，因为她不好意思听别人赞扬的话。她喜欢简单，越简单，越快乐。

　　她把大鹏安置部部长张维文拉入了那个有180个人的大群里。这位张部长被20多个义工群拉进去，手机几乎分分钟都在响。有一天，他的妻子愤怒地从床上跳起来："关上你的手机！"

　　正是这位方子君的"嘀嗒"一响，在微信群里报料，在龙岗某天桥下，有一个奄奄一息的流浪人员愿意被救助，其健康情况不容乐观。张维文接到信息后，情急之下将此人直接收进了大鹏安置点。事后，他跟方子君开玩笑说："你这一紧急报料，让我违了个规，如果我挨批评，那可是你的责任。"（按照规定，受助者必须首先送市救助站，经过甄别、核实以后，再分别安排到各个分部。）

　　方子君这位义工的身影出没在汽车站、火车站、医院、寺庙、大街小巷。为了这份没有任何报酬的事业，她拒绝了许多报酬可观的邀请，她的家人和朋友都觉得很奇怪：你为什么一头扎进一个"清水行业"？她说："这就是我的命，在帮助别人的时候我很快乐，还有什么比快乐更高贵的？"

张世伟：吃亏是福

"让爱回家"义工团队从 2016 年成立，到 2017 年在互联网上正式注册，一共两年多的时间，已经为全国 2000 多个走失人员找到了家。

请注意，是 2000 多个，不是 200 个！

2018 年到 2019 年，"让爱回家"更是帮深圳市救助管理站大鹏安置点 31 个失忆和智力障碍者找到了家。

这是一组与时代精神相称的了不起的数据！

目前，"让爱回家"从东莞来到深圳，已经在深圳落地的有 8 个工作室，几乎覆盖了深圳的每一个区。

在张世伟的手机里面，有上千幅图片，有 100 多段亲人相见的录像。他说实在太多了，10 个手机也装不下，只好忍痛割爱，删除了很多感人的画面。

可惜，可惜！

张世伟的手机里，以地区为单位，共 30 多个群，其中南方几个省份的群——云南群、贵州群、四川群、湖南群、湖北群、江西群、广东群——人数最多。如果不加限制，一个群的人数可以多达 500 人，甚至更多。

张世伟说，民间组织比较灵活，这是我们的强项。

张世伟是一个很帅的强壮小伙子，他自己是一个打工仔，在一家电子工厂做货物的验收和传送。虽然干的是强体力活，天天满头大汗，但他一下班就忙着为走失人员寻找亲人，也是满头大汗。他买了辆二手车，用和妻子加起来不高的工资支撑着，在需要帮助的人群中游走奔忙。他走到哪里，就是哪里的"香饽饽"。

他每次到大鹏安置点，张维文总是拍着他的肩膀说："世伟啊，一看到你来了我就很激动，我们人手不够，经验不如你丰富，还真离不开你了呢。不过，我们永远欠你一笔，我们连个汽油费都给不了你，请你坐下来在食堂吃顿便饭，饭都上了桌，你跑了个没影，你这不是诚心让我过意不去吗？"张世伟说："放心，我不会向你讨债。"

不会向你讨债，这正是"让爱回家"的大格局、大气派！

像张世伟和方子君这样的义工相当多，深圳市救助管理站的大鹏安置点去年就有22名义工慕名而来，其中18名有义工证和红背心，有4名没有义工证和红背心，连意外保险也没有，百分之百奉献。他们与救助站的社工、员工一起，利用各自的社会关系，通过网络、媒体，尽其所能地帮受助者寻找亲人。

2018年中秋节，"让爱回家"几位大鹏义工，应邀到大鹏安置点包饺子，与几十位救助者共同"举杯邀月共赏秋"。这，也许是义工们第一次吃这样的热闹饭。

有人问，义工们究竟图的啥？

网络上有一段关于"义工"的讨论，这里如实记录下来。

甲：志愿者走进一个志愿者的集体，就像一滴水汇入大海一样。只有这样才不至于干涸，才能永远保持活力。在志愿者的集体中，任何人都需要尊重周围的同伴，像对待自己的兄弟姐妹一样，以最亲近平等的态度对待集体中的任何人。志愿者应该尊重组织，尊重同伴，尊重服务对象的人格，尊重服务对象的隐私权。

乙：为什么那么多人参加深圳义工？

丙：为什么那么多人吃饱了没事干去参加深圳义工？难道是真的免费、义务、无偿地为社会做贡献吗？

丁：我看到市民中心这边很多义工。我表示严重怀疑他们的动机。

我觉得不可能是完全发自内心地为社会无偿服务。

乙：我在怀疑，是否做了义工，累积积分，然后跟高考加分、公务员录用、职务升级有关系，或者和其他隐藏的一些利益有关系。

丙：有谁知道内幕的？

甲：楼主是自私的人，所以你不能理解。做义工是不求回报的，是有爱心，有同情心，同时也在行善积德。在我眼里他们是很可爱的。

戊：服务时间超过 500 小时的就可以评为五星级义工。会发一件印有你名字和义工号的马甲给你。这是属于你自己的义工服。

己：我所知道的，有义工证的，会给买一份保险，是执行任务遇到意外时的医疗保险，仅此而已吧。

…………

张世伟（左一）在介绍帮智力障碍者寻亲的经过。后面穿浅色背心者是社工

其实，义工的背心上印的不见得全是他们的名字，比起名字，还有

更值钱的称呼……

　　张世伟多次来到大鹏安置点男区，和一个又一个受助者耐心交谈，一个一个地对口音，从只言片语中发现他们家乡的痕迹，从蛛丝马迹中找到他们亲人的线索。仅 2018 年 6 ～ 9 月，张世伟就帮助 12 个智力障碍人士回到了亲人的怀抱。

　　张世伟代表的特区"义工"，有着特区的独特个性——尊严与激情。他的背心上印的不是他的名字，而是"让爱回家"。还有的义工背心上印的是"大鹏义工""××义工"。可以说，这可爱的背心是专门为救助而设计的"时装"。

　　一件件红背心，红得耀眼，红得灿烂，像大朵大朵的杜鹃花。

　　2018 年 12 月 30 日，"让爱回家"的义工在东莞街头发现了一名头发蓬乱的青年，无论怎么问他都拒绝回答。义工锲而不舍，终于问出了他的名字和家庭地址。原来，他姓冯，是名牌大学的学霸。毕业后，事业失败的他，无颜回家见江东父老，流落街头六年。"让爱回家"送他到深圳市救助管理站，几经周折，终于联系上了他的父母。他母亲在微信上字字血泪地呼喊着："你为什么不回家？你知道这几年妈为你流了多少眼泪……妈妈每时每刻都在想，你在干啥？冻着没有？饿着没有？终于盼来志愿者发来你的照片，我的心都碎了，我和你爸一夜没睡……"没想到，此时这个儿子再度消失。他是从学霸的极度自负沦为流浪者的极度自卑。当然，最后，他还是回到了父母身边。这一消息，从《深圳特区报》飞到了广州、北京、上海……

　　义工群在深圳形成了一股特区"飓风"，用"所向披靡"来形容恰如其分！许多人并不了解深圳，深圳的闪光之处，就在于这灯红酒绿的现代化的城市，却流淌着素面朝天的质朴清流，这是一道连通四海的强光！

　　要说在深圳，从物质的角度来说，谁稀罕一件印有自己名字或者

"义工"字样的背心，谁稀罕一份只有执行任务遇意外时才会有的保险。但，它是荣誉，是尊严，是良心的回执；铜板可以忽略不计。以张世伟为代表的特区人，更看中的是荣誉和尊严，他们稀罕它。

有证的义工和无证的准义工，有背心的义工和无背心的义工，全是清澈东江水养育出的胞兄胞妹，他们身上散发出南海滚滚波涛的博大气场，把爱恨情仇过滤成了对社会一往情深的义、对弱者一往情深的爱，随时准备着冲锋陷阵，奉献自己。

这，就是绝大多数特区人的特区良心！

有人说，你们深圳经济特区太有钱了！是的，是有钱，钱是怎么来的？是特区良心构筑了特区风清气正的品质，这是经济迅猛发展的精神支柱！

《深圳特区报》曾报道过那些深夜回家的义工，有人手里拎着饭盒却依着栏杆睡着了。

报纸这样评价他们：志愿者，已成为中国社会的美丽风景……向志愿者致敬。

据统计，绝大多数回到家乡的流浪者，能使支离破碎的家重新有了欢笑声，冷清的家重新升起炊烟。

张世伟们倒贴钱救了别人，但在激动中的亲人，根本不可能顾及救命的人是谁，即便他们悟出要报答，恩人已经远去无影。

事后补吧，锦旗多到一个房子装不下。那么多的锦旗又不能吃，又不能喝，又不能当钱花，就只能把这浓浓的谢意收藏进柜子。如果办一个"义工锦旗展览馆"，倒是可以提升展览的成色。

是不是亏了？是亏了。但是他们是怎么看这个"亏"呢？

他们异口同声说："吃亏是福。"

他们吃亏的时候，同时在接福吗？

　　张世伟说，不求福报，但求天下没有苦难的人。

　　他们对"福"的理解不是突然有了票子、房子、车子，而是街上没有流浪者，大家都有温暖的家。

　　"这世界上真有这样一群'先天下之忧而忧'的高尚者，你不信也得信，他们就在你我的身边。"这是一位市民对义工由衷的赞美。

　　有人问张世伟，深圳的义工有多少人？

　　这样回答吧，光是张世伟手机里的群，有的超过500人，有的300人，有的400人……他的手机一共有几十个这样的群，这还不包括其他义工建的群。谁能精确地计算出这里面有多少人？

　　难怪在采访救助员工时，他们显得羞涩，总是那句"我们做得不够好，不值得书写"。奇怪，他们个个都是这样说，"不够好"。

　　不！不是不够好，而是不够全面。

　　当许多朋友知道笔者要书写这样一本报告文学时，不仅他们，连同他们的朋友、同事、孩子都纷纷来提供"干货"。单单采访救助员工，的确不可能有这样丰富的"食材"，不可能烹调出这样多味的宴席。

2019年9月8日，"让爱回家"举办中秋联谊会，有400多人参加

上面的照片是 2019 年 9 月 8 日"让爱回家"举办中秋联谊会时拍摄的，从东莞附近汇集了 400 多人。拍照时，镜头被挤爆了。这仅仅是"用爱回家"这个大义工群体的一根"小手指"。如果数万人都汇集起来，只能用直升机来俯拍。

人民——当今中国的好儿女！

无可阻挡的民间力量，为维护党和国家形象，不计得失，奉献出了满腔热血。这种能量，可以让江河改道，可以把泰山移走。

这，难道不是"两弹一星"奉献精神把民间力量催化成维护国家利益最高境界的集结号吗？

崎岖小路上的博弈

"团圆"是一个系统，全名"公安部儿童失踪信息紧急发布平台"，于 2016 年 5 月 15 日正式上线。

这个系统相当于救助事业的"人造卫星"，它能瞄准跟踪地上的目标，锁定目标。

该系统的运作机制是怎么样的呢？

平台在第一时间通过新媒体和移动应用终端，将儿童失踪信息自动推送到失踪地点周边的相关人群。推送原则是：以儿童失踪地点为中心，失踪 1 小时内，定向推送给半径 100 公里内的用户；失踪 2 小时内，定向推送给半径 200 公里内的用户；失踪 3 小时内，定向推送给半径 300 公里内的用户；失踪超过 3 小时，定向推送给半径 500 公里内的用户。

覆盖平台包括中央人民广播电台国家应急广播中心、腾讯新闻客户端、新浪微博、今日头条、高德地图、支付宝、腾讯 QQ、一点资讯、百度地图、新华社客户端、央视影音客户端、饿了么等25个新媒体和移动应用平台。

团圆系统的适用范围包括被拐卖、离家出走、迷路、溺水，甚至是贪玩不见者。

为此，全国数千名打拐民警随时待命。

作为中国最大的失踪儿童消息紧急发布平台，截至2019年6月，"团圆"共发布失踪儿童信息3978条，找回3901名，找回率达98%。

完全可以这样说，单单靠深圳民政救助70多位在职员工，难以创造出短短几年仅仅在深圳经济特区及周边地区就帮助2000多名受助者回乡的奇迹。民政救助实际上是得益于公安、街道、义工、社工、医生、护士、市民、媒体，包括接下来将要提及的学生、香港同胞、小区居民的手挽手。

故事其实不是故事，故事往往是真相，没有真相的故事是没有价值的。

下面这个故事是通过报纸飞到市民眼里的。

2018年5月18日，哈尔滨火车站站台出现了一群非常特殊的人。有人手持摄像机，有人手捧鲜花，有人手摇着小彩旗，神色既焦虑又渴盼，既兴奋又痛楚。这不像是接政界要人，也不像是接国际友人。

其中有一对老夫妻，一直在擦眼泪，泪水已经使他们松弛的皮肤肿胀起来。

几位手持摄像机的记者模样的人，一直在焦急地看着手表。

他们是什么人？为什么神情这样怪诞？

好奇的旅客不敢打搅他们，远远地围成了一个半圆。人们交头接耳，估计着有什么重要的事情要发生……

一列从深圳开来的火车呼啸着驶过来。那一对老夫妻停止哭泣，紧张地注视着火车掠过去的每一道门。火车渐渐停下来了。

九号车厢的门开了，正对着站台上的这一对老夫妻，老夫妻情不自禁往门边扑过去，像是要捕捉门里面的一个秘密。

然而，下车的人让他们闪到了一边。

不是，不是，还不是……就在他们失望对视时，一个细微的声音把他们惊醒了。

爸爸，妈妈！

爸爸，妈妈！

谁的声音，如此熟悉又如此陌生？

仔细看一看，其实就是第一个下火车的高大微胖的成年男人在叫他们。他是谁？他是在叫这对老夫妻吗？不敢相信，绝对不敢相信就是他！

十年前，他们的儿子失踪时，瘦弱黑黄。怎么可能有一个人高马大、白白胖胖的男人在叫爸爸、妈妈？

镁光灯闪闪烁烁，看来，有人迫不及待要开始编写新闻了。

老夫妻屏气凝神，再看看，再仔细看看……

3000公里的回家路他走了十年，是谁帮他完成最后1公里？

话要从2008年的5月说起。

轻度智力障碍的小胡跟着父亲从黑龙江省去长春市治病。

父亲爱子如命，省吃俭用，积攒的一点钱全部用来给儿子治病，他还指望快点抱孙子呢。

长春火车站人多得如同逛庙会一样，父子俩十指相扣，生怕被冲散。恰恰此时噩运到来。瘦小的小胡没有架住冲过来的人流，一不留神松开了父亲的手。没想到，这一松手，就是十年的蹉跎。

他的父亲在拥挤的人群中左顾右盼，呼唤叫喊，直到喉咙喊哑，儿子就像影子遇到伸手不见五指的黑暗，消失得毫无痕迹。

父亲跳上火车，一个车厢一个车厢地寻找，没有结果。他的儿子莫非被空气吞噬了？火车要开了，他是留在车上还是下车了？儿子可能在外面！这残存的一点点意识，把他带下了火车。

这位爱子如命的父亲从火车上走下来，一看，依旧不见儿子的踪影，倒在地上号啕大哭："我的儿子，我的儿子，你到哪里去了？"

天，不吭声。地，不说话。

不难想象，这位父亲回到家里，遭受了怎样的谴责和内心的剧痛。他和老伴几乎夜夜做噩梦，都是一样的情节：儿子在天上飞，抓不着；儿子在海里游，追不着；儿子在地上跑，够不着。

东三省的派出所、救助站几乎找遍了，这位父亲完全绝望，却在绝望中保留着一丝希望。

白天，走到街上，只要看到年龄相近的，就一个一个地辨认，发现跟儿子相像的人，就会扑过去，往往挨人家一顿臭骂；回到家里，只要有敲门的声音就扑过去拉开门，以为是儿子回来了。差一步，老夫妻俩就濒临精神分裂。

这十年，老两口是怎么度过的？

他们怎么也想象不出来，儿子在同父亲走失了以后，自己跳上了一列方向相反的火车，以为爸爸就在车里，会来找他。但是，爸爸再也没有出现。他糊里糊涂就来到了一个完全陌生的城市——深圳。

一年又一年，这个孩子就这样被陌生人给的一块钱两块钱、一个盒饭或半瓶矿泉水，养到了2014年，稀里糊涂长大了六岁。当年11月，在一次寒潮袭击的例行街头搜寻中，深圳市救助管理站救助了这名头发长长的、脏得像是一具泥人的乞讨人员。

他在大鹏安置点待了四年，终于在2018年5月18日回到自己的家乡。

这是一个整整十年生离死别的大悲剧。

他就是被大鹏安置点张维文团队救助的特殊案例之一。

当年,他是个儿童。如今,他已经长大成青年。

我们来看看是谁在关键时刻,移走了横隔在面前的那座挡路大山。

有智力障碍的小胡不会写字,也不会表达,寻找他的家乡如同大海捞针。

社工彭世雄在与小胡的交谈中搜索他的只言片语,将点点滴滴的信息推送到"头条寻亲"。救助站采集小胡的DNA,导入全国打拐系统进行比对,还将小胡的照片导入全国人脸识别信息系统中进行比对。大鹏派出所极力配合。可惜这些努力都没有得到回应。

寻找小胡家人的希望如石沉大海。

希望,失望,再希望,再失望,及至绝望,这样的感情起伏,能击垮一个壮汉的身躯,却击不垮救助者久经考验的心灵。

张维文对罗付才和付乐新说,不要灰心,我们继续找!海枯石不烂,地老天不荒。我们找不到,还有我们的下一代,下一代找不到还有下下一代,总会找到的。

2017年10月,深圳市救助管理站向老朋友张世伟的"让爱回家"求援了。

"让爱回家"一介入,立即热闹起来,发起了第二轮为小胡寻亲的行动。

"让爱回家"仔细分析了救助站前一轮的各种资料,深深感觉,他们面前没有通衢大道,只有弯弯曲曲的崎岖小路。于是,他们制订了一个计划——除了网络方式,根据小胡的东北口音,"让爱回家"通过"团圆"系统,把资料上传给哈尔滨的义工"温柔姐"。这位"温柔姐"立即与哈尔滨《生活报》记者连线，并与黑龙江电视台农业频道《帮忙》栏目沟通，编织了一个八方爱心经纬交织的"团圆"大网络。

这一寻亲套餐，多亏"用爱回家"张世伟利用哈尔滨的义工微信群，通过"团圆"系统打通了各种渠道，把原本够不着的关节都打通了。

你小胡不是不会写字吗？就让你与当地有东北口音的义工进行视频对话，哪怕你前言不搭后语，哪怕你结结巴巴叙述不清，用"老乡见老乡，两眼泪汪汪"来牵引你残存的记忆吧。

这一系列组合工程，绝对不是像人们所想象的，按一个键钮就四通八达。这可是需要大量的时间、人力、物力，要进行资料准备、验证、核实，必须有医学常识、经验的储备，等等。

这是一场崎岖小路上的博弈——与天，与地，与时间，与自身的博弈。

寻亲视频在当地播出后，没有想到，很快，小胡的家乡发来了户籍信息。经过比对验证，小胡离别十年的家，终于浮出水面！

张维文他们得到这一喜讯时，一个两个从椅子上弹起来，一蹦老高，然后抱到一起，喜极而泣。

张维文兴奋得立即致电张世伟：*"你神工妙笔，我以为是梦境啊！"*

在大鹏四年多的调养和医治，小胡的面貌发生了很大的改变，精神状态也大大改善。这就出现了在火车站他的父母与他相见不相识的情景。

护送小胡回乡的阵仗挺大的，由张维文、付乐新、社工刘敏专程护送。

火车驶入东北。越来越熟悉的家乡风景让小胡激动不已，他不断地问："到了？到了吧！"

火车到站时，列车长安排他第一个走下火车。

当时车站满是当地的志愿者和"让爱回家"的志愿者。"让爱回家"

的大横幅鲜艳夺目，媒体记者、家乡亲人、当地民政员工、围观的群众早已排列成阵，盼着主角出现。

其实他一眼就看到了他熟悉的父母。只是这一对老人布满横七竖八皱纹的憔悴面容使他心有忐忑，他的妈妈应当是个漂亮的妈妈，他的爸爸应当是个强壮帅气的爸爸，面前的人……不敢相认。

他的爸爸妈妈更是没认出从面前走过去的男人就是他们的儿子，他们的儿子是个孩子呀，不可能这样高大、强壮，更没有这样白的皮肤……

好半天，小胡才试探地，怯怯叫了一声"爸爸，妈妈"。

双方的随同人员也都在这"爸爸，妈妈"的呼唤中，屏住呼吸，真的不知道下面的场景如何切换……

几秒钟后，那位自责了十年的爸爸发出了撕心裂肺的喊声："儿子！"相拥痛哭的声音如同电闪雷鸣，已经不像人的声音了。两边的社工、志愿者、媒体记者、工作人员、亲属、朋友也都一拥而上，一束又一束的花，在这家人的怀中盛开了。

镁光灯一闪一闪，咔嚓咔嚓，在胡家人的身上绽放出一朵又一朵绚丽的光团。

当围观的旅客知道事情的真相后，都不约而同地拼命鼓掌，发出了欢呼声。但他们并不知道，此时此刻此番喜从天降，"一眼看尽南海潮"是大鹏人花了五年的心血，是"让爱回家"各地义工花了十年心血，构筑的手挽手的爱心长城换来的。

在这条崎岖的小路上，张世伟们的博弈成功了！

在这样惊喜的场面中，"让爱回家"的志愿者和深圳市救助管理站的张维文、付乐新、刘敏三人，默默地闪到一边，真正是"俏也不争春"，有那么多报春之花，连"只把春来报"也让出去了。

张世伟、张维文们早就习惯了只当幕后操盘手，不抢镜头。从深圳到哈尔滨 3000 公里的路程，坐飞机只要五个小时，坐火车要三天三夜，小胡却用了十年。

最后一公里，是"让爱回家"和深圳市救助管理站联合哈尔滨的媒体和公安、民政、义工共同完成的！如果没有他们，这最后一公里也许需要一辈子，也许需要无限的时间。

哈尔滨的"温柔姐"在接受记者采访（图片由"让爱回家"提供）

大鹏安置点目前还有 200 多人滞留，其中绝大多数身体残障，而他们的父母、亲人，也许正在千里之外，日日夜夜以泪洗面，对着远方千呼万唤"回家吧！回来吧"！

有南海母亲优生儿"让爱回家"的强壮臂力，目前，张维文们已经送 120 多名滞留者回到了家。

在张世伟铺天盖地的微信群里，一直没有断过义工群的通知："请各位注意，追踪目标已经到了××大厦的停车场……""大智若愚，你那边情况怎样？找到黑衣人的线索了吗？""紧急寻人！哑巴大叔的亲人已经到达深圳，留意电话……"

"团圆"系统，像极了一颗高瞻远瞩的"人造卫星"。

这，难道不是"两弹一星"大力协同精神，使政府和老百姓紧紧相拥，一环紧扣一环，筑出的这条弯弯曲曲却是铺满激情的路？正是这条路，使得一个他，三千公里，虽然用了十年，却终于走回了家园。

第五章　灯红酒绿下人性在升华

现在，回头看看从前走过的路，怎能对背后的脚印忽略不计呢。说起来，那是 2012 年，那时没有张世伟的几十个微信群，没有他上千条朋友圈消息，却有当时独领风骚的官方微博。

官方微博一开通，等于拉开了新战场。它很大，大到可以追踪到城市边缘，往前一步就是大海。于是，它一边成全了一些人的生存机会，也一边削弱了一些人的幸福指数。这就是平衡学的定律。孩子玩跷跷板，一头翘起，另一头就要落下，你想两头都翘高高，那是不可能的。

为什么这样说呢？可以设想，大年夜，盼望了一年的团圆日，一家人终于聚齐，围坐饭桌，津津有味地吃着年夜饭，之后围坐客厅，欣赏春晚，静静等待新年钟声响起。孩子们从长辈手中接过压岁钱，老人接受儿孙的祝福。这一天，这一晚，对百姓来说，是多么难得又是多么幸福。但是，如果这时，丈夫或者妻子突然接到报料，"指令"高于一切，他（她）会如弹簧般立即跳起，披上衣服，匆匆对家人说一句"对不起，有情况"，然后瞬间消失在冰冷的夜色中，在饭桌上撂下一双还粘着米粒的筷子。只吃了半碗的饭和盘子里的烧鸭、清蒸鱼等美味菜肴还冒着热气，但人已经走远……可想而知，一家人是什么心情和表情？整整一年的盼望残缺了。家人内心的遗憾无从述说，父母只能尴尬地笑笑，配偶只能打圆场，小儿小女肯定会说"不要走"。

当新年钟声响起时，这个家少了一位重量级的人物，少了一只庆贺的杯，这不能不说是大憾。但是另一边，有一个或者几个人因此而得救，这不能不说是大幸。

这，就是救助员工的生活常态。什么国庆、中秋，什么元旦、春节……似乎与他们无缘。越是这种时候，他们越是忙得四脚朝天。

留恋亲情吗？当然！人之常情！但必须在眨眼工夫转换成大写的"情"！在最最关键的时刻，从事这种职业的人，无论男女，最好是把儿女情长的小清新，换成义薄云天的大阳刚！

他们把救助之"情"播种在救助奔波的行踪里，播种在敲击电脑的手指上，播种在盯住电脑屏幕的眼神里，走到哪里，播种在哪里，成果结在心窝里，没有外面的赞美，心里依旧很美。

于是，我们有必要了解一下深圳市民政局信息中心负责的管理程序。

"甘雨"和"惠风"呼唤出两个粑粑一碗粥

这是一间不敢"眨眼"的特殊信息办公室。

这扇大门一年四季不关闭，这里的灯从傍晚亮到天明，年年岁岁不改样。有专人每天每夜坐在办公室，屁股不离椅子，眼睛不离屏幕，关注网友的建议和指令，发布各类动态信息，人命关天，哪敢有丝毫懈怠。

那个负责微博管理的女孩名叫周艳，她已经习惯性地少喝水，半天不上一次厕所，生怕漏掉半点信息。对于需要立马解决的问题，她纤纤玉指如机器般飞快闪动，让人误以为她真的是个机器人。她的双手神速地将信息通过邮件、QQ和短信等方式，瞬间就转给了民政系统各相关处室的信息员。接到信息的员工，也以机器人般的速度将信息飞快再转至各处室负责具体业务的人员，有关人员立即按指令紧急出动。

从周艳开始，这一环紧扣一环的接力，不超过十分钟，火力集中，准确无误，从"战场"上抢救了许多濒临绝境的生命。

生命，生命！救助员工没有一个不知道，他们肩上的责任重于泰山。问题解决了，救助成功了，各部门会精准地一层层反馈，最终将情况回传给周艳。

周艳下面怎样做呢？她的任务并没有完结，她必须再在提供信息的各种渠道上，将救助结果原封不动反馈给向她发出指令的网友，直到接到对方的回复。至此，这一接力方可以画上句号。

但是，句号没画完，网民的指令又到来，一波未平一波又起。她就要用另一部手机同时处理两个或者三个任务。真的是连眨眼的工夫都舍不得。

有一年冬天，连日天气寒冷，这是流浪者最容易出问题的时候。

周艳和市、区两级救助站信息员，有如大后方，全力以赴，用冻僵的手指运筹帷幄，提供准确的地点，让前方战士准确出击。

深圳市救助管理站的信息员刘胜富说，因工作需要，他的手机24小时开机，永远保持充电状态。

那根任劳任怨的充电线啊，永远插在手机的充电孔里，它也知道自己的职责，在超负荷运转中连一声叹息都没有。

2012年的最后两天，深圳遭遇少见的严寒天气！深圳这座温暖的城市，一到元旦和春节前后，有差不多一个多月的寒冬，而这一年更是冷得出奇。海洋气候潮湿的冷，加上咸湿的北风呼呼一吹，那扎心的冷就成了盐腌骨头缝的咸痛。虽说温度有四五摄氏度，却是真正的南国冬天寒冬。一个身强力壮的汉子，只有一件单衣裤，也难扛过一个长夜。

晚上12点之后，刘胜富等五六次接到周艳的电话，网友提供了好几处有流浪者踪影的地点。周艳深知，隆冬的夜，一个衣衫单薄的人在外流浪，完全可能冻僵，昏迷，甚至冻死。人命关天的时刻，她用最快的语速，第一时间报给站里值班的领导，值班的领导火速召集待命的应急人员，出发寻找需要救助的流浪者。许多可怜人就这样因着官方微博的全民行动而获救。

这些流浪者，穿着救助军大衣仍然瑟瑟发抖，进入救助站时，一个个脸色铁青，嘴唇发紫。吃两个热粑粑，喝一碗热粥，洗一个热水澡，把长发暂时往后一拢，立即变成了另外一副帅模样。

"顶峰"杨站要找一个姓李的中年人核实年龄，找来找去就是找不到，直到叫了名字，有人应了一声"在"，杨站才发现此人就在他的旁边。怎么变样了呢？杨站甚至怀疑自己的眼神。

要知道，一粥一饭，一菜一汤，一件大衣，一双鞋子，一张床，一条被，皆是起死回生的"灵丹"。

大爱无边，桃李满园甘雨润。

小荷有角，水波千叶惠风争。

饭呀，茶呀，棉衣呀，被子呀，就是甘雨，就是惠风。

风雨狂躁的时候，也是救助员工的家人需要他的时候。甘雨、惠风，是员工牺牲了亲情换来的，付出的代价是不能用数字计算的。

2015 年春节后上班第一天，深圳市委书记王荣等领导顶着寒风，到救助站看望慰问。那时，救助站内的流浪者中，成年的 150 人，未成年的 27 人，他们有自己的床，自己温暖的被窝，有新的棉衣、鞋子，这些足以把寒冷抵挡在外。其中有 15 人就是救助人员从冰冷的石板路上、灌风的桥洞下抢救送来的。王荣同志非常有感触，对民政部门充分利用网络和微博与群众实时互动，及时实施救助的工作方法给予肯定。

请他们进门，然后请他们出门，一直走回家。王荣书记肯定的正是"天职与良知"蕴含着的大情大义！

"夜天使"用仁义之光温柔着星空万里

在一粥一菜的热气中，诞生了一个"温暖接力"新形象。她披着中国传统仁义之霞光，温暖得好比一个妈妈，好比一个朋友，好比一个妻子，好比一个丈夫……也可以说是几种角色一肩挑，一头挑起市民网友的关注之心，一头挑起国家干部追踪流浪者的责任之心。

深圳民政系统启动温暖接力，从政府机构到市民百姓，一棒接一棒，绝对不仅仅是一种单一的"我帮助你"的个人行为，而是一种高级的文化行为。文明进化到文化的高度时，自然而然地产生了社会责任和对他人的关爱。文化作为一种精神力量，能够在人们认识世界、改造世界的过程中转化为物质力量，对社会发展产生深刻影响。这种影响不仅表现在个人的成长历程中，而且表现在民族和国家的历史进程中。

有人又会问了，"文化"这一抽象的概念，能进一步细化吗？

当然能。

李佳这位文学科班生，她说她最喜欢作家梁晓声对文化的四句概括：根植于内心的修养；无须提醒的自觉；以约束为前提的自由；为别人着想的善良。

这就是文化。一句话，文化就是无须提醒的自觉。

"温暖接力"持续到今天，许多年过去了，还是那么青春。无论从哪个角度看，它都符合"文化"这一标准形象。它是现代文化与传统文化的完美结合。

为了"温暖接力"，国家出手毫不吝啬，有人认为太够意思了，有人认为太没必要了。

太没必要吗？你算过一笔物质账，却没有算一笔精神账吧？

引用一位老人大代表的感言吧：你不救助，有些人会自生自灭，有些人会变成危险地雷。无论从物质还是人力的付出上来说，的确都显得很贵，这个"贵"当然值得！用物质文明唤醒精神文明，用精神文明创造更高级的物质文明，缩短了人类社会迈向高级阶段的进程！你说有没有必要？

社会发声比救助站发声更有力量。

人性的真善美，使人类的道德品质不断升华，从必然过渡到自然，把"别人教我做善事"转化成一种"与生俱来"的需要，形成思维的惯性。于是大街小巷，有太多的好人出现，他们见到弱者就立即本能地去扶助，做了好事扭身就走，不需要奖赏，不需要赞美，不需要留名，不需要宣扬，让真善美变成一条条清澈的心灵之河，自然地流淌在人们灵魂深处的每一个角落。

在中国的救助史上，不留姓名的英雄有千千万！网友、街友，不仅改变了受助者的命运，也提升了救助者自身的道德境界。

可以说，救助与被救助，这二者相辅相成，交相辉映，形成一股巨大的冲击波，荡涤着那些被人们扭曲的旧观念。

看看救助人员和微博网友（准义工）在温暖接力中的文化内涵。

人类大爱之自觉，就从脚印说起吧。

2012年12月30日晚9时许，网友朱蓉zr在微博上告诉深圳市民政局，在梅林关发现一个流浪人员。这个指令发出的三个小时后，也就是当晚12时，她已收到回复："市救助站工作人员接到您提供的信息后，第一时间前往梅林关验证大厅，找到流浪人员，现已带回救助站并及时提供救助。"这位网友同时看到发来的照片。

网友朱蓉zr回复了满意的表情。

第二天，12月31日晚，也就是元旦前一晚，11时40分前后，正在值班的深圳市救助管理站管理二科科长张维文，接到市民政局官微的工作人员发来的短信，说多位网友在微博上反映罗湖、南山等地有流浪人员露宿街头。按照网友 ECA 李子、枣天使、Jenny_薇薇等人在微博上提供的地址，市救助管理站组织工作人员楼林松、田荣学快速赶往目的地，成功救助了三个流浪汉。

1 月 1 日凌晨 0 时 10 分，全世界都在庆贺新年到来之际，张维文们再次接到"指令"，在阳光酒店外的十字路口，找到一位职业乞讨的白发老人。沟通后，老人说自己有住址，不属于救助之列，连连道谢后离开。

凌晨 1 时 20 分，他们按指令又来到地铁罗宝线科学馆站，在 6 号通道内又找到一名栖息者。此人 40 多岁，说自己白天在华强北为商铺发广告，不愿意到救助站。

1 时 40 分，根据指令，他们在八卦岭天桥下找到一名露宿拾荒老人。经过反复劝说，老人终于同意到救助站入住。

2 时 30 分，他们又来到海岸城，因为这里面积很大，而网友提供的位置不够明确，也许流浪者已经离去，救助人员找了半个小时也未找到。他们返回救助站时，已是凌晨 3 点多了。

新年的太阳正从东方冉冉升起。张维文他们的家人已经习惯性地拥抱着孤独沉沉睡去。他们几条汉子也习惯性地拥抱着自己的疲劳，回到办公室，准备继续在接到新"指令"时，再次奔赴"战场"。

他们的生活就是这样，哪怕正在吃饭，正在上厕所，只要指令一到，丢下饭碗，提起裤子，分秒必争地向目的地冲锋，不能耽搁一分一秒。

不管受助者是心甘情愿受助还是拒绝救助，救助员工牺牲亲情，深夜送暖。这一片心，想必那些拒绝的流浪人，就算是铁石心肠，也会有一点感动吧。当他们回忆起这一段时，也会给亲人朋友说一句：这些人，图的啥？

　　是的，他们图的啥？当有人问起他们时，他们绝大多数仅仅笑一笑。发问的人很想听听这些人说些诸如"为了社会的安定"之类的大话。没想到，付站说了一句大实话："啥也不图，拿的是这份工资，就要对得起纳税人开的这份工资。"

　　"天职"，说具体就是"对得起"，不是所有人都有"对得起"的良知。

　　接受网友指令，完成搜索，这仅仅是第一步。按照规范程序，网友与救助系统有来有往，如同接力赛，一棒传一棒，一直到达目的地。

　　刚刚说到的张维文，他在接到"指令"后，救助的结果必须反馈给深圳市民政局官微的工作人员。之后，深圳市民政局微博必须一一回复热心网友，汇报"指令"是怎样完成的，并配上救助站工作人员在现场拍的图片，发送给指令人，指令人往往用一个"收到"来回复，也可能发一段感触，也可能是一个表情包……至此，这一"温暖接力"互动全过程有始有终，才算一套完整成品。

　　这样的互动式接力，重要得如同人的中枢神经，中枢神经一旦停止发号施令，人的全身将处于无序状态，手脚不配合，心脑不配合，理智与感情不配合，生命可能就走到尽头。如果民政局官微根本不把如何接受指令的情况向指令人汇报，会让人以为什么也没做，那么指令人下次还会热情报料吗？

　　"温暖接力"这一创新，深受各界赞扬。有一位参观过深圳市救助管理站的市民说："没想到，救助站如同一个温暖的家，家长就是那些给流浪的智力障碍者冲凉、喂饭的人。"

　　李佳说，站里24小时有人值班，一张夜班床，被子永远叠得整整齐齐的，几乎很少有人去睡，这就是文化。

　　有这样一段经典告示——

　　"温暖接力"刚从外面回来，今夜鹏城可谓寒风凛冽，不知道那些常年露宿街头的人们可安好？深圳从来就是一个温情城市，如果您刚好经过或者您家附近有这样的人，请将下面临时救助、避寒场所告诉他们，让他们就近避寒，或者将情况发微博 @ 深圳天气和 @ 深圳市民政局，让鹏城的温暖和爱心得以传递。

　　诚如网友朱蓉 zr 所说，"谢谢你们的及时救助，让这个寒夜有了暖意"。

　　"寒夜有了暖意"，这就是文化，没有亲身经历，是感受不到、表达不出的。

　　"温暖接力"这个妈妈，体温高达 38 摄氏度，不是发烧了，这就是她的常温。

　　这是一种道德的力量，救助事业特别需要"厚德"来承载。

　　于是，出现了一位网友 Jenny_ 薇薇，她用忏悔来完成道德自我完善。

　　请记住网友 Jenny_ 薇薇，她是一个天使级的人物。

　　新时代女性与旧时代女性的差别是什么？前者是透明体，后者是封闭体。可以这样说吗？

　　请看新女性走自己路的步伐是什么样的。

　　12 月 31 日晚，Jenny_ 薇薇发出指令，说在八卦岭天桥下看到一个露宿的老人，冻得瑟瑟发抖。

　　指令一发出，救助站立即启动救助机制，奔赴目的地，救助了老人。

　　Jenny_ 薇薇有这样的义举，绝对不是偶然的，她是在有意识地寻找道德自我完善的渠道。

　　为什么这样说呢？

　　当代青年，"80 后""90 后"，不是人们想象中的娇生惯养，他们敢于剖析自己，敢于对自己的灵魂亮剑，这是改革开放时期，文化价值观升值的一大亮点。可以说，人们的思想意识也呈现与改革开放同步的敞亮。

当代青年清亮得如同一滴水，优点也好，缺点也好，一眼看到底。

"寒夜有了暖意"暖了别人，也暖了自己；暖了手脚，也暖了灵魂。

有趣的是，有一位记者通过阅览 Jenny_ 薇薇的微博，读到一个特别的故事。这位 Jenny_ 薇薇，讲述了她自己 10 多年前一个真实的故事。

"10 多年前，正在读大学的我，不记得什么原因，收到一张 20 元假币，我心中懊恼，于是想找地方花掉。因为超市用不了，在一个冬天的晚上，我向卖烤红薯的老人买了个 2 块钱的红薯，老人还找给我 18 块。我记得他那双手，因为烤红薯被熏得黢黑，又因为冻疮而肿胀，哆哆嗦嗦地在冷风里从脏兮兮的上衣口袋里找钱给我。接到钱的时候我就后悔了，但一狠心还是拿着钱走开了。那时到现在 10 多年了，老人不知道还在不在世上，希望他能原谅我。"

下面，Jenny_ 薇薇特别强调，"这是我人生 30 年来最内疚的事情之一，所以每次看到路上有乞讨的老人，只要手上有零钱，都会给一些，希望能减轻一点自己的罪责"。

改革开放，不仅没有削弱儒家文化的基因，反而在与世界接轨的过程中，强化了中华文明"仁、义、礼、智、信"的思想精髓。

"中国救助"为中华民族深厚人文文化的发扬光大，搭建了一个巨大的舞台。

Jenny_ 薇薇在这个舞台上忏悔自己用 20 元假币欺骗了一个卖红薯的可怜老人，之后总想补救。这是非常经典的"中国式的道德自我完善"在复苏。比起托尔斯泰《复活》里的聂赫留朵夫变卖家产，追随被自己玩弄而沉沦，被流放到西伯利亚的玛丝诺娃，以完成道德完善的心理暗示要真实得多。

Jenny_薇薇的忏悔，为"20元假币"的内疚，其文化内涵太深刻，太丰富。

民政局的微博牵出了比天还大的"仁义"二字的意蕴。

传统文化如果有糟粕，自然会被科技进步的强力所淘汰。但是，传统文化的精华，科技自然会与之牵手共进。

孔子把"仁"作为最高道德标准和境界，这是一个系列组合：对父母为孝，对兄弟为悌，对朋友为信，对国家为忠，对人则有爱心。把"仁"定义为"爱人"。"克己复礼为仁。一日克己复礼，天下归仁焉"，就是告诫人们，为人要克制私欲，遵循天理，方可达到"仁"的境界。

有政治家总结，儒家学说是适合于治世、稳定社会的思想和理论。儒家学说在个人层面提倡君子风范，在社会层面提倡纲常伦理，在国家层面提倡仁政爱民、为政以德，在国际层面提倡天下一家、仁者无敌，因此，它是一种维稳型、秩序型、温和与进取兼容的文化，有益于社会稳步发展，有益于国家的安定和谐，有益于世界的和合万邦。当今，我国进入了文化复兴的发展时期，儒家文化中的精髓，对崛起中的中国的文化建设、对信息时代的科技兴旺起到积极推动作用。

Jenny_薇薇积极地充当了"温暖接力"的"指令"人，她是救了一位老人的"黑夜天使"，又是传统文化"克制私欲，遵循天理"的示范者和传递者。她用自己的忏悔，使那些把传统文化不分青红皂白贬得一钱不值的理论哑口无言。

"指令人"是良心微友。以Jenny_薇薇为代表的"黑夜天使"，是深圳整座城市道德情操的云梯。

残酷的冬夜，"黑夜天使"用仁义之光温柔着星空万里，冰冷的大地有了缕缕热气。

对我横挑鼻子竖挑眼说明你爱我

接受民众的监督，这是在救助事业中布下的大格局。

当今的政府机构，要躲过市民的耳目，想都别想。你以为自己有那么点秘密，有那么点特权？还是清醒些吧。你的秘密早就有鼻子有眼随风飘扬万众皆知。

2013 年，救助服务满意度评价器安装到了深圳民政救助一线窗口，从接待到服务，每个环节都接受服务对象和市民的公开评价。

如同一个男人想挑选一个美丽的妻子，近距离看，远距离看，前看，后看，左看，右看，连脸上一个小斑点也不放过。

这一措施可是下狠手的监督。就看你救助站能不能经得起这样零距离的审视。

深圳市救助管理站，你有那么多的非正常人群要救助，员工人手又那么紧缺，你该怎么办？

你来硬的，我来更硬的。既然是激战，硬就要硬在刀刃上！

不是开门接受监督吗？我就特别邀请市政协委员、教师、社工、公益人士和媒体等上门提意见。

打开大门，请君深入，借社会能量，矫正行风，整治慵懒。

关起门来，严格规章，杜绝两面，杜绝敷衍，杜绝互掐，杜绝虚假……

据统计，救助站共发出并收回《深圳市救助管理站行风评议问卷调查表》80 份、《深圳市救助管理站满意度调查表》60 份，每份收回的评价都是好评。

也怪了，怎么可能都是好评？可能吗？

在淘宝上买东西，就算好评送积分，也不会是 100% 都给好评，总有几个差评。救助站真有那么好吗？不信，你可以看看那些回执，全是陌生人，没有一个"托儿"。他们为什么异口同声点"赞"？莫非这救助站真的风清月明无瑕疵？

姑且边行边体验吧。

有人留意到，站内经常召开科室工作人员及中层以上干部座谈会，对站内及个人存在的问题进行全面核查，出现问题毫不留情，批评加自我批评。上面的领导严格把住自身，干干净净，勤勤恳恳，下面的人真的不敢出问题。

深圳市救助管理站

有人说，这样做不是人心惶惶？站领导说，就是要把自己的员工搞得人心惶惶，如走钢丝。干这一行，自己不人心惶惶，就会让社会人心惶惶。人家对我们挑毛病，说明人家爱我，怕爱吗？

上梁正，下梁哪敢歪。

深圳市救助管理站，一个小门面，一个基层单位，还小题大做，成立专门的行风、政风工作领导检查小组，采取不定期突击检查的方式，到各科室明察暗访。

小题大做，做出了文章一篇。

在检查中，只有个别科室存在着装不整洁、用语不规范等问题，经指出后，没有敢顶撞的，立马改正。有一位女士，因为时间来不及，穿着睡衣拖鞋就来上班，被站领导委婉批评。从此，她比别人更端庄。

站领导异口同声：我们这里绝对不允许露大腿、露肚脐，不允许穿奇装异服，过分扮靓的请出去。

救助站的领导认为，衣着是风气的一部分，被救助对象都很贫困，看到我们一个两个奇装异服，或者着装华丽，打扮妖艳，这不等于刺激他们？他们能尊重你吗？

有自身的严谨，无形之中为工作的效益助一臂之力。

2013 年 1～6 月，深圳市救助管理站共接收流浪乞讨人员 6485 人，为受助者购票返乡 1281 次；开展街头外展救助工作 292 次，为流浪乞讨人员提供服务 584 次，介入个案 18 例；开展"情暖鹏城"应急救助 12 次，接回救助 4 人；开展微博报料应急救助 54 次，成功接回救助 15 人；开展社区救助活动 7 次，成功救助 6 人；护送不能自理的受助者返乡 63 人。这是一组历史的数据，仅仅半年，数字自己说的话。

敢于让人挑毛病，特别是外人，并不是百分之百坦然，几位站长时不时也提心吊胆，生怕哪里出了错，丢人现眼。但员工很给力，他们偏偏不出错，让你领导白白提心吊胆。

杨站常常感慨地说："我是从部队来的，以为这里有很多人与人之间的矛盾，工作一段时间才知，我们的员工太好了，出门什么样我不清楚，进门什么样，我一清二楚，站有站相，坐有坐相，拿得起，放得下，不搞是非，不当搅屎棍，个个是好汉、好女。"

让外人挑毛病，让外人指指点点，人民望着你，人民爱着你，你不好也得好。

这不，数字不会说谎，半年救助 6485 人次，而正式有编制的在岗工作人员仅仅 73 人，用除法去算一下，平均一个人要救助 70 人次。而这 70 人都属于非正常的，就算为一个人找到家乡要花上半个月到一个月，那么 70 人要多久呢？起码是 35 个月到 70 个月。

什么叫锲而不舍？郭敏副部长告诉记者，为受助者找到家乡，有的人花了足足一年，还有两年，还有十年、十六年、二十年、三十年、四十年的。许多老员工找白了头，他们遗憾地退休了，没退休的接着找，他们也找白了头，也退休了，新员工再接着找。一代一代在漫长泥泞的苦旅中跋涉，无怨无悔。

启发，诱导，试探，问询，吹捧，逗趣，绞尽脑汁为他们找到家；查资料，对口型，与各地派出所联络，与各地农村互动，与今日头条沟通。错了？错了再来一遍……周而复始，没有尽头。在这里，一个人的精力消耗，是坐办公室的两倍，甚至更多。为一个人寻找家乡，要用上几代员工的青春，救助者白了头，受助者自己也白了头，女人们感慨"如花美眷，怎敌似水流年"。

这些成绩，与开门接受监督、关门上下互督有直接的关系。

让人挑毛病，却挑出了许多自己都没发觉的漂亮，挑出了一代一代传承的好"家风"。

那些退休了的老领导，受着一届又一届新领导的爱护，很少出现新的不买老的账、割断历史、贪天之功为己有的官场通病。这应当算是"家风"好吧。

退休老员工偶尔会在救助大院出现。当七八十岁的他闻讯而来，顶着一头白发，与前来为被他照顾了十几二十年的受助者送行时，真是百感交集，如同久别重逢的亲人。当他走进救助站大院大门，看到同样一头青丝熬成霜的受助者，彼此先是"相见不相识"，之后是抱头饮泣。他们都在为青春的逝去而惋惜，为难以割舍的友情面临"只能回忆"而叹惜。

救助者与受助者就是这样有着无法隔绝的情谊，这就是格局。

2012年被民政部授予"国家一级救助管理机构"称号的，全国有24个，其中就有深圳市救助管理站。

这24个机构里面可圈可点的故事，如果能放飞翅膀，一定会让国家大型公益节目排得看不到尾。

2013年是深圳市救助管理站的"管理创新年"，对得起"国家一级救助管理机构"这个金字招牌。笔者采访时，他们几位领导却回避，说了些皮毛。许多素材不是他们自己提供，是他们的手下、他们的朋友、在他们的试卷上打钩的市民、一直关注他们的老人大代表提供的。他们总是说，我们是小弟弟，哪能与全国其他大哥城市比美？

毛病不怕挑，不怕挑才无病一身轻，还真是的。

媒体——他们没有把明星挂在嘴边

"人民战争"中,"两弹一星"的精神鼓舞着一批批记者,他们扛着机器,背着笔记本,如同扛着保护民众的枪杆。用"战火中的青春"来形容他们,非常贴切。这个战场的战斗也相当激烈。

所有严寒的日子,深圳市民政局微博一直在发布"温馨提示":"如果你发现有无家可归者,可请他们到市、区两级救助管理站避寒。"并将"深圳天气"告示在微博上大力转发。

更有力的是深圳的各大媒体,它们把关注弱势群体放在头版头条。它们的介入,如同冬天里的一把火,火光赛过地王大厦的激光灯柱,照亮了一座城市的每个犄角旮旯。

寒冬的救助,使整座城市都沸腾起来了。媒体也充当了"指令人"的第二梯队。我们可以通过几篇报道来验明其真实性。

2013 年 1 月 2 日,《晶报》提醒市民:"在气象部门发布黄色寒冷信号之后,市民政局会启动 24 小时庇护方案,市、区两级救助站可全天供应热饭热水。公安、城管等部门也启动冬季应急救助预案,寻找流浪人士并提供救助。"报道中还提供了市救助站、龙岗救助站、宝安救助站的电话,呼吁市民共同帮助无家可归的人。

2016 年 1 月 22 日,《深圳特区报》报道,在市民和记者共同努力下,一名在深圳东站公交站台坐了好几天的老大爷被接到深圳市救助管理站。面对寒潮来袭,"市救助站已启动情暖鹏城应急救援项目",主动上街救助流浪者,保证 24 小时来站人员吃上热饭菜和洗浴、饮用热水,也预备了救助床位,还将为留置在站的避寒人员购票并协助其返乡。"市救助站每天将派社工上街主动寻找需要帮助的流浪乞讨人员,劝导流浪者到救助站接受救助,若流浪者不愿意接受救助则为其送上御寒物资。'我们也会链接社会资源，帮助流浪者找工作，避免出现二次流浪现象。'"

2016 年 1 月 25 日，《深圳晚报》报道，"霸王级"寒潮抵深，"一大早，救助站的社工就开始走上街头四处寻找流浪者，劝导他们去救助站避寒。据悉，每到冬季来自外地的很多流浪者都会来到深圳避寒。今年由于寒潮，躲进救助站避寒的流浪者更多。据了解，仅仅这 4 天深圳市救助站已经接纳近 200 名流浪者，高峰期时较平日增加了近 8 倍……在救助站的院子里，医务科的张医生正在打包行李。接下来的几天，她要和其他三位同事送一位瘫痪的受助者回内蒙古老家。张医生说：'他想回家，我们就力所能及地帮他，这是我们的分内事。'"报道的最后，提供了市救助站的电话，呼吁爱心市民帮助流浪者。

…………

好紧张，好刺激！变天前后，各大媒体未雨绸缪，提前预告，及时配合"情暖鹏城""温暖接力"的救助行动，事半功倍。

媒体的报道，拉不完，看不尽。深圳是多雨多台风的海洋城市，一年 365 天，就有 200 天在通报各种救助信息和具体办法。他们报道的细节，诸如食堂供应热乎乎的白米粥、有肉的菜、大米饭、八宝粥，热水 24 小时不断，新棉衣、新棉被、新鞋子……全都带着良心的温度，浸入受助者的血脉。从严寒、从台风、从灾难手中抢夺生命，在记者的笔和镜头中，"情义"升值。

有情皆成同路人，全城都是同路人。

良心记者、良心市民、良心义工、良心社工、良心员工，中国民政救助，用火热的激情，焐热了流浪者冰冷的身躯。

深圳市救助管理站综合部副部长郭敏有一句话说得形象：全城皆"兵"，为的是"两碗热汤两个粑粑，让他吃饱睡好有力气走回家"。

　　有人以为灯红酒绿下的人性在退化，事实是，特区的经济越发达，人情味也越深厚，经济与人性难舍难分，相爱相恋，你掰它们不开，打它们不散。从历史的尘埃走进今天的晴朗，这多情的救助就是在酒绿灯红下打响的。

第六章 舍和得的天平上，"舍"翘高了

婚姻、事业难两全，顾了这头，那头失衡；守住了这个，那个受伤。怎么办？这是摆在事业心极强的男人、女人面前一道难解的题。

搭档，你怎么了

2014 年春天的一个傍晚，深圳市救助管理站业务副站长杨小明突然觉得自己不对劲了，怎么会头昏脑涨呢？最近这些天，付新生站长看到杨小明脸色相当难看，人也一天天消瘦，他心里一阵阵发紧，问道："家里是不是出现了什么状况？"

杨小明的头摆得像拨浪鼓："付站，我这样的好丈夫，背后的女人能不好吗……"

杨小明的笑是硬挤出来的。付新生看得出这位老弟是在掩饰什么，意识到可能是婚姻亮起了红灯！站里太多员工出现婚姻问题，可千万别轮到他这位铁哥们！因为，只有他知道，杨小明有多爱妻子和女儿，他常常会打开手机看她们的照片，眼里充满柔情。如果真的婚姻出了问题，付站绝对要亲自出面护卫，劝说杨站的太太。可是面对杨小明的日夜不回家，加班加点，付站又觉得是自己，是他付新生亏欠杨小明的太

太和女儿太多太多。他该如何调停？他哪里有资格去指责人家太太一丝一毫呢？

不管怎样说，付新生和杨小明能抽空说说心里话，太难得了。他们忙得常常看不见对方脸上被蚊子咬的一个大坨坨，也注意不到对方已经白发茂密。

在这个压力超大的工作环境里，太需要旁边有个排解和释放的渠道，否则会憋出病来。

付新生一想到"病"字，心里感觉到有些毛骨悚然，甚至内心像被电击了一下，他的心收紧再收紧……"真的家里没什么事吧？！"付新生怀疑自己有点自欺欺人，甚至是自言自语！

"我眼睛眨一下你都知道我在想什么，你说说我有什么事？"

"我觉得你肯定有什么事，如果你对我隐瞒……"

"你把我扔到窗外去！对不对？"杨小明自己抢先回答。

其实付新生隐隐约约听到风声，杨小明家里的确"有点事"。

付新生知道杨小明是为了不叫自己分担忧虑，撒了个小谎，这位铁哥们实在太善良，太厚道！付站眼睛里噙着泪花，怕杨老弟看到，故意推开窗户眺望远方，他的视线是模糊的，他的心情非常复杂！

"老兄，我给你算了个账，挂历十大本，没有卖废品，本本有记录，全是你不回家的记录，你已经十年公休没有回家，来看看挂历……我在你不回家的日子上打了×。你自己看看！你过分了！今天你务必回家，我盯夜班，这是命令！"

杨小明的手一直揣在裤子口袋里，一阵阵疼痛，一阵阵冷汗，浸湿了裤子。

"还有……你得去医院做个全身检查。这也是命令！"

难道付站知道了？不！不！！不！！！这事不能让付站知道，他的担子有多重，别人不知道，他杨小明是最清楚不过的。

杨小明果断点了下头，有命令就执行，今天回家。"好！劳烦付站你又加一个夜班！我现在就走。"但就在此刻，电话长响，那是紧急电话！

救助站里有人精神病发作，打人，砸玻璃，窗子碎了两扇，保安差点被打伤，同室的几个人纷纷逃出门外。

他们两个如同机器上了发条一般，扭头就跑，边跑边打电话召集人马，这事可是比回家要紧急得多啊！

就这样，杨小明多次要回家，多次被紧急事件绊了脚。

杨小明太清楚自己对家庭的亏欠，在这个单位15年，孩子都15岁了，每年假期说带老婆孩子去旅游，去周边玩玩，答应一次，食言一次，连一次广州都没去过。没有休过周末和假期，他图的啥？有必要这样当拼命三郎吗？到底值得不值得？他把事业看得比老婆孩子更重，到底对还是不对？他问天问地问木棉树问石板路……没有一个能回答他。他只有把无比的愧疚留给至亲的人。

已经改不了啦。15年，把办公室当家，让他成了机器人，一道道程序已经固定设置，无法修改了！……

家庭一寸一寸被撕裂，他无数次对天长叹，无数次泪湿枕巾。半夜里，他常常被浑身的冷汗激醒。最近老是重复一个梦，梦中的老婆还是那么年轻美丽，梦中的女儿还是那么娇嫩纯真，但是他一伸手，她们都消失了。他会失去她们吗？不，不，他不能失去！她们比他自己的生命更重要，他要牢牢抓住她们！他挣扎着从床上坐起，他要回家，回家向老婆请罪，告诉她，他就是工作太忙。不，不，是要读博士的愿望太迫切。这样的解释总归说得过去吧？

立刻，马上，回去跪在老婆脚下，请她原谅。马上要过"十一"了，他立即订去泰国清迈的旅游套票，完成对她们的承诺！他摸出车钥匙，打开窗，对着下面院子的右方一按，立即有一声"吱"热情地回应。他转身向门口走去，从来没有这样迫切地想回家！

但是，就在他要推开门时，头，一阵眩晕，来不及扶住旁边的茶几，他"咚"的一声倒在地上……

笔架山沉默不语，天阴沉得要流墨水了。

残酷的罗曼史中收获着丝丝甜蜜

一个国家，总会有许多不同的领域；不同的领域，总会有许多不同的工种。有赚钱容易的工种，有赚钱很难的工种；有简单劳动的工种，有高深复杂的工种；有平安舒适的工种，有危险困苦的工种。谁不希望自己能找到一个工作轻松、赚钱容易的工种？但是世界上没有那么多的"容易"？哪个部门都需要人，最苦最累的活也得有人去做。十个手指头伸出来还不一样长，你定位在哪里，哪里就是你的根。用中国人的话来说，这就是命。

水往低处流，人往高处走。谁不希望自己一生欢欢乐乐，交往的都是健健康康、给自己带来欢乐、充满正能量的人。但是在这里，你很难听到欢乐的笑声，很难看到院子里有人做工间操。人们行色匆匆，来不及开玩笑，来不及摆个龙门阵，也许一句话没说完，一个电话就让他们掉头就跑。

在大鹏安置点，救助员工年复一年、月复一月打交道的，大约百分之九十是非正常人。倒吸一口凉气后，人们起码能理解，为什么这里的人一说有情况，拔腿就得去处理，哪有莺歌燕舞的时间和心情？然而，深层次地了解后会让人更加担忧和牵挂。你能想象，常年与非正常人群打交道，会有些什么意外出现？患有躁狂症的精神病患者会对他们拳打脚踢，办公楼玻璃门窗打烂了又安装，安装了又打烂；失去记忆、失去语言能力的脑瘫患者，你对他千好百好，他也只能是回你一个毫无表情、毫无感觉的冷面孔；有的刑满释放人员，会用不友好的眼光审视对他们伸出援手的人们；患有传染病的流浪者，有的会"倚病卖病"，提出无理要求……

面对这样的弱势人群、危险人群，应该怎么办？毕竟他们也是人，而且是最底层的可怜人。出于人道主义，我们必定要救助，责无旁贷！让他们过正常人的生活，要给他们饭吃，要给他们床睡，要给他们洗澡、刷牙、洗脸、理发、剪指甲，带他们上医院，帮他们建档案、找亲人……

中国政府是人道的政府，舍得在自己并不富裕的情况下，拿出钱来拯救这一大批游荡在城市里的无家可归者。中国民政的救助站遍布每一个城市，每一个地区，自然需要大量的人力、财力，特别需要一大批有献身精神的好男儿好女儿。与其说他们是在完成救助任务，不如说他们是在拯救人类的灵魂！

苦吗？累吗？委屈吗？痛苦吗？吞进肚子里吧！

离开贫困、病痛、灾难……救助从何说起？全世界的救助事业都面对残酷，无一例外，无可回避。

就拿深圳这样发达地区的救助站来说吧，只有80人（后来成了72人）编制的单位，加上社工200人，分了三个救助点，每年要救助2万多人次，每天都有几十甚至上百人被送进来，遇到极端天气，救助站甚至一天要接待三四百人。这些人的吃喝拉撒、看病养病、找家寻亲、建档立案、上下联络……全需要人来完成。就这200人？2000人也许都紧张。

长期压抑，长期超负荷的劳动强度，就算是硬汉往往也顶不住，于是，又出现了一组更惊心动魄的数据：80个在编员工，有近40人患了抑郁症或处在抑郁的边缘。奇怪的是，他们同时也是快乐的天使，在救助对象的面前，永远是春风满面，只有回到家里，才把疲惫的笑容卸下。

看看他们的现状，你就明白为什么罗曼史会变得残酷。

借这一地盘，我们要好好认识一下一位员工。

他非常大度地敞开心扉，一点没有扭捏，令人感动！

毛渝新部长双眼皮大眼睛，形象端正，是位帅哥。他掌管着一个非常特殊的部门，托养管理医务部。

管的是什么事呢？伤、残、病人员进医院出医院；寻亲及护送返乡；与医院的结算；受助者在医院的伙食标准；病重、病危人员是否需要聘请护理人员及费用问题如何解决……烦琐到倒胃口没有食欲。这还不算什么，更复杂的是南来北往的患者，丧、葬、火化，他必须亲自处理。这个大部门的难题，几乎都要他来解。面对全中国流落到此的人，他会说广东话、客家话、潮汕话、普通话，能听懂湖南、四川、湖北等地方言，等于长出了三口六舌。每次李佳去处理这一类的事情，他必须寸步不离，随时准备冲上前应付突发的麻烦。

他是地地道道专门与病魔和死神打交道的专家，听一听都叫人毛骨悚然。

这个工作，复杂而又烦琐，脑力体力哪样也不能弱。

首先，要在电脑上查询医院的情况，对全市医院他都了然于心。接着就要选择最快捷的渠道，快速送病人到对应的医院，办理各种手续，一个病人就能扯半天。手续办好，再送病房，之后要去看望，等病情稳定了要接出院。治不好的，逝去了的，要办理死亡证，结算费用。那些正常死去的人，要尽量联系家人。那些没有家人的，就要去送最后一程，联系殡仪馆，办手续，直到最后火化……这些都要他一步一个脚印地完成。一批没完，一批又来……

从早到晚，毛渝新走路小跑，有时连小便都要忍一大阵子。这些年，他已经记不清楚自己送了多少人入医院，救活了多少人，又进了多少次火葬场，送了多少人走向另一个世界。

他们部门不仅仅直接同伤、残、病、亡者打交道，还要同他们的家属打交道。家属情况非常复杂，必须精准判断，灵活应对。

那么，我们来看看毛渝新平日遇到的是什么"麻烦电源"。

流浪人员张某某是自己走进救助站的，刚进门时虚弱得站都站不稳，捂着肚子，面无人色，一看就是病入膏肓。在站里停留片刻，毛渝新就把他送往医院，进了抢救室。由于身患绝症，抢救了十几天，他还是死在了抢救室里。

他的后事，只能由救助站处理。于是，毛渝新的麻烦来了。

毛渝新从张某某的口袋里找到他的身份证和一个电话号码。电话打过去，接听的人自称是他的小妹妹，说家中父母双亡，只有她一个亲人。当毛渝新要求她过来处理后事时，这个妹妹一口拒绝，说："我没钱去，你们来我们家乡吧。我哥哥出门时好好的，为什么会死在你们那里？你们也要给我一个交代。"语气很不友好。

遇到这样的情况，救助站最头疼，但是又最不能马虎，要十分谨慎，以免引起不必要的纠纷和官司。

处理这样的事情刻不容缓。毛渝新立即带着死者的病历和其他资料，与助手一起出发，到了张某某的家乡，一个贫穷的小村庄。

对毛渝新们来说，出差是家常便饭，去的几乎全是最贫困的地区，而这种处理死亡纠纷的出差，总是叫妻子忐忑不安。

在当地民政部门和村委会主任的陪同下，毛渝新到了死者的家里。

他们以为家里就是小妹妹一个，没想到一进门，二十几双眼睛，齐刷刷地瞄准他们，然后是一片令人窒息的沉默。

他闻到呛鼻的火药味。根据经验，他立刻知道自己该怎样面对。

赶走阴冷，换成春风！

"大叔大爷们好，能见到这么多乡亲我真是太高兴了。回头我向你们汇报，我们一路走了三个多小时才到这里，请先容我方便一下……"

他就势将村委会主任拉出门，问："主任，来这么多人，想做什么？"

幸亏年轻的村委会主任十分善解人意，用当地土话骂了一声，然后说："毛同志，他们不了解情况，放心，有我在，没人闹事！"

村委会主任马上把他们带到另外一间屋子。

这叫什么屋子？连个凳子都没有，一条绳子上挂着几串胡萝卜干、两串辣椒干、两条发黑的腊肉。来不及细看，村委会主任带来了死者的妹妹。不过，不是一个妹妹，原来死者还有一个大妹妹，是两个妹妹。

毛渝新立即把门反插上，先发制人，问："你们叫我们到这里来处理问题，叫来那么多人，想干什么？打架？我们可是代表国家来同你们协调的。"

两个女人支支吾吾，说："我们也不知道他们来做什么。"

毛渝新说："我们友好协商，把事情办好，不要搞成打架的架势，好不好？先说说你们是怎么想的？"

其中一个妹妹说："我们要你们给我们赔偿费。"

毛渝新问："什么赔偿费？"

对方说："我们的哥哥是死在你们那里的，你们当然要给赔偿费。"

毛渝新说："好，如果是我们的责任，我负责。我们先解决第一个问题，你们的哥哥来到救助站，因为他病情严重，我们没有停留，立即将他送到医院抢救。这里是当天他亲自签字的材料，请过目……这里是医院当天收住院时他签字的证据，请仔细看。他在医院 15 天，这是全部病历材料，每天每时都有记录；这些是医院花费的明细，有医院的大红印章，请你们过目。看清楚了，一共是 179500 元。我们出于人道主义把你们的哥哥送到医院去抢救，我们要负什么责任？请你们说说。"

两个女人你看我，我看你。

毛渝新继续说："今天，我们是来跟你们结算医疗费的。这笔钱请你们自行解决吧。"

这下把两个女人镇住了。她们的眼神非常无助也非常单纯，叫人心痛。她们只能用沉默来抵挡。

毛渝新本来想发火，一眼看见这姐妹俩粗糙的手，再看一眼那黑乎乎的腊肉，再看着这家徒四壁的残破景象，突然动了恻隐之心。他想哭，忍了半天才忍住了，语重心长地说："我们知道你们很困难。其实你们的哥哥早就有病，你们不是不知道，根本就不应该让他到那么远的地方找生路。我们是同情你们才千里迢迢来到你们的家乡解决问题的。什么赔偿费，你们自己想想有没有可能？"

那姐妹俩又是你看我，我看你，抽泣起来，说："这么多医药费，把我们卖了也付不起呀！"

毛渝新说："我们回去就为你们申请医疗费用，这些全是纳税人辛辛苦苦挣的钱，你们要领国家的情，不能无理取闹！"

姐妹俩擦着眼泪，点了点头，这才把话引到处理后事的正题上。姐妹俩一致要求由救助站处理，骨灰先存放在深圳，等到以后她们有条件有能力的时候，再到深圳去把骨灰取回家。她们爱哥哥，一定会去取，期限是 5 年。于是，在泪水中，她们在协议书上签名、印指纹。

毛渝新的助手把这全过程都录了像。

之后，毛渝新对姐妹俩说："现在，你们出去把那边屋里几十个亲人请出去吧，告诉他们事情已经妥善解决了，你们的哥哥可以安息了，让他们各自回家吧。

"麻烦电源"终于化解成了"安全电源"。

临走时，这姐妹俩哽咽着，用粗糙的手抹着泪水，感谢了又感谢。

"谢谢你们照顾了我哥哥最后一程。"

毛渝新就是怕女人的眼泪，脑海里拦不住地浮现那一对姐妹无助的眼神和粗糙的双手……两个男子汉是含着眼泪走出这个贫穷村庄的。

回到家里，姐妹俩那两双粗糙的手，在毛渝新脑子里挥之不去。他总觉得自己没有做到最好，以至于老婆喊他三声，他似听非听，老婆不发火才怪。

毛渝新性格内向，这样的男人往往一条路走到头。恰恰是他，成天接触的不是病就是死，再不就是无事生非的矛盾。看到那些无人认领的可怜生命停止呼吸，紧闭的眼睛再不能睁开，他心痛如刀绞。

生命不能承受之轻？奇怪，干这行已经快二十年了，居然不麻木，每当见到亲手送进医院的绝症患者——特别是年轻人——临终前一瞬间，一丝呼吸中带着对生命渴求的最后挣扎，他的眼泪怎么也忍不住。

没工夫陷入小儿女式的多愁善感

即使是硬汉，感情也有最脆弱的一个点，男人的软肋是最不经触碰的。但是，他们根本没工夫陷入小儿女式的多愁善感。

眼泪不是流进心里就是抹在纸巾里，毛渝新们能笑得出来吗？

带患者看病，要排队挂号，别人插队要吵个小架论个小理，晚饭有时要拖到八九点。这样的生活状态，女人很难包容，加上男人严肃的表情，时不时加班，女人有几个能笑眯眯适应？

这就是救助战线上一个普通劳动者的生活状态，偷窥一下他们的情感轨迹，不难发现，这一个群体里的许多男人，虽然爱妻子，但阴天多于晴天，小打小闹不是男子汉的菜，不如果断离婚。

毛渝新对朋友说，他常常觉得精神要崩溃，已经在抑郁的边缘。幸好他天性乐观，全靠自己那一点点休息时间来自我排解。电视剧是根本没时间看的，顶多打开手机听个歌，跟着哼哼两句；翻翻枕边的《知音》，用杂志中别人的痛苦来压住自己的痛苦。

同事们说，你做的是行善积德的事，会延年益寿的。他说，我们大家都在行善积德，不是吗？用行善积德来镇住小疼小痛。

解剖毛渝新的情感历程，不是高尚也高尚。

谁能说这样的结果不是情理之中的事？周围的人没有丝毫的异议，反而觉得他很人道。他的离异仅仅是若干个案之一，他与他的同行所遇到的情感麻烦大同小异。

一滴水可透视太阳，罗曼史在残酷中浪漫着，也在浪漫中残酷着。

付新生自己也离异了，他可是一个深爱着妻子的男人。

不必去探究为什么。

"有人说，茫茫人海之中，人和人的相遇，可以说只有亿万分之一的概率。但为何就偏偏遇上了一个你？佛说，相聚是缘，离别也是缘。有些人寻寻觅觅一辈子，都无法遇见一段与你的缘。你我至少能够红尘相遇，一天就等于天长地久。既然曾经拥有，何必在乎相守一世。有过一段缘、有过一段爱，即使分手了，哪怕恨过怨过，也是生命中的一轮彩虹。如果这辈子缘分未尽，下辈子一定会再续上！"

这是在付新生与前妻离婚那天，他含泪在记事本里连抄带写，自由发挥的一段文字。

他把这段文字悄悄给杨立君看，杨立君眼圈红红，感慨万分，半晌，说了一句：通情达理的离异。

半醒半醉半神仙

残酷的罗曼史，残酷就残酷在还有感情。

久而久之，残酷对他们来说，已经不残酷了，习惯成自然。像"鹰男"杨立君这样的好丈夫，与妻子相守，顾了事业又顾了妻子孩子，说不定还要生二胎，的确少见。那是因为妻子也在这条战线，也随丈夫有了"鹰性"。

也怪，尽管有离婚的，但在这座老楼里的员工没有辞职的，没有抱怨的。广东话中的"搞搞震"（添乱）在这里吃不开。人们来也匆匆，去也匆匆，天天忙到顾不上对着镜子照照自己的面容，就连中午吃饭的时间都得挤给工作——几个干部围坐在付站办公室的一张圆桌旁，就着粗茶淡饭，轮流汇报，商讨每天下午和第二天上午要应付的公事，没有一句与此无关的扯淡话。想骂个人宣泄一下？对不起，没时间。想对自己撒个娇，撒个野？对不起，顾不上。

杨立君说，半醒半醉半神仙，对自己的委屈何必那么在乎？不信，你睁一只眼闭一只眼照镜子，脸上的皱纹和斑点立马似有非有，看着还挺顺眼，这才是最高境界吧。

谢笑这位文质彬彬的站长说过一句话：懒得理自己，懒得顾影自怜。

兴许这里的风气就是这样。一个机关，一座楼房，一间办公室，都有自己的格局。深圳市救助管理站一共有47个共产党员，都充满正能量，用"风清气正"这四个字形容，可以说是名副其实。

　　实行了定期开放制度后，许多市民来深圳市救助管理站参观，绝大多数人深受感动，部分政协委员还提出合理建议。

　　救助站的日子的确谈不上生动有趣，更没什么好玩的，甚至味道很苦。

　　去年，付新生在朋友圈内看到陈肖月副书记发的一段精彩感悟：

　　杭州灵隐寺内有这样一副对联，"人生哪能多如意，万事只求半称心"。语言朴实，却富含哲理。

　　这种"半称心"的生活常态，知足常乐、随遇而安的心态，被林语堂先生称为"中国人所发现的最健全的生活理想"。

　　"半称心"不是无奈和消极，而是一种豁达和智慧。林语堂先生总结为：自古人生最忌满，半贫半富半自安；半命半天半机遇，半取半舍半行善；半聋半哑半糊涂，半智半愚半圣贤；半人半我半自在，半醒半醉半神仙；半亲半爱半苦乐，半俗半禅半随缘；人生一半在于自我，另一半顺从自然。

　　三年前，付新生与妻子离异，加上看到周围不断有离异的同事和搭档，不免心情低落。陈肖月副书记的这条朋友圈感悟，使他豁然开朗。为什么要沮丧？婚姻不顺事业在；事业不顺朋友在；朋友离去友谊在；友谊变淡儿女在……

　　也许歌词中说的"留一半清醒留一半醉"，才是最高境界。

　　人，真不可能十全十美，能抓住一半幸福，有一半称心，就属于成功之人生。想通了这一点，一通百通。他有好儿子好女儿，有事业有朋友，还图什么呢？于是，人们看到的付新生每天腰板挺得直直，迈着雄赳赳的步伐，身影在院里院外、楼上楼下闪过去，闪过来。他就用这样的阳刚，将整个救助站抹成一片亮色。

中国的救助事业是一个非常特殊的行业，人们在痛苦中快乐着，在挑战中坚强着。

小矛盾被大和谐淹没了，久而久之，人们对鸡毛蒜皮、婆婆妈妈的小事，根本看不上眼。"小家碧玉"都有了"大家闺秀"的气度。

想通了，真的想通了。

渐渐地，付新生对单位离婚率如此之高，也不那么自我谴责了。只能说，兄弟，你给我守住！守住什么？家庭？事业？健康？爱情？他自己也说不清，最后守住的也许只能是清白和责任。

但是，在这片伴随痛苦而行的土地上，也收获着丝丝甜蜜。

截至 2018 年 7 月，那些同甘共苦的夫妻，坚决拥护国家的新政策，一个接着一个，怀孕，生二胎……已经有十多个二孩出生。

一片祝贺的声音，把残酷的罗曼史冲淡了。人们奔走相告，郭敏生了，是儿子；曾宇平生了，是女儿……人们以水代酒，一边碰杯一边骄傲地晒出二孩的大名和乳名。

郭敏说："我的儿子大名未定，小名'三宝'。"

曾宇平说："我的女儿叫曾钰乔，小名乔乔，我盼的就是一个女儿！"

陈瀚明说："我的二孩名字叫陈静怡，好听吧！"

刘胜富说："我的宝宝叫刘同欣，名字取得有学问吧。"

吉晓莉说："我的宝贝叫张嘉宜，可漂亮呢！"

王珲说："我老二叫王佩琪，可淘气呢。"

曾会霖说："我的二仔叫曾凯，凯旋的凯。"

…………

杨站和谢站喜得嘴巴合不拢了，逢人就说，我们站人丁兴旺，喜事多，二孩接龙，为我们门户增色啊！

杨站说，我也要努力，争取来个二孩露露脸。

相信这句话吧——痛苦与甜蜜总是结伴而行。

但是"舍"与"得"，总是"舍"在前面开路。

"追思"在泪水中升华成最明亮的星

2016 年，那是一个春天，南国深圳，有一位年轻的干部，倒在了红土地妈妈的怀里。他是谁？他是什么人物？居然来了这么多人给他送行。与他并肩工作过的同事，无一缺席。鲜花盖满他的身躯，哭声震撼着窗前的白玉兰，落英飘白。那情那景，不知道的人一定以为他是一个国家高级干部。谁能想象出，他，仅仅是一个 47 岁的副处级干部。如果他没有高尚的情操，没有献身的精神，没有宽以待人的风格，怎么会有这么多人，这么多眼泪来追思他呢？

惊天地泣鬼神

追思的报告就从这里开始。

有人说他是累死的。

有人说他是加班加死的。

他就是前面说到的杨小明。

47 岁，正当男人的黄金季节，他怎么能忍心让红土地妈妈伤心落泪呢！他为什么那么傻？为什么那么执着？已经非常不舒服了，还要伏案工作，因肝癌换肝，一出院就进办公室，去世的前三天还在办公室与几位闹事者协商。

　　有那个必要吗？

　　姑且不去探讨杨小明的活法是否优秀，他的光环已经无可阻挡地在深圳民政圈内闪烁。

　　倒在红土地的怀抱时，他是从容安详的，脸上没有一丝痛苦，嘴角挂着浅笑，也许他从天上俯瞰到了被他帮助过的人已经过上了正常的生活，感到无比安慰。

　　妻子和女儿的泪水几乎变成血泪。她趴在他耳边轻轻说，你答应带着我跟孩子出国旅游，说了三年，一直没有兑现，现在你怎么一个人走了呢？你怎么自己一个人走了呢？为什么？为什么这样自私……

　　她泣不成声，想起了许多许多往事。他们原本是非常恩爱的，深南路上，他俩手挽手，踩出了串串脚印；南塘汇食街，他俩剥着濑尿虾的壳，往彼此嘴巴里塞；女儿诞生的时候，他抱着那可爱的小精灵，亲不够，爱不够……这些温馨情节恍如昨天，怎么今天他就双眼一闭，永远不睁开了呢？他来救助站15年，孩子也15岁了，工作太多，妻子虽然对他多有抱怨，但希望从没破灭。因为每年假期，他都说带她们母女俩去旅游，她一直期盼着。她彻底失望是在2015年，丈夫的许诺全都成云烟。一个女人，一个妻子，一个母亲，是会伤心伤到心深处的。半年前，她就提出离婚。一个女人，的确无法忍受年复一年黑夜降临的寂寞。

　　在救助站，常常是一个萝卜顶五个坑，许多员工加班拖班，家庭和事业总是一头有损，难以两全。杨小明作为业务副站长，这个"业务"二字，包罗万象。需要救助的，吃喝拉撒，他要管；捣蛋的，生病的，犯病的，逃跑的，挑拨是非的，打架的，档案审查修改的……他统统要管，而且一个也不能落下。上面开会，下面布置他要管。他的担子有多重，妻子是不清楚的。妻子只知道他太忙，对他爱与恨交织，佩服与抱怨交织，感情非常复杂。

杨小明非常爱妻子，手机里存满了妻子与女儿的照片。在清理他的遗物时，手机里那些照片，让人心酸不已，付新生也泣不成声。

半年来，他对妻子的离婚要求采取回避态度，舍不得放手啊！因为他爱她，但是他也热爱他的事业，两头一样沉。一不留神，就在事业的一头加了一个小小的砝码，于是天平倾斜了。

一个承诺说了三年，不是他不想兑现，他是有打算的，但是，来不及……

他是累死的？可以这样说。

追思会开成了一个团队的总结会。

人们提到 2012 年年底，一个流浪汉冻死在公园里的事故。那个时候他刚刚升为副站长，一上任，就提出了与社会有关部门电话多方连线，全民动员的方案。这一方案成了深圳救助史上的一大成就。

他把最后一口气拼在事业上

人们还追忆起杨小明临终前的惊人毅力。

2016 年春天，换肝后仅仅半年。那时，肝癌已经转移到全身，他走路都歪歪扭扭，腿都在颤抖，人们都为他还能来上班，还能走得起来而惊讶万分！

那时，正值救助大院房间改造工程要动工。

受助者居住的救助大院在改造之前条件非常差，他拼着最后一口气，带着业务员和基建科工程单位的各方人员去现场考察。

改造的宗旨是，新的装修一定要适合受助者的生理特点。

他们一个房间一个房间研究，探讨对不同受助人群应当怎样布局。杨小明根据自己十几年的救助经验，给设计施工人员提供了非常有参考意义的建议，特别对残疾人生活起居的场地提供无障碍、无危险通道。怎么防撞——房门、墙、床铺、桌子都做成圆角；电门、开关高出二米……这些很细小的细节他早就思考到位了。在场的技术人员和施工人员佩服得瞪圆了眼睛，不断发出"太对了，细节考虑得太到位了"的感叹。

人们并不知道，他是敛足最后一口气在挣扎，撑不了多久就要崩溃。知道的人，为他捏一把汗，心在为他哭泣；不知道的人，对他颤巍巍的脚步，生命最后绚丽美妙的线条，充满好奇和赞叹……

那时，他走路要扶墙，腿在哆嗦，走不成直线，总是慢三步的节奏。有一位工程师悄悄问身边的人，他莫非关节有毛病？

如果他们知道，他的癌细胞已经转移到骨头里，此刻正在疯狂继续向全身每个角落转移，一定会惊叹，怎么可能？绝对搞错了！因为，如果是真的，他早就躺在病床上连张嘴的力气都没有了。

也就是半个月之后，杨小明倒下了，倒在红土地妈妈的怀抱里，倒在他为之热爱的事业怀抱中。

杨小明已经成了一种格调，一种符号。人们一提他的名字，就会联想到那些披荆斩棘、披星戴月的身影。

他的风格代表了救助站的站风。

追思会开到一半时，大雨骤停，太阳瞬间金光四射。

人们相信，是杨小明的灵魂升上天空，太阳用美丽的笑脸在迎接他。

第七章　永不闭幕的旋转舞台

鲜为人知的"冰山一角"

最有资格登上被聚光灯打亮的舞台的人，是在平凡岗位上做出不平凡贡献的普通人！

2017 年 6 月，在深圳市民政局先进模范人物报告会上，深圳市救助管理站站长付新生做了为时十五分钟的汇报，获得与会者持久的掌声。

付新生在民政系统先后干了差不多二十年，不知不觉，皱纹一丝丝悄悄爬出来，从一个帅小伙无声无息地从容走向退休。

他也不是什么伟人、奇人、高人，半辈子与弱势群体打交道，半辈子默默无闻。想想，他的战友，有的当了外市领导，有的当了学者，有的成了富豪，有的成了名人，他能不羡慕？几次有机会轻松转身，但舍不得那张他睡了多年的行军床，舍不得留下他体温的办公桌，舍不得被他磨得光滑的椅子，更舍不得与他风里雨里同甘共苦的战友，于是他狠狠心，掐断了调动的念头，无怨无悔在这个平凡得比一滴水还不起眼的岗位，一干又是将近十年。人有多少个十年？

下面是他的发言内容摘要：

我是深圳市救助管理站的站长，我要向大家讲讲我们站里的故事。

深圳是一个流动人口多，流浪乞讨、生活无着落人员也相对多的移民城市。

我们站自 2003 年 8 月由收容遣送改制以来，已累计救助 21.7 万人次。2009 年至今，年均救助为 1.9 万～2.1 万人次，日均为 40～55 人次，节假日和恶劣天气下的日均救助量还会陡增到 180～200 人。

几年过去了，我们带着温度搞救助，得到了社会的认可和赞扬。

这些年，经救助站统计，无法找到亲人和家庭、长期滞留在站的就有 630 多人。还有些流浪者，进进出出，反反复复。有的上午来，下午走；有的今天来，明天走。只见他们的背影如同闪电一样在我们眼前晃。特别是一些残障的"三失"（失忆、失语、失联）人员，我们看在眼里，痛在心里。救助吧，越来越多，不说人手不够，住呢？站里哪能住得下？救助还是不救助？我们都难。怎么办？于是我们问自己，如果他们是我们的亲人，能视而不见吗？

硬着头皮也得救！一个员工当五个人用吧！

我们救助员工有一个共同特点，心软，千言万语不太会表达，只会默默无闻地埋头苦干。苦呀，累呀，喜呀，乐呀，全部吞进肚子里。

我们已经习惯在喧嚣的城市当配角，甚至当受助者的配角。

今天，我要着重汇报一下我们是怎样避免托养模式带来的后患。由于深圳救助站收留的人爆棚，前两年，救助站先后在惠州、化州、新丰等地市开展了异地托养业务。从当时的情况看，也确实缓解了我们人手不够、住处紧张的困难。但是，慢慢地就发现问题了。异地托养业务的点多、线长，托养地设施设备条件较差，管理难到位。

托养者好比我们的亲人，我们当然希望他们生活得更好。

回迁果真那么迫切吗？

救助无小事，安全是大事。2015 年 7 月底，云辉局长刚到任，马上找到我说：两地回迁什么时候能搞定？当时我蒙了，新局长见面的第一句话就单刀直入，直捅要害。他接着说：我们民政人就是要有菩萨心肠，要对每一位托养的受助者负责，明知异地托养存有安全隐患，必须坚决落实回迁。他指示，2015 年 8 月底前必须全部回迁。

200 多人哪！回迁是历史性的决策！是对共产党员党性的一场大考试。

2017 年 3 月 25 日下午，省委书记视察救助站。他称赞深圳高度的工作责任心，还握着我的手说，你们的工作做得好，我们感谢你们，相信你们，你是位老同志，工作热情高。此刻，市委领导同志补充说，老同志工作有激情，我们深圳民政干部的工作都很有激情。

特区的政治敏感与她的经济成长一样出彩。

虽说异地托养回迁的 200 多人给我们增加了几倍的工作量，但用云辉局长的话说，入了民政这一行，就得有高强的承受力。

承受高压，磨出我们肩膀上的老茧，才能越来越强壮！人员回迁了，我们放心了，再苦再累无怨无悔……

这段报告仅是摘要，起码让我们进一步了解了民政事业鲜为人知的一角——托养。

托养，看起来没什么大不了，却藏有深深的隐患。如同一个母亲，只要自己有能力，是绝对舍不得把孩子放到远离自己的别人家托养的。托养一个人，就多一分牵挂，多一分焦虑。

这就是前面写到的"和平鸽"李佳组织将 216 名流浪病患"亲人"从外地接回深圳的回迁大行动！

覆盖面极广的救助战线，繁杂琐碎，方圆一座城，泱泱一大国，上上下下左左右右，每年每月每日有多少员工隐身在不为人知的后台，为前台的"亲人"操劳，奔忙，流血，流汗。应当说，离了国家的救助行动，流浪者的悲惨生活将永无止境。

可付新生们却说，离了他们，我们一事无成。

走下被聚光灯打亮的舞台的付新生，和他的兄弟们天天在扮演着慈善使者的角色，他们的舞台望不到边，救助员工走到哪里，哪里就是他们的舞台，即使他们隐身到后台，后台就是他们的前台，因为整个救助就是一个旋转舞台。

鲜为人知的"托养"落下帷幕，自然旋转到另一个舞台。

他们个个都配当主角

哪里去找一个铺天盖地的巨型舞台？

有家可归者生病了，落难了，救助他们，医治他们，责无旁贷。他们病情稳定和情况好转以后，按照国家的规定，是一定要把他们送回原籍，让他们与家人团聚，过上正常人的生活的。

每一个生命都是天地所养，他们当中的许多人，有些生活不能自理，有些患了精神病，虽然出院了，但情况仍然很严重……送这样一批人回乡需要全程陪送。即便他们在天涯海角也要护送到位。

于是，一个不需要舞台聚光灯、不需要舞台布景、全靠自然情景构建的巨型舞台，在一个特殊人群的脚下自然生成。

这个舞台上的主角还有谁？

登台的人群中不乏失忆忘记家乡，之后又记忆复归者。他们不愿意回乡，救助者就要极力劝说他们回到自己的家乡，并与当地的民政部门联系，由救助方出面护送，由当地出面接应。所有的回乡者，都要救助方与当地事先对接好。送到了以后，救助方把受助者的档案及病历、目前状况等详细资料交给当地相关部门，在备忘录上登记，签字……整个交接的过程相当烦琐，也相当复杂，必须相当谨慎、细致地去完成。

于是，主角中，受助者和护送其回乡的救助方，必然共同携手登场。

这舞台上人影闪烁，吸睛程度不亚于电影。

担架上的袖珍舞台

护送回乡的全过程，有时要乘坐火车、长途汽车，有时开自己的私家车，有时需要四五天，最长的甚至需要一个星期到十天，次次都是大考验和大挑战。

曾宇平科长曾送过吃喝拉撒全部需要护工护理的重病患者。冲着他年轻，有一把力气，还顶得住，才能揽了这重活。

知道吗？被护送者有些患了绝症，从医院里面刚刚出院，必须尽快送回家乡，让家人见他们最后一面。

常人无法想象一路上救助员工忍受了些什么。

有一个七十多岁的老人曾进监狱三年，出狱以后就在街上流浪，后来被送到救助站。他在救助站反反复复出出进进十六年，闹事、打架、骂人是家常便饭。后来他摔断了腿，还是救助站把他抬进医院医治。救助站的工作人员劝他回家乡去养伤。他在外面已经十六年了，对家这个概念已经很淡漠。他终于答应回家乡。因为行动不便，救助站派了四个人，其中一位是医生，专程护送他回乡。这个回乡过程太特殊，是用担架把他抬到飞机上的。因为老人无法行走，年龄又太大，身体太弱，怕经受不起火车加长途汽车几天几夜的折腾。这是唯一允许坐飞机的特殊个案。

满飞机的人都用惊讶的眼光看着四个护送者，真的像是在看一台戏。

有人以为是传染病患者，吓得捂住鼻子，戴上口罩。医生解释道，老人是骨折，不传染的，飞机上的人这才放心了。于是大家纷纷猜测，送的人与被送的人的关系。看到曾宇平为患者擦脸，以为患者是他的父亲或叔叔或长辈。有一位旅客小声问曾宇平："这位老人是你的什么人？"曾宇平悄悄回一句："亲人吧。"那位旅客听懂了，又像没听懂，说了一句："噢！他们几个……都是？"曾宇平反问："你是这样觉得的？"

谁能猜得出来，这个七十多岁的老人是个刑满释放人员。如果那位旅客知道实情，可能会惊掉下巴。

下了飞机，在人们好奇的目光中，救助站的四名护送人员轮流抬着担架，又去坐长途汽车，一直把老人送到老家铁岭。这一路，这一副担架，压得几个壮汉满头大汗，头发都滴水。

类似这样的受助者，不仅要送回乡，还要给他们办低保，送进养老院，向当地对接的相关部门详细交代受助者的情况，真的像对待自己的长辈一样。不对，应该把"像"字去掉，换成"是"。

试想，把一个人们所不齿的老人当成自己的亲人，感动得他能掉一滴热乎乎的眼泪，这难道仅仅是一个老人被温暖了？当然不是，这也是对一个地区的温暖，也就是对整个社会的温暖。这种温暖的辐射力是很强的，一传十，十传百，会形成一股强大的正能量。一个小举动是对党和国家的大维护！

临别时，当老人伸出手握住护送人员的手时，他想说什么，却什么也说不出来，哽咽了。

抬担架来送行的人也哭了。

一副担架结成的缘，赛过血缘。这一个小舞台暂时拉下了大幕，自然旋转到另一个舞台。

12小时的120救护车舞台

有一名胃肿瘤患者手术后，要从医院直接护送回乡。这可是危重病人，上面插胃管，下面插着导尿管，带着尿包，一路还要输营养液，乘坐什么公共交通工具都不可能，只能坐120救护车，车程12到14小时，而且有很长一段路的路面情况非常不好。谁去送？

成人部部长王珲说："我去！我体力好，经得住折腾，就这样定了！"

他和医生张小梅及另外一名护工上路了。

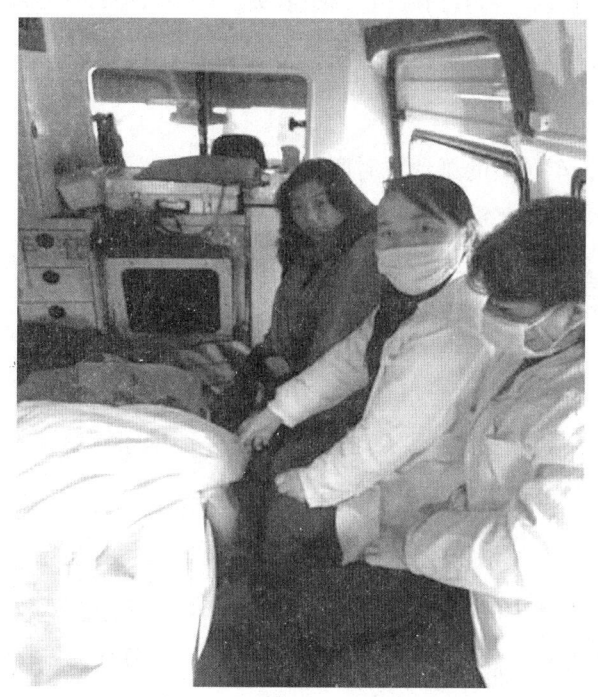

救护车护送现场

这一路，可是出现了任何人都想象不到的折磨。因为患者消化系统严重损坏，要不停地排气，说白了就是放屁，连呼出的气也是怪味，那是患者自己也无法控制的难堪。救护车是封闭式的，空间狭小，王珲和医生张小梅及护工挤在一起，脚都伸不开。加上不能开窗，臭气散不出去，差点把所有人熏倒过去。好几次，王珲这位高大威猛的汉子都觉得自己顶不住了，要呕吐。为了不刺激患者，不能捂鼻子，他强忍着从胃里翻上来的恶心感，还要笑着去安慰患者。因为他知道，患者的痛苦大过他们十倍都不止。

目的地总算到达了。王珲他们从车上下来的时候，差点儿一头栽倒在地上，可能是车里空气太污浊，严重缺氧造成的身体不适。他们把患者送到了亲人的身边，还自己掏腰包给患者买了许多水果，这才离去。

患者的家属感动得眼泪汪汪，双手合十，连连说："谢谢，谢谢，一路平安！"

120 救护车颠簸的舞台暂时谢幕，旋转舞台又开始转动。

插尿管的火车舞台

王珲他们还送过一个从医院接出来的插着尿管的患者回乡。这次是坐火车。一路上患者如果要喝水，就得不停地排尿，就要不停给他拔尿管，倒尿包，再插尿管。患者的尿如果特别多，这一天一夜，送行人员根本无法睡觉，就怕尿包满了造成回流。王珲也是独生子，何曾干过这样的事情？好在有军事学院四年本科的基础，有驻港部队的风雨磨砺、摸爬滚打基本功垫底，尿管这点事又算什么？大丈夫一咬牙，什么难事不能扛得起？火车上人特别多，厕所总是没断人。患者上火车后特别自觉，尽量少喝水，少吃东西，否则他自己麻烦，也给王珲他们添麻烦。王珲有些心疼，几次把水递到患者面前，他几次用手轻轻推开。王珲很感动，说："不要紧，我知道你好渴，你喝水吧，不就是给你倒尿吗？

我们能做到。"但这患者只喝了两口就忍住了。难熬的 24 小时终于结束了。就这样，王珲他们充当了 24 小时的医生、父母、儿女、保姆。

到达目的地后，患者的父母不知道怎么感谢，恨不得把家里的鸡全部杀了、猪全部宰了来招待王珲他们。他们接受了患者父母的感谢，一顿饭没有吃，立即踏上回程路。

这方舞台落幕，他们准备走向另一个舞台。

悲喜兼容的舞台

有一个外省的中学生来深圳旅游，花光了钱，流浪时被城管送来救助站，因为马上要开学，如果从深圳坐火车回去，要转好多次车，起码需要五六天，孩子开学就在两天后。为了不耽误孩子的学业，民政局又特殊批准——坐飞机。

这名中学生高高兴兴回家了，没有耽误一天学习。虽然乘坐飞机行程只有几个小时，但是护工小赵等人回程却惨了。按国家规定，救助人员不得乘坐飞机，只能坐火车和汽车。但是，正值国庆期间，到广州的火车票一周内的全部售光，怎么办？只能坐长途汽车绕路，绕到广东的连南，下了车找不到北，人生地不熟，一迈腿就走错了方向，问路语言不通，听错了，又走了冤枉路，走到连公交车都没有的地方，只好招手坐了农民的马车、牛车，恨不得连环卫工人扫地的车也去搭一程，几经周折才坐上长途汽车到了广州，然后回到深圳，这一路足足用了九天。

他俩表面上说，这有什么，不就九天吗？私下里却苦笑说，早知如此，当初不如就等上一周，也比这样的折腾舒服得多。

…………

送走的受助者，几乎都生长在农村，有的是偏远山区，哪能说通火车就通火车，说通汽车就通汽车的？救助站的护工，除了飞机，什么车都坐过。火车是习以为常，长途汽车更是小菜一碟，还有马车、牛车、货柜车……除了大粪车太臭不敢一试，什么交通工具都体验过。事后一回忆，能笑得肠子痛。

时过境不迁，桃花依然笑春风，这样的笑，永远是未完待续。

苦乐生涯，成就了一批真正的"时代主角"。他们扮演着大众父母、大众朋友、大众亲人的角色，却从不抢镜头，仅仅是把侧影或者背影对准观众。在城市大舞台上，该出现时会在前面为人挡子弹，该隐退时就退到人家背后当靠垫，这样的品质才配当真正的主角。

当然，这一切是他们应当做的，也是必然要经历的，没什么值得特别推崇。

但是，用这一正气压倒当前社会存在的歪风邪气，为什么要吝惜口舌和笔墨呢？

有一首歌《掌声响起来》不仅仅是献给演员的，更是献给谢笑、杨立君、付新生、张维文、王惠平、毛渝新、王珲、郭敏、吕老师等这些伫立在风雨之中，为弱势人群遮雨挡风的平凡大哥、大叔、大姐、阿姨的。

孤独站在这舞台

听到掌声响起来

我的心中有无限感慨

多少岁月已不在

多少情怀已更改

我还拥有你的爱

…………

掌声响起来

我心更明白

你的爱将与我同在

掌声响起来

我心更明白

歌声交汇你我的爱

第八章　一场输不起的战争

心痛啊！心痛到不能呼吸

同在蓝天下，同是妈妈生，孩子们的命运却差出十万八千里。有的孩子从没感受过妈妈怀抱的温度，还有的孩子从不知道撒娇是什么滋味……摇篮曲的美妙旋律与他们无缘。

他们曾经都是爸爸妈妈的心肝宝贝，也曾经给一个不富裕，甚至贫困的家庭带来很多欢笑声。很小的时候，他们也听妈妈唱过带乡音的摇篮曲：睡吧，宝贝；睡吧，乖娃；睡吧，铁蛋；睡吧，阿毛；睡吧，崽崽……但是，当他们长大了，妈妈却把摇篮曲变成：好好读书吧，乖娃；好好上学吧，阿毛。摇篮曲也变调了，变成：再见吧，乖儿；再见吧，仔仔。

于是就在"再见"的哭声中，隆重推出两个新词汇——"留守儿童""空巢老人"。

先不谈老人，因为比衰老和死亡更危险的是"留守儿童"。

生孩子容易，养育孩子很不容易。有人说，生一个孩子，就搭上一家人的辛劳，搭上父母脱一层皮。这话一点不假。特别是教育，教育是要搭上父母脱两层皮！太多的家庭，包括一些小康家庭、富裕家庭，父母都完不成这样的义务，放弃对孩子的管教，致使孩子走上歪门邪道，甚至犯罪,更何况那些边远山区、贫困地区的孩子。他们的父母挣扎在贫困线上,吃了上顿没有下顿,打开米桶没米了,拿起油瓶没油了,这样没有了,那样没有了,愁还愁不过来,哪有精力去关注一群孩子的生存状态。孩子就在这样恶劣的环境中,在田野里,在树丛中,在溪沟边,在猪圈旁,追着小鸟,嚼着稻秆,顶着寒冷的风雨,顶着似火的骄阳,在大自然的怀抱里自生自长。特别是近几年,许多农民到城里打工赚钱,这种行为本无可指责,但是,把孩子扔给爷爷奶奶,没有爷爷奶奶的就扔给姑姑姑父,这完全是"无可奈何的不负责任"。

年迈的爷爷奶奶要种地,要养猪,要照顾一个家,还要看管孩子。他们没有文化,没有精力,甚至没有养活自己的体力和精力,一天能给孩子做上两三顿饭,就已经筋疲力尽了。父母从城里寄回一点钱,让孩子能够上学,但孩子书包里揣着一个又冷又硬的干粑粑,翻山越岭过溪流,上学过程中的艰辛,也是孩子们小小年纪所无法承受的。许多孩子中途辍学,即使咬牙坚持下来,能够上中学甚至上大学的,也是凤毛麟角。不是孩子们不喜欢上学,他们太向往学堂的朗读声、歌声。但是,家里要种稻子了,要施肥了,猪草没有了,柴禾没有了,收割没有人手了……这些使他们不得不停止学业,帮助年迈的爷爷奶奶来分担沉重的担子。六岁的哥哥要领着三岁的妹妹上山去砍柴;七岁的姐姐背着两岁的弟弟去上学;四岁的哥哥哄一岁的妹妹吃饭睡觉。破衣烂衫,席地而坐,玩具就是一堆小石头,玩"抓子儿";写作业就用膝盖当桌子。这样的情景,城里的孩子是很难理解的。有一位城里的妈妈用农村孩子的艰辛来启发自己的儿子,儿子听完她讲的故事不但没有被感动,反而问了一句,他们怎么那么穷?

其实这个问题是问到点子上了。为什么那么穷?一个简单的问题,却需要社会学家、历史学家、教育学家来共同回答。

据民政部 2018 年 11 月公布的数据，截至 2018 年 8 月底，全国共有农村留守儿童 697 万人，主要集中在 6 ~ 13 周岁，也就是义务教育学龄段；96% 的农村留守儿童由祖父母或者外祖父母照顾，4% 由其他亲戚朋友监护。没有父母陪伴，许多孩子无力抵御来自外界的凶险。

据官方统计，中国每年有近 5 万名 0 ~ 14 岁儿童死于意外伤害，其中大部分是留守儿童。2014 年一份调查显示，49% 的留守儿童在过去一年中遭受过不同程度的意外伤害。

伸出春天的手，拯救留守儿童。这是一场输不起的战争。

中国民政对保护儿童是下了大力气的。据《2019 年民政事业发展统计公报》，截至 2019 年年底，全国共有注册登记的独立儿童福利和救助保护服务机构 686 个，床位 9.9 万张，各类民政服务机构集中养育孤儿 6.4 万人。

在深圳，每年寒暑假的时候，来寻找父母的孩子至少有 200 人，但能寻找到父母的顶多二三十个，绝大多数在街上流浪，被公安送到救助站。救助站就一方面帮他们寻亲，一方面动员他们回家上学。更重要的是，为他们返校之路铲除障碍。

为了不耽误孩子的学习，给他们订票回乡成了大难题。火车票太难买，长途汽车到不了偏远地区，许多时候就是救助员工自己开私家车送。救助站人手再不够，也要抽出人去护送，一直护送到家。

那位老人大代表说，让全深圳、全中国都来关注这些孩子，这是中国民政救助大业的神圣天职。

她需要的是"心灵鸡汤"

2016 年春,公安局送一个长得很可爱的少女来到救助站。这里的人们喜欢用"小芳"来称呼她。

这是一个充满了叛逆色彩的女孩。

父母长期在外打工,对她的忽视和冷漠,使她愤怒至极。她决定用离家出走来试探父母是不是铁石心肠,她希望看到他们为自己流一次泪。

进到救助站未保中心以后,小芳态度特别恶劣。该吃饭了,护工叫她吃饭,她说不用你管;该睡觉了,护工让她洗漱后睡觉,她说,不用你管。

有一天,心理老师吕宏普到宿舍,特意在她旁边坐下,试探地问她:你在想什么呢,为什么这么大的情绪?

她把两条腿架到床头柜上,摆出一副玩世不恭的架子说:"我想什么,你想听吗?你不是想管我吗?打电话告诉我爸爸妈妈,让我爸爸来把我打死吧!他们根本不爱我……"

极度尖刻的语气,让吕老师瞠目结舌。小芳身边的女孩看不过去了,说:"吕老师人很好,他是在帮助我们,你怎么可以这样没礼貌?真不应该!"

小芳低头不语。

吕老师说:"没关系,你有气就发泄出来吧,我们改日再聊,你早点休息。"

第二天,吕老师又去了。他的责任就是用心理疗法去给孩子们疗伤,能疗一个是一个。

小芳看到吕老师来了,没有歇斯底里,态度稍稍缓和。

吕老师说:"我们到院子里去走走,院子里空气好。"

小芳默默跟着老师走到外面。

吕老师说："人哪，都会遇到挫折，都有无法诉说的苦痛。我知道你有，但那算什么？连我都有许多不愿意对人诉说的秘密，我们家穷，没钱让我上大学，这是我一辈子的痛。但我后来自学，也学出来了，如果我当年自暴自弃，到外面喝酒解愁，不知现在什么样子……往往一念之差，就能把命运翻个个儿。"

小芳猛然抬起头，望着吕老师，喃喃地说："如果我爸爸妈妈也能对我说这么多话，我不会走到今天。"

在了解到小芳对父母的感受后，吕老师首先从父母的角度，向小芳耐心分析父母离开家乡外出打工的时代大背景及个人的动机、目的，他们也有无奈，也有一肚子的艰辛和心酸；然后从子女角度，分析她对父母的不理解，甚至怨恨，是完全可以从相互的沟通中化解的。

这次谈话进行了两个半小时，吕老师的耐心使小芳非常惊讶，冰冷的心一点点被融化了。她说，从小到大，没有任何一个人同她说过这样多的话，更没有人这样来开导她，她会好好思考吕老师所讲的"亲情"。

之后，吕老师让她画一棵树。

画树，是心理学对人格评价的一个测试。

老师让画一棵树，她画了两棵树（代表两个人），一大一小，代表父亲和自己。

两棵树树干的轮廓像两个长方形，规规矩矩，正符合小芳说的父亲是一个很严肃的人，不苟言笑，一是一，二是二，她在父亲面前必须表现得规规矩矩。

大树的树干上长了几只眼睛，正符合小芳说的，父母，特别是父亲总是能发现她身上的缺点，偶尔见一面就是批评，她怕见父亲。

大树和小树都没有清晰的树枝和明显的树叶，这代表小芳的父亲或母亲及她自己都缺乏细腻的情感，或她感受不到来自父母的亲情。

大树有较多的果实，小树没有一个果实。从心理学分析，果实代表着成功、成就或价值感，说明小芳从内心认可父母对家庭所做的贡献和父母对她的付出，而小树无果子，暴露了她只能索取不能付出，自我反省意识为零。

大树高高地压在小树上面，小树树干的上部斜向一边，符合小芳所说的父亲的威严压痛了她，想快些挣到钱就是想尽快获得自由，因为有了钱就可以独立了，就可以离开家人想去哪里就去哪里，这就是高压下倾斜的心理。

小芳的心理测试画作

完全是无意识的情况下画的一张画，居然泄露了内心世界的"天机"。忧伤的树。

神奇的心理学！

于是，吕老师和王惠平部长着重用亲情疏导小芳，并保证为她保守秘密，同时也对她的父母尽力劝慰。

无论大树还是小树，两边都退了一步，于是出现了海阔天空！

她的父母对女儿的内心从孤儿般的自卑到极度的憎恨再到反叛，居然毫无所知。当他们知道女儿因为被疏忽而叛逃，大大震惊了！在哭泣中，他们两人对着电话对女儿说"对不起"……

小芳终于看到父母为自己流下的泪水，原来他们在乎自己！她也为父母流下了泪水，因为她太在乎亲情。

小芳最喜欢上图书馆看书，常常画自己喜欢的图案，在救助站时间虽然不长，但变化惊人。以前在图书馆画画，她低头不语，画一些别人看不懂的怪符号。亲情复燃后，在等待回家的那几天，她一边画画，一边同小朋友交谈，画的蝴蝶、花鸟非常阳光，从神到形如同换了一个人。

现在，小芳已经回到家乡，与父母和好如初，并恢复了学业，正在复读初三，与吕老师时有微信联系。

一笔还不清的孽债

20世纪80年代初，改革开放的春风首先吹到了深圳经济特区。深圳的罗湖桥上，走来大批香港的中小企业家和小老板。他们拎着一个皮包，带着几张图纸，用一笔不到香港十分之一甚至二十分之一的资金，在深圳办起了各种各样的手工作坊和小工厂。几乎每一个自然村村口都竖满了各种各样的牌子，比如：玩具厂、箱包厂、制鞋厂、制衣厂、制袜厂、电子元器件厂、电路板厂、食品加工厂、纸箱厂、家具厂、礼品加工厂、印刷厂……这些小厂如雨后春笋，密密麻麻，占领了中国制造行业的大半个舞台，打响了中国计划经济向市场经济转变的第一枪。

序幕一拉开，不得了哇！沉睡的中国一旦苏醒，从各地赶来的劳动大军，必然以千军万马之势浩浩荡荡地向着这一开放舞台聚集。不用任何行政命令，不用开任何动员大会，这是求生存、求发展与生俱来的本能。

这些小工厂大都是低端的劳动密集型企业，一百人的厂就算大厂了。老板的文化素质、学识修养、道德品质良莠不齐，鱼龙混杂。有的人根本就没有想在这里长远发展，仅仅是今天赚一把算今天，明天赚一把算明天，然后说一句"拜拜"就平地消失。他偷税、漏税没有，你无从追查；他在这边生了几个孩子也无从查证。

从四面八方涌入深圳的，还有许多非常质朴善良的打工妹。她们中长得好看的，往往就被厂里的老板看中。有的是双方未婚真诚相爱，有的是男方已婚却隐瞒实情，有的是公开有老婆女方却不在乎……他们在这边租一套房子，先把小日子过起来再说。

早先深圳就有许多村民建造的楼房，这些楼房组成了"城中村"。村里居住的绝大多数是没有正式结婚手续或被老板包养起来的年轻女人。她们穿着名牌衣服，背着名牌包包，牵着漂亮的名种宠物，一觉睡到大中午才起床，喝喝下午茶，做做美甲，做做按摩，逛逛街……然后与村里的其他女孩互相攀比，误以为这就是尊严。对于这些单纯得如同白纸的女孩子来说，这简直如同灰姑娘遇到了白马王子。

她们从来没有想过，以青春为代价去换取一时的荣华，值不值得；她们好像并不在乎自己还有很长很长的未来，甚至不惜为这些并不值得托付终身的男人生孩子。她们生的孩子既不是香港人，也不是深圳人，也不是她们自己家乡的人，没户口，没正式身份，全是"黑孩子"。

随着经济的高速发展，深圳渐渐由劳动密集型产业向科技密集型产业的方向发展。市场紧缩颇似多米诺骨牌，大批出口加工型企业倒闭，许多大中型制造企业也迅速收紧步伐，许多外资、港资撤离，导致大批民工被裁，或被迫无限期休假。

能把握产业升级、产业转型的，能继续发展的仅仅是凤毛麟角。大批没有能力升级或转型的，就只能偃旗息鼓。这一急速发展的情势，也逼着当年的小老板被动地改变自己。

据报道，当年东莞有 4000 多家工厂倒闭。时代的车轮滚滚向前，绝对不会因为哪个没有准备好而停止。

这一情况，是当年的小老板和天真的"外来妹"始料不及的，更是他们生养的"黑孩子"噩梦的开始。

在碎片化厄运中扑腾的姐妹

有一对姐妹，母亲是内地人，父亲是香港人。

母亲在深圳打工时认识当老板的父亲。当时两人都年轻，而且都未婚，真心相爱，走在了一起。后来，他们生下了两个女儿，但没有登记结婚。这姐妹俩小的时候可以说是饭来张口，衣来伸手，住在大房子里，有父母疼爱，生活得非常快乐。

好景不长，就在姐妹俩四五岁时，父亲的小厂倒闭了，厂里的机器都被人拆了去卖废铁。父亲从富翁变成穷光蛋，还背了银行的债。大房子也没了，搬进了小房子。让母亲万万没想到的是，两个孩子没户口，幼儿园上不了，即使能上也没钱。渐渐地，家里矛盾不断，昔日恩爱的父母成了仇人。

没有爱情没有钱，这日子怎么过呢？分手吧。

母亲提出要把女儿带走，父亲坚决不答应。他深爱自己的女儿，他要亲自抚养。没有回旋的余地，感情已经破裂到你死我活的绝境。伤心欲绝的母亲只能吻别两个心肝宝贝，哄骗说，回家看看外婆，很快回来。

母亲一走，父亲就把原来的房子退了，另外租了更小的房子，给了姐妹俩一点点钱，自己回香港去继续谋别的生路。房子换了，母亲与孩子们的联系全断了。那时，这对姐妹一个刚刚八岁，一个也才七岁。父亲要隔好几天才能从香港回来看她们一次，留下一点房租和生活费。

姐妹俩的噩梦远远没有完结。她们的父亲回香港另谋的生路是什么路？居然是把脑袋挂在裤腰带上走钢丝的险路。没多久，父亲在香港入狱了。

父亲刚入狱时，姑姑和父亲的一个朋友断断续续给两姐妹提供有限的生活费。两姐妹的生活相当艰难，后来实在没钱交房租和电费了，好在好心的房东没撵她们走。没有学校可去，白天没着没落，两人就到附近的麦当劳店，坐在角落，眼巴巴看着别人津津有味地吃，别人吃剩下的她们也不敢伸手要，就干咽口水。有时候店员姐姐看她们实在太可怜，会让她们在店里等着，下班时把当天没有卖完的食物给她们吃。一个打扫卫生的阿姨很同情姐妹俩，偶尔从自家带些吃的给她们，还把她们带到自己狭小的出租屋，煮点面条之类的给她们吃。

再后来，经济上不宽裕、无力承担姐妹俩生活费的姑姑和父亲好友找到公安局，把姐妹俩送到了救助站。但住到救助站不是长远之计，必须尽快联系到她们父母中的一方，首先解决户口问题。有了户口才可以上学。

未保中心的王惠平部长多次和香港方面联系，希望能解决姐妹俩在香港的户口问题，她们的户口最好随父落在香港。但根据香港的规定，她们必须在内地上了户口，才可以迁到香港。要给两姐妹上户口就要找到她们母亲的户籍信息，而姐妹俩提供不了半点线索。

通过公安系统帮助，费了诸多周折，终于查找到了她们母亲的相关信息。

这个信息太振奋人心，意味着姐妹俩起码可以回到母亲身边，先把户籍问题解决了。姐妹俩也盼望着与分别多年的母亲相聚，一再要求带她们去找母亲。

但是，经查证，她们的母亲独自回到老家后便得了绝症，不久就病逝了。

雪上加霜！这个残酷的消息谁都没敢同姐妹俩说。每当她们提起妈妈的时候，王惠平部长和吕宏普老师总是说"正在找"。

母亲去世了，外公外婆总可以联系上吧。但是，电话是空号，门牌号是错误的，怎么也联系不上。

只要有一线希望就不放弃努力！看着姐妹俩期待的目光，王惠平部长决定实地走访，挨家挨户地问，总能问个水落石出吧。

坐火车到武汉后，王惠平借了大学同学的一辆别克轿车，和吕宏普一起驱车前往姐妹俩母亲的家乡。

车子在国道上行驶时还算顺利，没想到出了国道，路就变得坑坑洼洼，十分难走。一不小心，小尖石头把车胎扎爆了。当时正值酷暑，前不着村，后不着店。王惠平和吕宏普都不是修车能手，顶着炎炎烈日花了半个多小时才换了车胎，重新上路。

到了村子，又是一个没想到——这个村子如此偏僻、贫穷，路两边没有饭店，连卖水、卖饼干的小店也没有。午饭没有吃上，带的矿泉水早就喝光，他们真是饥肠辘辘，恨不能画饼充饥。

忍住饥渴，先把任务完成再解决肚皮问题吧。

王惠平他们怀着极大的期望，先敲开了第一家的门。当然，先出示公函，把身份介绍了。按常规，村里人应当会配合的。

这家主人一听打听的是姐妹俩的外公外婆，脸色一下变了，连连摇头说"不清楚，不清楚，不知道有这样的人"，之后，就索性走开，拿起扫帚扫地，等于下逐客令。

好奇怪，明明地址没错，怎么会说不知道？也许这家是新搬来的。再敲第二家的门吧。但是第二家也是一样的反应，连连说"好像不在这里了，他们搬了"。

那就继续打听吧，没想到家家避之唯恐不及，不愿多讲一句话。王惠平他们只了解到姐妹俩的外公外婆已不在村里好多年了。去哪里了？不清楚。

怎么会这样？

无比沮丧！王惠平和吕宏普已经忘记自己大半天滴水未沾，粒米未进，双手还满是换车胎留下的泥……他俩坐进车里，陷入沉思，半天没讲一句话。下面怎么办？

王惠平不甘心，再回去再争取！

于是，别克车又踅回头。他们的车刚刚停下，就听到一家家哐哐当当关门的声音。

这样的结果不能告诉姐妹俩，只能说，妈妈和外公外婆搬家了，暂时找不到。姐妹俩那充满希望的眼神，骤然间换成晶莹的大泪珠，令王惠平和吕宏普心痛得想撞墙。

王惠平他们有那么多的迎来送往，头一次碰到这样不合情理、诡谲怪异的"遭遇战"。

后来，在姐妹俩的要求下，也在她们姑姑的同意下，由她们父亲的那位朋友，把她们带出去养育。

临走时，姐妹俩对被她们欺负过的孩子给了个笑脸，拉了拉手，说声"拜拜"。这可是相当大的改变！

为什么这么说？

刚到救助站时，她们欺负其他孩子，会把分给其他孩子的食物、玩具等强行据为己有，非常看不起有智力障碍的孩子，对伙食和作息制度也百般挑剔。

王惠平和吕宏普想了个好办法，经常夸奖她俩，说她们很聪明，很善良，还让她们当孩子们的班长和副班长。有了尊重和重视，这对姐妹真的变聪明了，真的变善良了，再不去欺负弱小，而且一反常态，去保护被别人欺负的小孩，还很仗义地制止其他孩子欺负人的行为，成了好班长，还经常组织小朋友去电影室看电影。

小姐妹"班长"哽咽着走了，她们的背影消失了，但留下的遗憾永远挥之不去。

不见童年的乖乖女

2017 年春天，一辆中巴在深圳至河南的高速路上疾驰。这辆车上有十二个女孩，看上去年龄都很小。十二双眼睛里不见孩子的纯真，而是饱含沧桑，而且齐齐地望着窗外的景色发呆。车里没有一个人说话，没有歌声，也没人打瞌睡，女孩们在想心事？

她们在想什么？

她们在想，回家怎么跟父母交待，出来这么长时间到底在外面做了什么？她们在想，回家以后做什么？学业已经荒废了，要捡起来比登天还难。不上学，去工作吧，又有什么工作好赚钱的呢？她们在想，这一年多在外面已经习惯了高消费，回去以后，面对破破烂烂的家，如同爸爸妈妈一样年复一年日复一日面对黄土地过苦日子，她们能承受得了吗？

对未来的迷惘，对自己的不自信，困扰着这些年轻的孩子。

那么她们对自己过去一年多的所作所为，有一丝一毫的悔恨和反思吗？

这十二个女孩在过去的一年里到底做了什么，为什么心神不宁、眼神发直？

镜头回闪到一年前。

有一个女人，在河南一所中学门口，拦住一个长相标致的女生，问："同学，这是你丢的钱吗？我看见它从你包包里掉出来的。"

那可是一张 100 元的大钞。

女生答："不是我的，我没有……"

女人说："肯定是你的呀，我看见从你包包掉出来，才追上你的。不是你的你也拿上吧，我交给别人也是交，交给你也是交。"

100 元，好大的钞票啊！女生心想，天上掉馅饼了！不拿白不拿。

就这样，这个女人同这个女生搭上话了。第二天，她利用放学时间，等在校门口，请这女生吃了一餐饭。

女生从来没吃过这么好吃的饭，问："阿姨，你为什么对我这样好？"

女人说："我看你就想起我的女儿，都那么好看，你们差不多大，所以我特别注意你，而且我还知道，你爸爸妈妈对你不好，我好心痛，所以特别心疼你。"

一提起爸爸妈妈，女生的眼神暗淡了。她回避了这个话题，半天才问："你的女儿，她在哪儿？"

女人说："在深圳。"

"深圳？那不是一个好有钱的地方吗？"

"是啊！那里都是高楼大厦，人们都好有钱，天天吃这样好吃的饭。我女儿也在那里上中学，初中三年级，同你一样乖。我在深圳当会计，一个月挣一万五……"

女生听傻了："天！一万五？一个月？我爸爸妈妈一年加起来也没有一万五！"

"你想去吗？读书太苦，跟我赚钱去吧，可以带几个要好的同学，一起去，不寂寞，路费我包了。你就对爸妈说放假和同学一起去旅游，自己打工赚钱解决费用。"

就这样，这个女生约上了另外两个女生，她们是要好的同学，跟这女人上路了。

这女人用同样的办法，又在几所中学分别"约"了九个女生。

女人给这十二个女生都配备了手机，与接应的人建立了微信联系。

十二个不满16岁的少女，她们小小年纪到深圳做什么？那个女人到底是谁？她所说的工作是什么？

十二个女生到深圳后，被领到一间神秘的地下室。刚开始还算不错，有人教会她们用手机，教会她们用微信昵称与他人联络；教会她们用支付宝付款，在淘宝上购物，并带她们到超市、饭店、娱乐场所消费，到美发厅去做头发造型，打扮得靓靓的，感受什么叫享乐。

惊喜！惊喜！

女孩们简直不敢相信，她们的转身如此华丽，眨眼就变得自己都不认识自己了。她们急切地等待美好的工作从天而降。

之后的情况，你懂的，不说也能知道发生了什么。

当知道她们的工作是那么肮脏时，女孩们反抗过，要找那女人算账，但那女人一到深圳就失踪了，接替的是另外的女人和男人。

她们哭泣，没用。她们企图逃跑，往哪儿跑？走一步都有人跟踪。想报警，那些管她们的人说，你要报警，首先抓的是你们，坐大牢的是你们，死了那份心吧！

幸好，是国家出手救了她们。

这是深圳公安在一次突然袭击中破的案。

十二个女孩还没有完全陷落时，全部被公安救出，被坏人扣押的身份证全部物归原主。

事实上，救助站的王惠平等人，已经跟她们的父母沟通好了，也已经把她们这一年多做了什么，如实告诉了她们的父母。但是出于对孩子们自尊心的保护，他们特别叮嘱父母不要把这些事情捅破，毕竟她们是被人骗了，并不是自愿的，同时劝慰父母们以父爱、母爱、朋友之爱去感化她们，切记不可以拳脚相加，那就等于把孩子们逼上死路。如果再一次陷入泥潭，就很难把她们拉回来了。

与女孩们的父母达成这样的协议也是相当不容易的。因为大部分父母是老实巴交的农民，在教育子女上恰恰缺了柔和基调的中间色彩，也可以说是根本忽略。还有的父母在外面打工，一年见不了一面。

这些家长，平日对子女教育欠了一大笔，一听说这样丢祖宗八代脸面、败坏门风的事情，又在绝望中歇斯底里，有的家长恨不得拿刀把孩子宰了算了。

未保中心的王惠平、吕老师等人，真正是苦口婆心，在电话里分别与十二个女孩的家长委婉诉说，好言相劝：毕竟孩子是好孩子，而且受尽屈辱，更需要亲人理解和加倍关爱呵护……直说得唇干舌燥，眼冒金星，必须等到电话那边怒气渐渐消失，最后说一句"好的，我保证"，这才放下电话。

王惠平们真心为这些被侮辱、被伤害的少女心痛不已，做梦都在说：不要责怪她，不能打骂……

孩子们回到家以后，以什么样的面目来面对家长？家长又是以什么姿态来践行对救助站的承诺？这的确是两代人血与火的对峙。

星星还是那颗星星，月亮还是那个月亮，山还是那座山，桥还是那座桥。童年的乖乖女还是那副面孔，只是内心的月亮已经变了形状。

汽车开到了女孩家乡的小村庄，把她们一个一个放下。妈妈的心肝宝贝乖乖女终于回来了。

没有父母们喜气洋洋迎出门的面孔，也听不到她们大喊一声"我回来了"。

黑洞洞的门里面，好像藏着一个古老又幽深的秘密……

心痛啊，心痛到不能呼吸！

挂在泪珠上的彩虹

有一个姓彭的孩子，就叫他小彭吧，是儿童部被救助对象里文化程度最高、悟性最好、改变最大的孩子。让人惊讶的是，他写了几篇文章，把自己的经历记录了下来。一个流浪孩子，能有这样的悟性、这样的文思，实属凤毛麟角。现将小彭的文章摘录几段如下：

在我刚出生两个小时以后，我的妈妈就离我而去。我没有看到她一眼，她也没有看到我，我们就这样阴阳两隔了！在我两岁的时候，我的爸爸就给我找了一个后妈，后妈也带着一个儿子，我就叫他哥哥。当时我觉得后妈和哥哥对我好好哦，感觉很亲切。可是当我四五岁的时候，他们就开始对我很冷淡，我就找不到以前的感觉了。有时候她还说我偷东西！这个家对我不好，我就开始不回家，我就睡外面。

六岁时我已经是一年级的学生，爸爸到了广东打工。我很听话也很乖，见到熟人就打招呼，大人们很喜欢我。过了一阵子，那个后妈就又冤枉我说我偷了她的钱，无论我怎样解释她就是不相信我，还打我、骂我。我只有忍了，虽然很疼，可是我又有什么办法啊！我只是一个刚上一年级的学生啊！那天我记得很清楚，她没让我吃饭，也没有让我睡觉，就让我跪在那，当时我就想我怎样才能离开这个家啊！

…………

晚上我跑到了车站，觉得我好像自由了，终于不用挨打了。不知到了深夜几点，我看到车站门前有辆客车，就好奇地跑过去。车上好多人啊，趁别人没注意我就上车了。

…………

终于到了终点站了，我觉得好兴奋，因为后妈怎么想都绝对想不到我会到广东淡水。这时我已经感到筋疲力尽，因为在车上什么东西都没吃。看到别人没吃完的，我就慢慢靠近，把别人没吃完的给吃了。一个饭店老板发现我在捡东西吃，见我可怜就给我做了个炒粉。我当时很饿，狼吞虎咽地吃完了。老板问我这么小怎么在外面流浪，还问我家住哪里。我始终不肯说。没办法，他只好拨了110报警电话。不一会儿，民警来了，我只好跟着他们去了派出所。

…………

爸爸办了手续就把我领走了。我在爸爸打工的地方住了几天，爸爸对我很好，邻居也对我很好，只要后妈不在，一切都好。可是爸爸给后妈打了电话叫她到淡水来，我当时心里在想她千万别过来啊！可是过了两天后妈还是过来了。她看到我的时候，那种要把我杀了的眼神让我感到恐惧。

…………

和以前一样，后妈让我跪在那里。那天我没去上学，她竟然给我请了个病假。我还挨了打，很痛，鼻血都被打出来了。我被打得快晕了，哭得很厉害，一整天没吃饭。

…………

可是好景不长，过了一段时间，后妈又开始冤枉我。那天我从学校回家，后妈扇了我一耳光，问我是不是又偷了她的钱？我太冤枉了！她还是那个老样子，不相信我。那天她也没让我吃饭，下午我又饿着肚子去学校。

下午快放学了，我想到家里的事情就害怕。那个念头又来了，我打算再离家出走。

…………

我趁着他们没注意就逃跑了，过了一会儿他们追了过来，我就躲在一个建筑工地里。我在建筑工地睡了一晚，到了第二天天亮了，我从工地里出来，边走边想：我该去哪呢？最后下定决心去重庆吧！就这样，我沿着到重庆的路开始走了。

经过两天两夜的长途跋涉，我终于到了重庆。到了重庆后，我不知道以后的生活怎么办，就在重庆的观音桥待了下来，因为那里有许多饭馆，好找吃的。

就这样我在重庆待了三个月，以捡瓶子为生。有一天，我到重庆的朝天门捡瓶子，晚上我就在外面的座椅上睡觉。睡到深夜，我忽然感觉有人在摸我。我睁开眼一看，是个中年人。他坐在我的旁边，手还在我的身上。我问他干什么？他没有回答，只说给我一百块钱让我跟他回家。那时我根本不知道他在说什么。

…………

小彭曾情绪失控差点儿做傻事，幸好被好心路人拉住后送入救助站。进站后，他与别的小孩表现大同小异，不说话，烦躁。

王惠平和心理咨询师吕宏普对他留心观察，发现他比较爱干净，喜欢写作，总是要一支笔和几张纸，埋头写些密密麻麻的小字。老师们发现，这些密密麻麻的小字是日记。

在这之后，他们发现这孩子特别喜欢歌唱类的节目，经常电视上面唱，他在下面和，唱得有板有眼。当然，他喜欢的歌，都不是他这个年龄段应当喜欢的伤感旋律，许多歌连王惠平他们都不会唱，甚至不知道还有这样的歌。

正好赶上未保中心职业规划的支持系统建立，小彭的歌唱天赋得到引导和发挥。他经常获得给孩子们表演的机会，观众用热烈的掌声激励他，用赞美的话语浇灌他。

真是神效！刚进站时，他阴郁的小脸呈菜色。后来天天歌唱，心情焕然一新，他的脸色也焕然一新，整个人变得洋气起来。他几乎天天都发自内心在唱，挡不住的歌从他心里往外流。

他亲口对吕老师说，对生活和未来有了希望，他答应不再计较后妈的恶，原谅父母对自己的忽视。

他连爱与恨也焕然一新了。

小彭走出救助站后，吕老师对他进行了持续跟踪，发现他成了阳光少年。在无人可以依靠的情况下，他打几份工，送快递、送餐、送水，起早贪黑，自食其力，还月月给年迈的爷爷寄钱。他把节省下的钱买乐器，结识了有共同音乐爱好的年轻人，组建了一个业余乐队，经常出现在婚礼、朋友聚会、饭店聚餐等各种活动场合。

他们从歌声中看到了自己的未来。

后来，小彭兑现了对咨询师的承诺，来到救助站，通过演唱歌曲和讲述自身曲折而感人的经历，使和他同龄且有很多相同经历的孩子们非常激动。

当天晚上，孩子们特别兴奋，有人说，我将来也要像彭哥哥一样自食其力。有人说，我也能做到！有人说，我不会唱歌，但是我会学厨艺，我要当厨师，我喜欢吃……

王惠平非常有感触。他说，未保中心的心理辅导非常重要。这里的孩子年龄小，容易接受引导，走上正道，但也最容易接受邪念，走上歧途。引导得当，能使烂铁成不锈钢。引导不得当，放他出去，那就是害群之马。

这场抢救儿童的战争输不起，一万个输不起！这方面，深圳市救助管理站未保中心真可谓呕心沥血，殚精竭虑了。

小彭的眼泪早已经化成了一脸的阳光。

通过心理辅导和规范教育，许多孩子都在悄悄改变，挂在泪珠上的彩虹五彩缤纷。

泉水叮咚流进岁月的心田

下面是未保中心心理老师吕宏普跟踪到家进行疏导的个案。

案例1 李某个案

儿童李某是第六次在外流浪时被派出所送进救助站的,由于事例比较典型,还曾被媒体报道过,已彻底失望的家人害怕接他回去后再出逃,更怕被坏人控制利用,故拒绝接领,拒绝和科室工作人员联系。

仅仅通过电话、微信、微博、QQ沟通,效果实在不明显。咨询师吕老师在为李某做心理辅导的同时,还两次邀其家人来救助站面谈,进行三次家访和十几次电话沟通。

李某的家,白天如同黑夜,即便开灯,灯光比蜡烛还昏暗。只有一张凳子,吕老师坐了凳子,其父亲就只能佝偻着坐在仅有的一张上下床的下铺。吕老师和李某父亲你一言我一语交谈着,甚至争论着,反复琢磨李某出现问题的原因。李某父亲一直强调自己太贫困,生活太不公平,太不幸。吕老师突然说:"你的腿脚没问题吧?"

这个父亲不明白什么意思,看看自己的脚说:"你以为我是跛子吗?"

吕老师说:"我正是要祝福你,你的腿脚健全,实属大幸!"

这位父亲更迷糊了:"大幸?"

吕老师说:"小时候,当我哭泣我没有新球鞋穿的时候,我发现有人却没有脚。"

这位父亲渐渐品出了滋味,明白这世界上还有比自己更加贫穷的人,一味强调自己贫穷而放弃责任,可知自己的孩子这些年有多么委屈。

李某的家人终于承认,孩子出现问题的原因不完全是孩子不好,也不完全是社会原因,家长不尽心尽力,放任自流,实在对不起良心。

吕老师说,没有不好的孩子,只有不好的父母。

第一次有人这样直捅心窝,这个父亲瞪圆眼睛,好半天,才说:"是吗?"

吕老师与李某的父亲如同哥们儿一样将心比心地交谈。第三次家访时，这个父亲终于痛下决心要给儿子营造温馨的家庭气氛，监督儿子好好读书。

李某的家人终于明白，生了一个令人羡慕的男孩，却让他放任自流，太可惜了。这不仅是父母、亲人的痛，也是吕老师的痛，更是社会的痛。

只要父母重新树立信心，孩子就有救。李某被接回家后，就睡在上铺，一家人挤在一起苦也是甜。

吕老师了解到，李某的父母省吃俭用，把学习课本、饭盒餐具装进了儿子的新书包，儿子摸着新书包笑了。李某已明显改善自己的行为，并重新开始在校读书。

不幸中的大幸！

案例2　徐某个案

儿童徐某是孤儿，一岁多时父亲去世，母亲带着姐姐远走他乡。他从小跟着叔叔和姑姑长大。叔叔和姑姑对徐某的母亲十分怨恨，放弃了对徐某的抚养。徐某被从救助站送回叔叔家后，心理咨询师又进行了家访。

叔叔的出租屋只有一张双层床，还有一个破旧的折叠小桌，平时是收起来的，一放开来就没地方走路了。

吕老师与徐某的叔叔直接坐在床上，肩并肩。这样的接触，会使距离感消失，一下拉近了关系。

吕老师单刀直入给叔叔分析了徐某出现问题的原因，步步紧逼。他说："你难道不等于孩子的父亲吗？他也是你的血肉呀！孩子是非常聪明的，耽误在你这唯一亲人手上，你是有罪的！而如果你培养出一个好儿子，你就功德无量！"

"是我的血肉！"叔叔在震撼中说，"我不当罪人，我当然要对得起徐家的祖先。"

这位有一点文化的叔叔，领悟较快。他改变了放弃这个侄子的想法，不但接领了徐某，还放弃了在深圳打工，带着九岁了还没踏进过校门的徐某回到老家开始上学。

吕老师不远万里跟踪到他们的家乡，登门回访，了解到由于徐某的不良习惯难以马上改善，难以融入同学群，他的老师无计可施。加上徐某的叔叔回到家乡后收入更少，种种原因使徐某的成长比较艰难。

吕老师与徐某的叔叔再次肩并肩坐在一起，自带一瓶矿泉水，两人如老朋友一样，时而高声，时而细语，把一个从早到晚冷清的家，搞出了旺旺的人气。

徐某的叔叔眼泪汪汪地用心听取了吕老师提出的建议：不能再对徐某的母亲有任何诋毁，不能让失去亲生父母的可怜孩子失去唯一的亲情；孩子是非常聪明的，因此不管事情再多再忙，都要抽出时间和徐某像朋友一样谈心交流，掌握他的心理需求和思想变化；记住不能用体罚的方式，一定要用亲情的温暖，让可怜的孩子受伤的心灵得以修复；要从长远着眼，一定让徐某上学受教育，学好知识。

徐某的叔叔发誓，再苦再累，也要让孩子读书学习，把孩子拉扯成人，对得起死去的兄长，对得起徐家的祖先。

案例3 陈某个案

陈某跟随父亲，生活于再婚家庭，体罚是父亲的主要教育方式。而且父亲严禁他和母亲有任何往来。

流浪并有违法行为的陈某被派出所送进救助站后，因为对家庭和父母的怨恨，无论工作人员怎样询问，他都不说自己父母的名字。未保中心的老师和护工以笑脸呵护他，王惠平部长陪他看儿童电影和电视剧，还一起唱歌跳舞，使他的心情阴转晴。

孩子的心态一旦恢复正常，对父母的渴望比任何时候都急切。

另一边，失去孩子而伤心欲绝的父母和家人，终于盼到重新和自己骨肉的团聚，感激之情无以言表。接回孩子后，他们从老家邮寄锦旗以示感谢。

吕老师跟踪到陈某老家家访，与陈父近距离地沟通，效果显著。他说："你恨孩子的母亲，但孩子爱母亲的权利你不能剥夺。信不信，有母亲的温暖，你的儿子会有巨大的转变？"

眼睛与眼睛的对视，能产生共鸣效应，直达心灵深处。陈父被吕老师的真诚打动，同意以后不再限制他们母子来往，并愿意尝试在教育陈某的问题上，打消对前妻的仇恨，并与她交流，一起承担责任。

后来，陈某背起书包继续读书，表现良好。

案例4　冷某个案

少年冷某长期流浪偷窃，足迹遍布上海、无锡、苏州、杭州、南京、广州等地，还曾几次偷渡香港未果。据了解，其母亲在他不到一岁时，丢下他和身体残疾、需要人照顾的父亲，从此杳无音信。他和父亲在年迈的爷爷奶奶的照应下艰难度日。爷爷奶奶的艰辛、父亲的疾病、生活的窘迫、别人的歧视，使冷某幼小的心灵极度扭曲，走上流浪偷窃的歧途。

冷漠无情、玩世不恭的冷某刚刚进救助站时，根本不理睬任何人。

在和咨询师的多次交流中，他被一句话刺痛："你是你父亲唯一的保护人，你忍心看着他孤苦伶仃连个说话的人都没有吗？"冷某眼圈发红了。咨询师趁热打铁："我也是在贫困中长大的孩子，我们有共同的经历，我理解你，我感谢那些给予我帮助的好人，有人资助我上大学，我感激不尽，我就用勤奋努力来报答社会。难道你没有这样的体验？"

冷某突然想起了自己露宿街头，早上醒来时，身旁不知何人搁下的热气腾腾的盒饭；他在小区偷单车被发现，物业阿姨不但没惩罚他，反而把他带到小饭馆饱餐一顿；更有一个十七八岁的女孩子，将栖息桥洞的他带到饭店美餐一顿后，又赠送三百元钱，叮嘱他赶快回家。这些回忆突然冲破他封闭的心门，他一口气向咨询师一一倾诉。

咨询师趁此来个因势利导："知道感恩的人有好报，你是知道感恩的好孩子，你会有好报的。"冷某当即发誓重新做人。他说，以后靠自己的劳动去挣钱，给含辛茹苦的父亲治病，给年迈的爷爷奶奶养老。

冷漠无情的冷某终于恢复了孩子的纯洁，笑容也变得真诚。

案例5　李某个案

十三岁的流浪少年李某忍饥挨饿吃尽苦头，被送到救助站后，却一直闷闷不乐，也不和别的孩子说话，常常一个人躺在床上发呆。咨询师从他吞吞吐吐的言语中了解到，他有一个在深圳做小生意的本家亲戚，吕老师利用休息时间走访了这位亲戚，得知李某的父亲是倒插门女婿，所生孩子（即李某和其妹妹）随母亲姓，这在当地是丢人现眼的事情。为此，李某的爷爷奶奶及所有家族亲人对李某的父亲疏离、仇视。母亲这边，同样遭到非议。两边亲人的指责，对李某和妹妹的歧视，使留守儿童李某在人性扭曲的死胡同里钻不出去了。亲情缺失，使原本积极向上、品学兼优的他，随着年龄增长，自尊意识逐渐增强，越来越苦闷，终于选择逃避家人，到处流浪，试图以此摆脱痛苦。

吕老师通过视频，与李某母亲和对这桩婚姻有异议的亲人通话。吕老师反复强调"倒插门"应当受到尊重，更应当享受到亲情友情："如果我遇到一个优秀的女子，我真心爱她，倒插门我心甘情愿，一点不可耻！"吕老师用朋友的孩子在河北固安倒插门，成了货车司机，当好一家之主，在当地备受尊敬为例，阐述"倒插门"是正常的社会现象。优秀的，怎么"倒插"也是优秀的；不优秀的，怎么样也是不优秀的。之后，吕老师又同李某父亲直接视频，对李某父亲的"倒插门"给予极大的理解和安慰。

这一番开导还真管用。从此，两边的亲人对李某不再歧视，李某父亲也自信起来，一自信，就情不自禁关心起儿子的成长。

父亲在改变，李某也对自己有了新的定位。被父亲接回家之前，李某向吕老师保证，从此不再流浪。

案例6　陈某个案

陈某是智力有缺陷的儿童。父亲称他逃学、离家出走近百次，并多次偷偷变卖家里物品，将所得钱款挥霍一空。父亲又气又急，除了严厉惩罚，没有别的办法。

在陈某被接回家之前，吕老师走进他的家门。

家徒四壁，只有一张双层床。房子连窗户都没有，生锈的铁门吱呀乱响。

头顶着几块挂在晒衣铁丝上的黑乎乎的腊肉，吕老师与陈某的父亲就这样站着，几乎鼻尖对鼻尖，连对方嘴里喷出的烟味也躲不开。吕老师了解到陈父于两年前和妻子离婚，独自艰难地抚养陈某和其妹妹，加上近两年生意又严重亏本，房子也卖了，经济极其困难，到处受欺负，脾气变得越发暴躁。

交谈中陈某的父亲多次问："这孩子什么时候能变得和现在不一样，有什么办法能改变他？"

吕老师说："改变孩子，你自己是关键！你接纳孩子的现状吗？你发现过孩子身上的亮点吗？你感受过孩子给你带来的快乐吗？你改变过自己的成见吗？智力障碍的孩子更要加倍关爱，你做到了吗？"

一串质问如连珠炮把陈父打蒙了。

吕老师再下猛药："要知道，你即便是别人眼中的草，却是儿子眼中的天。天阴了，总是下雨，不出太阳，儿子能茁壮成长吗？不信试试，出出太阳。"

的确，儿子的改变就蕴藏在父亲的改变中，你笑，他也笑。

陈某父亲非常感谢吕老师的指导，表示生活再难也要一睁眼就笑。

之后再跟踪，父亲首先改变了自己，出太阳了，用笑脸解开了孩子的心结。

…………

为了更好地帮助受助者，吕老师真是拿出了看家本领。他本人长得清秀，面相端正，第一眼就能取得对方好感，再加上语调从容，略带西北口音的普通话特别好听，而且他口才好，态度真诚，一说就说到点子上。他的心理学水平很高，可以让对方把摇头变成点头。

以上仅仅是吕老师对 6 个家庭进行家访的情况，还有许多通过家访重新建立亲情关系的成功案例，在吕老师的备忘录里收藏着。

孩子啊，困境中的孩子要想像小树一样笔直成长，若没有家庭的支撑，怎么能不弯曲？为了下一代健康长大，许多长辈选择首先改变自己，太值得了！

得到家庭原谅和接纳的孩子，他们背后有那么多人的付出，他们明白吗？当他们长大了，成家立业后，也许才能真正明白，那些曾经为他们付出的人，在他们心灵中播下的希望的种子，已经发芽了，生长了，结果了。当他们开始教育自己的下一代时，也许会忍不住说出自己的秘密，告诉他们谁是值得永远怀念的恩人。

在拯救流浪儿童的战争中，民政人是天天含着泪水的。他们将心比心，把孩子们当成自己的骨肉，千叮咛万嘱咐不嫌烦；为寻找他们的亲人，踏遍青山人渐老。深圳民政每年挽救的流浪少年儿童达上千人次。一眨眼，王惠平们从意气风发的青年即将步入中年，如果要刻画他们的形象，那就是：左手牵个娃，右手领个仔，不做升官发财梦，年年月月用青春的脚步丈量着"儿女"回乡的里程。

挑出几朵小花，闻闻醉人的香气

当蛋糕上的蜡烛被吹灭时

2016 年 6 月 1 日，深圳市救助管理站未保中心给一群刚刚送进来的流浪孩子举办了一个隆重的生日派对。

他们是真正的孤儿，根本不知道自己的生日是何年何月何日，更不知道自己叫什么名字。

救助站和爱心企业联合起来，用六一儿童节作为他们的生日。

他们进来时，只能根据当时牙齿的生长情况、骨骼的发育情况、鞋子的大小、手掌的纹路等来判断他们是多少岁，再起名字。

孩子们惊喜地围坐在一起，看着一个圆圆的大蛋糕放在桌子的中央，雪白的奶油，红红的草莓，甜香的味道沁人心脾，深深吸口气，哇！好香啊！

大蛋糕上插了一圈蜡烛，护工叔叔点亮了它们，瞬间，燃烧出了一朵朵花。两名头戴皇冠的儿童代表大家，一口气将蜡烛吹灭，火光一灭，一缕青烟升腾，《祝你生日快乐》音乐响起，表示大家都长了一岁，迎接新的开始。孩子们小脸蛋红红的，他们让自己的想象插上翅膀。有的孩子说，圆圆的蛋糕像个月亮；有的孩子说，像个大饭盒；有的孩子说，像个大花脸；有的孩子说，小蜡烛像地上长了几棵树。他们边吃蛋糕，边向护工"爸爸妈妈"撒个娇，说"好好吃，我喜欢"！

对这些孩子来说，这个生日蛋糕实在太新奇！一个蛋糕串起了一群苦命孩子的幸福感。

这些孩子，下一步怎么办？他们并不知道，有多少叔叔、阿姨在为他们安排着未来。

而生日蛋糕，仅仅是一个小得不能再小的细节。

篮球场上的小福星

有一个三年前被送到未保中心的孩子，就叫他小福星吧。那时候的他，眼神呆滞，张着嘴，流着口水，手脚萎缩，走路不稳。对这样的孩子，救助站的策略是全力以赴！明知后果不会太明显，甚至毫无起色，但是决不放弃一线希望和机会，万一出现奇迹呢。

未保中心尽量让有智力障碍的孩子参加各种运动，比如唱歌比赛、跳舞比赛、拍球比赛，并且同他们说话，讲故事，不停地说，反复地讲，目的是让他们感受到周围是温暖的、活泼的。管运动的工作人员还带着这群孩子出去跑步、跳绳跳高、打篮球……孩子们兴奋时会本能地发出叫声。护工和社工的确是把他们当成婴儿在哺育。

小福星也接受这样的训练，渐渐地脸色红润起来，萎缩的四肢明显粗壮了，眼神不那么呆滞了，嘴巴也不是老张着流口水了，没有表情的脸开始有了变化，还能写出自己救助站工作人员给他起的名字，握笔的手很有力量。真的出现奇迹了！

但是，没有人能想到小福星会有运动天赋。

刚开始的时候，小福星是跑步比别的孩子快。后来，在篮球场上，他抢球的灵活度赛过别的孩子。再后来，他投篮的准确率比别的孩子都要高。有一次，老师给他喂球，十个球他投进了五个。老师非常惊讶，他自己也没有 50% 的进球率。

管运动的社工老师想试一试，想看看小福星是不是有一天也能打破优秀孩子的记录。于是，他像种试验田一样，天天给小福星开小灶，每天单独训练他跑步练体能，训练他投篮。

这个孩子对运动也是有着特殊的喜好和感悟力，每天都有一点进步，个头噌噌长着，肌肉日渐壮实。老师喂十个球，他居然从进五个变成进七个，进八个……终于有一天，达到十个！而且是从各个方向都能中！从一天这样，两天这样，到天天都这样！

这小子有料！

老师一高兴，特意为他组织篮球比赛，把他放到未保中心健全孩子队里。小福星除了跑步略逊一筹，其他方面并不逊色。孩子们的篮球比赛，只要他在哪个队，这个队必然领先！

这个惊人的消息传遍了整个救助站。付站和杨站等几个领导特意去看了这个孩子，对他大加鼓励，大加赞赏。

为了展现这个孩子奇特的才能，也为了给其他类似的孩子增强自信，深圳市救助管理站向深圳市一所著名中学的篮球队发出邀请函，邀请他们选出最优秀的队员，到救助站参加一场篮球友谊比赛。

救助站的员工对这一场比赛意见分歧很大。有人说，就应该这样，锻炼我们孩子的自信。有人说，这不是明摆着让我们的孩子露怯吗？

管运动的老师本来信心十足，这会儿也被各种舆论搞得心里发毛了。但邀请函已经发了，退堂鼓是打不成了，孩子们硬着头皮也要上！

救助站的付站、杨站趁热打铁推波助澜，说："我们上！说不定就出现奇迹呢！"

就在这样的争议中，救助站迎来了这所中学的篮球队。

那天，食堂特别给小福星加了两个菜，有红烧肉和番茄炒蛋。王惠平和社工老师坐在孩子旁边，督促他多吃，给他讲笑话，帮他放松心情，消除紧张感。

那所中学的篮球队员，是高中部的佼佼者，他们穿着统一的运动服，非常有气场。他们非常愿意与这里的孩子牵手，也存在着隐隐的好奇心。

这场比赛，是一堂爱心大课。

深圳救助站的孩子也穿着统一的运动服，在老师们的鼓励下，迈着矫健的步伐入场。

掌声从四面八方响起，救助站的员工们拍掌把手心都拍红了，他们真恨不得把自己所有的力量都通过掌声输送给这些孩子。

第一场是篮球比赛，救助站参赛的是健全的孩子。这场比赛双方打了个平手，救助站的孩子不弱啊。

重点是下一场的投篮比赛，小福星正在做热身运动。

比赛没有开始时，有几个特别吃不准的员工，很怕到最后以伤心收场，悄悄地回避了。

投篮比赛正式开始。

抽签的结果，中学队第一个投篮。

双方队员相互握了手，然后各就各位，就等裁判发号施令。对方上场的队员可是从全校 1200 个孩子里面精选出来的，像运动员一般健壮，比小福星高一头。

哨声一响，他开始投球了。

前六个球，全中！第七个球，没中；第八个球，没中；第九个球，还是没有中。第十个球，中啦！十发七中，这个成绩很不错了。

轮到小福星了。对手的好成绩对他绝对有压力。救助站员工的心都跳到喉咙了。说也奇怪，这个孩子一脸轻松，似乎没有任何紧张感。也许他真的把这场比赛当作一场游戏了。比赛之前，他的几位老师就是这样告诉他，给他解压的。真是个听话的好孩子！

一声口哨响，小福星站在自己的位子上，拍了两下球，仿佛是球场老将。

然后，他猛然抬头，盯着球网看了几秒钟，眼睛超常有神，然后不慌不忙把球抛了出去，在空中画出一道非常美丽的抛物线。

第一个球，中了！

掌声雷动！连他们的对手也热烈地给他鼓掌。

第二个球，中了！第三个球，中了！第四个球……第七个球，全中了！

掌声雷动。小福星擦了一把汗，向为他鼓掌的人们鞠了一个躬，引得掌声更加热烈。

他平息了一下自己激动的心情，抛出去第八个球，哇，已经进去了的球又被弹出来了。全场响起一阵"哎呀"声，都在为他惋惜。

剩下最后两个球了，小福星，就看你稳不稳得住了。如果后面这两个球也不能进的话，他就和对手打了个平手，十发七中。

救助站的员工都在默默为他打气——沉住气！稳住！

太紧张，太紧张了！

此时，救助站所有员工都把小福星当成自己的孩子了。小福星如果最后两个球失手，他们会比看见自己的孩子失手还要遗憾。

第九个球投出去了，画出来的弧线弯弯的，像红绸舞挥出的尺度那样漂亮……中了！第九个球中啦。

最后一个球，不用说，肯定是圆满收场！

小福星，你打破了你自己的纪录，更打破了非正常孩子运动的纪录！

何止小福星一个人是奇迹？

有一个被抬着进来的脑瘫孩子，不会走路，不会说话，吃饭还要人喂。就是他，一年后居然能站立起来，能走路，能跑步，最后居然还从救助站逃到街上，幸好被公安送了回来，而且这回是自己走进来的。护工们欣喜若狂："他回来了，回来了！""他自己走来了！""看哪，是他，真的是他，他会跑了！"

护工们不但没有责怪他，反而一拥而上，拍着他那胖胖的屁股，说："你会逃跑了？长大本事了！欢迎回家！"

缝合社会裂缝的高手

第九章　救助史上的苦与涩

大山在疼痛中呻吟

4年前，有那么一个孩子，在深圳的街头流浪。他为什么选择流浪？这得从他父母的婚姻说起。

赣州，位于江西省南部，山地与丘陵占其总面积的80.98%，这样的地形使整个地区呈现出相当封闭的格局。

东面的武夷山脉，是江西与福建的省界；南面的九连山脉和大庾岭构成了江西与广东的界线；西面罗霄山脉中的诸山又是天然屏障，将江西与湖南分隔开来；北面的雩山等山岭又将赣州与省内的吉安和抚州分隔开。

环山包围，使这一地区呈现出一种魔幻般的神秘感。

太多鲜为人知的怪事、奇事，如果不去挖掘，会永远埋葬在青山的裂缝中。

18年前，就在这罗霄山脉深处，有一个家徒四壁的大龄穷光棍，日思夜想就是要找个媳妇传宗接代。后来，经过媒人的"包装"，他以最快的速度从另一个贫困地区，把一个比他小将近30岁的女人娶回了家。

发现这个男人连一间像样的房子都没有，连猪和鸡都养不起，女人知道自己受骗了。她非常愤怒，想要逃跑，但男人用铁链子把她锁了起来。后来，她生下了个儿子，男人欢天喜地，她却无丝毫喜悦，反而更加悲痛。

男人并不知道女人对他的仇恨有多深。那条铁链沾满女人的血泪，那层层叠叠的崇山峻岭全部连到一起，也抵不上女人的愤怒深长。

女人几次想趁男人下田之际一跑了之，但是孩子呜呜的哭声，又让她于心不忍。但是当孩子一天一天长大，她渐渐发现，这个孩子长得和他那禽兽般的父亲一模一样。从此，她对儿子也开始仇恨起来。

父母彼此仇恨，父亲经常拳脚相加折磨母亲，孩子看在眼里，记在心上。小小年纪的他对父亲又怕又恨，只想全力依靠母亲。但是孩子做梦也想不到，母亲也仇恨他。

孩子一天天长大，母亲对他的仇恨也一天天在膨胀，甚至分不清自己是更恨丈夫还是儿子。

终于有一天，毫无预兆地，母亲消失了，跑得干干净净，无影无踪。孩子非常伤心，他想念母亲，尽管母亲成天也不看他一眼，但只要她在身边，他就觉得自己有靠山。

孩子别无选择，跟着动不动就打人的父亲又过了几年。好在父亲送他去上了学，让他认识了几个字，有了一点点文化。后来，父亲生病了，由于没钱医治，去世了。才15岁的孩子，无依无靠，通过各种渠道打听到母亲的住处。那时母亲已经又结婚了，而且有了一个小孩。

孩子投奔到母亲家里。母亲虽然暂时接纳了他，但是对孩子不但没有一丝一毫的感情，反而一看见孩子就起鸡皮疙瘩，因为会想起那条锁链。因为孩子越长越像他的父亲，连眼皮下的一粒痣都一模一样。看见这个孩子，她刻骨铭心的仇恨又死灰复燃。这个孩子也有很多坏毛病，说谎，偷东西，还偷继父的钱。继父当然更不能接受这个"儿子"，指着大门说，"你滚出去"。就这样，孩子就在母亲和继父的眼皮之下"滚蛋"了。

　　据说他消失的那天，母亲痛哭流涕，悲愤与无奈，屈辱与仇恨，汇成一股巨大的洪流，从她心底往外喷涌。

　　这个孩子流落到深圳市救助管理站的时候，心理咨询师分析，他有一点点文化，有自食其力的基础。于是，救助站把他和另外一个孩子送到修车行学技术，希望他们学点技术，具备求生的本领，然后送回老家，不靠母亲也不靠继父，自立门户。

　　没想到，这两个孩子到了修车行，把人家的三台笔记本电脑偷走了，卖了220块钱，之后两个人美美地在外面"撮"了一顿，余下的钱一分为二，一人一半。

　　车行的老板愤怒地揪着孩子，到救助站索赔。为此，救助站花了2000多块钱才把事情摆平。孩子这样不争气，只好先暂时留在救助站，严格教育。

　　没想到，有一天晚上，这孩子冒着生命危险，翻过了一道非常高的墙，去偷救助站的消防器材，被巡逻的保安抓住。这个孩子为什么要翻高墙去偷他拿不动的消防器材呢？原来他对救助站是有感激之情的。他想通过这样一个幼稚的举动，试探救助站是不是真的讲仁义，是不是会把他扭送公安局。如果是，他就去坐牢，反正有口饭吃。如果不是，救助站继续对他进行教育，他就从此洗心革面。这是一道拐弯抹角的算术题，再高明的人也算不出答案。为什么要通过这样的手段，得出洗心革面的结果？太奇怪！

　　没有，没有送他进牢房。救助站没有歧视他，一如既往苦口婆心教育他走正道。心理咨询师用了一个多小时帮他梳理心结，他的心理管道被疏通了！

　　于是，就出现了下面这一段想都想不到的转机——他主动要求在深圳学一门本领，然后回乡创业——他还是想念那个无情的母亲。

救助站研究之后，送他去学厨艺。这个孩子其实很有灵气，他下决心要做好一件事，就真的能做成功。他拿到了厨师证！

他那拐弯抹角的算术题，真的如神丹妙药救了他一把。

之后，他回到他那大山脚下的家乡，在一家饭馆当了大厨。

据孩子家乡那边反馈，他的继父原谅了他，母亲也居然放下仇恨，想要接纳他。这应当是大团圆的结局了吧？

并非如此。当母亲要见他时，他拒绝了。

这又是一道拐弯抹角的数学题。

不久后，他也许会结婚生子，开始营造与他父辈完全不同的生存方式。这，也许是他不接纳的原因——与过去决裂！

但是，血缘是割不断的河流，他终究会原谅他的母亲吧？

这样不确定的结局，算是幸运中的小遗憾。

请让我妈妈来吧

2015 年，深圳市救助管理站为一个离家出走的年轻人找到了家——是他的母亲到救助站来接他的。

年轻人 16 岁出来流浪，整整四年，到救助站时已经 20 岁。他为什么离家出走？并不完全因为贫穷，还有很多当事人都难以说清楚的复杂原因。从年轻人断断续续的谈吐中，可以知道他的父母都在外面打工，他是一个留守儿童。父母的忽略，贫穷寒酸的生活，在学校和村子里受到的歧视，使他心里累积了许多无法诉说的怨恨。

世界上很多事情是无法用常规和常态来解释清楚的。对亲人的怨恨一旦出现了，哪还讲什么亲情。如果不控制住，也许就会疯狂生长，酿成悲剧。

母亲到深圳市救助管理站见到儿子的时候，哭得几乎支撑不住，周围的人都跟着掉泪。但奇怪的是，这个儿子无动于衷，甚至都不正面看母亲一眼，这样的冷漠令人毛骨悚然。

为什么会这样？

这位母亲有强烈的倾诉欲望，从她断断续续的诉说中，一个奇特的故事逐渐清晰。

他们是从大山里面走出来的。妈妈在惠州一家珠宝加工厂打工，爸爸找不到工作就打零工，为的就是能赚钱养活孩子，让孩子能够受教育。谁知这样望子成龙的爱心，却导致孩子和父母产生严重的隔阂。孩子哪知道自己父母的一番苦心，只知道父母无情撇下自己远走他乡，赚来的几个钱也只是杯水车薪，自己仍然吃了上顿没下顿。当父母的不善沟通，尽管他们省吃俭用，今天找到工作，明天丢了工作，自己也是饥一顿饱一顿，只知道寄一点钱回家，但从来舍不得给儿子打个电话，哪怕问一声"儿子，你需要什么？你吃得饱吗？"……他们根本不知道，孩子正值青春期，最需要亲人的关心和引导。

这个得不到呵护的孩子，16岁的时候就独自从大山里面走出来，一方面想寻找父母，一方面想寻找另一种在电视上看到的城市人的生活方式。但是，这两种愿望都以失败告终。父母不断变换工作和住处，根本找不到影子。自己找工作也处处碰壁，没成年，又脏兮兮的，话也说不清楚，到餐馆端盘子都不够格。孩子就四处流浪，以乞讨为生。他不明白，为什么别人的父母能与孩子相依为命，他的父母就不能？他天天念叨，你不在乎我，也休想让我在乎你！

他被公安送到深圳市救助管理站的时候，模样看着都吓人。长长的头发，脏污的面孔，看不清他的鼻子眼睛长什么样，身上散发出来的臭气能熏倒老鼠。

他不跟任何人说话。当问到父母的姓名，住在哪里的时候，他眼睛里面就射出仇恨的光。护工吓得不敢再多问，只能对他悉心地照料，和颜悦色地开导，说一些不知道他能不能接受的暖心话。很遗憾，没有任何反应。他到底在想什么？为什么他会这样恨自己的父母？

其实，他的母亲是个非常有爱心的本分妇女，她爱自己的儿子。来到广东后，她拼命赚钱，但是因为没文化，只能做最低端的工作，今天有人用，明天被人开，赚一点点钱，租一间木头搭的破房子，自己吃喝都不够，能给儿子寄多少钱？家里还有老人呢，老人也要吃喝啊，落到儿子头上的钱所剩无几。这样得不偿失的打工，并没能改变孩子的命运。

得知孩子失踪以后，母亲天天哭，上班的时候眼泪往肚子里吞，下班以后眼泪尽情地流。她听说孩子走之前撂下一句话，"就不信找不到爸爸妈妈"。这一句话使她坚信儿子就在她工作的周边城市游荡。只要有时间，她就到大街小巷漫无目的地到处走，到处搜寻。看见有跟她儿子差不多年纪、差不多高矮的人，她就冲上去。

有一次，她漫无目的地走在惠州的街上。突然间，她看见一个头发很长的孩子非常像她的儿子。她快步冲上去，左看右看，不敢认，简直不敢认！虽然是他儿子的模样，但他的儿子没有这样肮脏，也没有这样长的头发，更没有这样瘦弱的身子。她慢慢地、小心翼翼地靠近他，心想，如果是她的儿子，看见自己的母亲，即便是叫不出"妈妈"，眼神和表情总该有一丝一毫的变化吧。她屏住呼吸，专注地捕捉着孩子神情的变化。孩子见有人在注视着他，看了一眼，这一眼看得妈妈魂飞魄散！是他儿子的眼神，是他！那眼神一亮，但转瞬即逝。之后是令人透心凉的极度冷漠。儿子的小名就堵在妈妈的喉咙，喊不出来。

片刻之后，她情不自禁用手去拉那个孩子的手。孩子一下把手缩回来，说："你拉我干什么？你是谁？"

她说："你是我的儿子呀！"

孩子大声说："谁是你的儿子？你认错人了。"

她再次去拉孩子的手，说："你就是我的儿子，我是你的妈妈呀。"

这个时候，路人一层一层围过来，看着一个极端肮脏冷漠的男孩，对着一个女人厉声呵斥："我不是你的儿子，你放开我，松手！"她任泪水簌簌往下流，说："我不放你！不放！"

有人说，一定是个女骗子，人贩子。

围观的人群中，有人说，这个女人是疯的吧。

母亲看见围上来的人越来越多，而且"骗子""人贩子"的吼声越来越大，怕把事态闹大，只能松了手，一步三回头悻悻离去。

松手的那一瞬间，她觉得把自己的命也放走了。

这个母亲永远不会明白，为什么儿子会这样反常，这样仇恨自己？以前儿子是非常依赖她的，时不时还会往妈妈碗里夹一筷子菜，晚上睡觉时总要听妈妈讲上一个他听了一百遍的故事……

这位母亲在向护工叙述这一段经历的时候，已经哭得声音嘶哑，话都说不出来。

到底是谁之过？谁能说得清？

她来领儿子的时候，左看右看，上看下看，像要把儿子小时候的可爱缝进现在这张冷漠得让人起鸡皮疙瘩的面孔里。但儿子如机器人般，没有任何感情，当然没有跟她走。母亲也有这样的思想准备。临走时，她留下四个字：妈妈等你。不管怎么说，孩子活着，有吃有喝，她是放心的。

有一位社工对这个孩子说了一段故事："我的妈妈去世时，我才十六

岁。妈妈眼睛盯着我，不放心我，死不瞑目啊。十几年过去了，我还在想她那一双合不上的眼睛。如果我现在还能叫上一声'妈妈'，我愿意用我的生命去换！我好羡慕你有妈妈！我最后悔的是妈妈活着的最后一天，我想给妈妈洗个脚，但我心想，明天吧，明天再做这事，没想到，妈妈已经没有明天了……我好后悔啊，为什么我要等到明天，想给妈妈做件事千万不要等到明天……"

这个孩子受了触动，半天一动不动地坐着。但是，有人发现他的眼眶里有晶莹的亮光。

之后，救助员工发现他会悄悄独自落泪，这可是一大飞跃，总比毫无表情要强。

大家期待着，盼望着有那么一天……

有一天，他突然开口提了一个要求："请让我妈妈来吧。"

他的确原谅了他的母亲。

大同小异的相聚场面，就不必细说了。

这次见到母亲，他像变了一个人，多年没有出现过的笑容微微出现在脸上，多年没有喊过的"妈"终于从一条通道轻轻弹出，轻得像一片羽毛。

母亲也轻轻抱着儿子，没有哭出一点点声音，泪水却如泉涌，打湿了儿子的头发。

母爱终究会把孩子冰冷的心焐热。

现在这个儿子知道好好做人，他已经在妈妈打工的地方找到一份工作。

这难道只能算是救助者普普通通的奉献吗？要知道，世上最难的，是人的改造，是灵魂的改造。

小小的救助站，对一些特殊个体，的的确确给予了太阳般的温暖。

这位社工不惜抛出自己的隐私，从"动之以情"入手，让岁月变成了灵魂苏醒的按摩器。

有人说，救助站不能对这样四肢健全的人太好，太好了他们就不想走，会加重国家的负担。最好不救助，即使救助了，也要有时间限制，不重复救助。

有人说，国家已经准备了这笔钱，养他们的同时教育他们，把懒人、坏人改造成有用的人，让他们走向社会，这是花小钱给国家省了大钱。

救助事业，的确是一项容易产生意见分歧的事业，像一个迎着不定风向的"大风车"。

对在救助边缘上行走的人群，救助还是不救助，救助到什么程度，社会上争议很大。中国的救助政策到底应当向什么方向倾斜？救助员工最有发言权。

要救，一定要救！中国有中国的特色，最好的办法是从救赎入手。

城管、公安既然把那些流浪者送来了，那就用先留下，再通过治疗、教育、送行这一个组合套餐来荡涤他们的灵魂，让他们进来是一条冰河，走出是一池春水。

老外都惊叹：怎么可能

有一个一米八的流浪汉阿全，是 20 世纪 80 年代的大学生，在深圳做电子生意赚了些钱，还买了房。但是，他突然得了脑瘤。

在确诊之前，他自己都不清楚为什么会变得易怒，时不时要打人骂人，生意也越来越不行，老婆吓得跟他离婚了。穷困潦倒中，他成了街上的流浪汉。被送到救助站的时候，他已经站不稳，不能说话，奄奄一息了。救助站立马送他到医院，做了手术，终于保住了他的命。他一直有意识，能用眼神同人交流。他在医院卧床九年，大小便都要靠救助站聘的护工料理。

九年卧床，阿全没长褥疮，没有臭气。谁能这样伺候一个陌生人？

九年中，护理他的护工快要被拖垮了，他们有的陆续退休，有的从青年一直坚持到中年。阿全的面前，换了好几张面孔，每张面孔都写满了"责任"，阿全的褥疮想长也长不出来。

2016 年的春天，有一个女人来看阿全。九年来，没有半张亲人的脸在他床头出现过一瞬，居然有一个女人来看他？是他的前妻？不是。是他的好友？不是。是他的姐妹？不是……那么这个女人是谁？看他的目的是什么？

碰到这样的情况，医院的医生和救助站的护工非常警惕。即便是一个卧床不起的病人，一个拖得叫人心烦意乱的病人，也要对他的生命负责。

女人自称是他前妻的朋友，受托来看他。

女人见这个曾经患脑瘤的男人居然还活着，十分惊讶。她说："活着就好，活着就好，我可以完成任务了。"

完成任务？什么任务？

原来，阿全的女儿大学毕业了，在上海工作、成家，日子过得不错。她的母亲在江门工作，也过得不错。她们想在老家找一间好的养老院，女儿出钱，把阿全养起来。

这真是天下奇闻，在场的人惊讶得以为是在集体做梦。

神秘女人真的完成了使命，也让医生和救助站打消了对她的疑虑。所有的联系方式都建立了，只等选好一个日子，由养老院来接人。

　　这一个天大的好消息，让医院和救助站的护工欢呼雀跃，为这个可怜的男人终于能够得到亲人的关爱，换一种新的方式活着而高兴。

　　据医生说，出院前，阿全的前妻终于去医院看他了。他居然能笑。前妻问，你笑什么？他还是笑。前妻说，接你回去好不好？他还是笑。

　　前妻的一位外国朋友，在她微信朋友圈里看到白白胖胖的阿全微笑的照片和视频，一问再问，九年？真的是九年？不由得竖起大拇哥说，奇迹，奇迹！

　　在送走阿全的时候，几个护工和护士望着那车慢慢离去，眼泪汪汪的。这眼泪里有不舍，有牵挂，有九年来精心护理换来一个濒死生命再生的欣慰！这是金钱换不来的对自己的肯定。

剪不断却拎得清的人间未了情

　　他年近八十，妻子早逝，没儿没女。因为有严重的结核病，一到冬天就咳嗽不止，只能年年从北方来南方避寒。到深圳晒太阳，他的咳嗽就会好些。老人退休早，退休工资连买药都不够，手头上的钱用不了几天就告急，哪能在深圳熬过一个冬天？他就怀里揣着几本书，在太阳能照到的街头蹓躂。

　　被送来救助站时，他不好意思说出自己的身份，救助站通过他的姓名，在网上查到他的真实身份。对此，付站他们特别惊讶。堂堂大学教授，怎么可能……

　　为此，救助站给予老人特殊关照，没有请他离开。按说，老教授有退休工资，有户籍地，有自己的房子，是没有资格被救助的。但是，出于对知识老人的尊重，救助站破例收留了他。就这样，老教授借着救助站窗户的阳光，天天在已经发黄的专业书中寻找自己的踪影。

这样的知识老人为什么流浪？除了结核病，一定还有其他深藏的隐私。但是，何必打听一个老人的隐私。救助站里没有一个人反对救助他，甚至是怀着深深的敬意救助他。

老教授年年冬天"大雁南飞"，年年被送到救助站。渐渐地，他也不讲究什么面子不面子，年年冬天怀里揣着他的宝贝专业书，自动入住，持续了七年。

老教授每次到救助站，拎一个很旧的黑色布料两轮拉杆箱，里面是洗得发黄的圆领衫和长裤，再就是书：厚的、薄的、英文的、中文的……已经被翻得卷边，可见这些书年年不离手。只要一住稳当，他第一件事是上洗手间梳洗，把头发梳理得整整齐齐。衣服可以很旧，但头发必须整理得一丝不乱。之后，每天早晚，他都在看他的宝贝书。救助员工很知趣，每当他看书的时候，都不去打扰他，只是到吃饭时间，叫一声："教授，吃饭了！"

不过，他虽然话不多，却并不是不通人情的书呆子。他内心深处燃烧着知识分子乐于助人的激情，一旦受了触动，就会拔刀相助。

救助站的社工都比较年轻，工作属于半义务性质的，要不断进取。每年成人高考和参加专业人才招聘等，都有数学考试，必然要找高人辅导，而这位"候鸟教授"无形之中成了雪中送炭之人。这之前，社工们与老教授相处彬彬有礼，有分寸又友好，建立了信任感。老教授从沉默寡言到主动帮助需要帮助的人，这是多年建立起来的救助与被救助的友谊小舟靠岸了。

非常有意思的是，2017年，广东省公开招考监狱警察，救助站有一个女社工，在与同事聊天中说了她的苦恼，老教授听到了，对这位社工说："别急，有问题来找我。"一句话，让这位社工在志忑中见到一丝曙光。老教授面授辅导，女社工茅塞顿开，考试后被录取了！之后，这位女社工还专程来站拜谢了这位"高师"。由于她是穿的警服，老人见后先是呆愣片刻，得知是女社工后，才跟着大家哈哈大笑。这是"候鸟教授"头一次开怀大笑。

此事在救助站传为佳话。

老教授成了一个美好的谜。

人们非常奇怪，为什么他年年都捧着几乎同样的几本书在看？难道他一直被某个没有解开的方程式所困惑？或者怕老了疏忽英语阅读，还在不停地补习？

有人问过他："教授，你这些书很重要吧？多重啊？背着好沉。"

他简单回答："可惜绝版了。"

难怪，他年年背来背去，背的是被他看得比生命更金贵的知识，怎么会嫌累。

2017 年起，老人家没见踪影。他去了哪里？

人们在深深挂念他，那是救助员工对知识的挂念。

他的出现，使人们联想起杭州图书馆曾经接待过的一位流浪者。这是一位什么样的流浪者？一位大学问家！杭州图书馆对这位知识老人毕恭毕敬，提供各种方便为他呈上各类书籍。至于他为什么流浪，何必去追究。

直到现在，还有人在怀念"候鸟教授"。算一算，到 2021 年，他应当有九十多岁了。

不管什么猜测，虚虚实实也好，朦朦胧胧也好，老教授那一丝不乱的头发，端坐看书的模样，已经印进人们的脑海。

笔者去采访时，几乎每个跟他接触过的员工都会骄傲地说起这位头发整齐，衣服却如同"百年孤独"般陈旧的知识老人。

　　这是一段救助与被救助之间，剪不断，拎得清的未了情。

　　一幕幕人生悲喜剧，在中国救助舞台上演不完。开了幕，大幕就永远拉不上了，而且世世代代不会谢幕。

　　有人问，你们救助这些人目的是什么？"小白鸽"李佳说，为了尊重生命，为了尊重国家美好的形象。

第十章　沉思中的一锤定音

故乡的月亮残缺了也是圆的

地处深圳最边远辖区的大鹏安置点，是在深圳市救助管理站受助者人满为患的情况下租来的，因为带有临时性，且远离市区，招工相当困难。

招聘无着落，付新生觉得胸口快要被焦虑挤爆了。无奈之下，他四处求人，恨不能把父母动员起来当帮手。他妈妈说，妈妈老了，帮不到你，你回家乡吧，凭我和你爸的老面子，也许还能有人买账。

茅塞顿开！是呀，到家乡去，那里有质朴的父老乡亲。

湖南岳阳临湘市江南镇的长江边，有个叫牛湖的小村庄，它有个与饮食有关的别名，叫"中伙部落"。

"牛湖"，"中伙"，光听听名字，就叫你忍不住联想。凡是到过这里的人，都惊讶于女人白里透红的肤色，真像出水芙蓉，是湖水浸出的天然色；男人的背膀如此结实，个个都有能扛二百斤谷子的肩，像牛一样强壮。

付新生就出生在这山清水秀的水乡里。

1949 年前，这里十年九水灾。由于地处长江的分洪区，洞庭湖的支系，下三天雨，这里就会变成一片汪洋。付新生的父母 1949 年结婚，正赶上发大水，年都是在船上过的。他们租了一个小"鸭棚划子"，在湖上撒网收网。爸爸摇船捕鱼，妈妈织网收鱼。妈妈看似细皮嫩肉，那双湘女特有的巧手，飞针走线织网补网快如梭，干起活来泼辣又利落。

"听惯了艄公的号子，看惯了船上的白帆"，正是这乡里人的生活常态。

一到吃饭的时候，妈妈呼喊着："新伢子，恰（吃）饭啰！"这声音没遮没挡一飘十里，在邻村摸鱼的付新生都能听到。声音一到，他撒腿就跑，旋风一样闪回家，以免受老爹拳头之苦。

推开他家的前门，是一望无际的万亩湘莲；推开后窗，是万亩白花花的棉田；左看，是飘香的稻花；右看，是黄灿灿的油菜花。看不够啊，永远看不够这一幅从眼睛醉到骨头缝的景色。

他家门前荷塘里米白色的莲花，镶了一个粉红的裙边，风一吹，一颤一颤的，好像江南女子在向心爱的人招手。当一节节胖小子手臂一样细嫩的莲藕长大了，付新生同小伙伴可就有得玩了。挖莲藕，大把吃菱角，可是这帮小子的高级娱乐活动。爹妈一声夸奖，一个个乐得屁颠屁颠的，劳动热情更是高万丈。到了金秋八月稻花十里飘香时，小子们又迎来更开心的时光，水田里膘肥肉厚的鲤鱼一跳一蹦，水花四溅，溅起哈哈的笑声。收稻子啰！大人忙着收、割、打，小孩就忙着拾稻穗，帮大人收、抬、挑，还跳下水田抓鱼抓虾。付新生记得，他有一天抓了十七条一斤多重的大鲫鱼，他自己变成了个泥猴，鼻子眼睛嘴巴都被泥巴封了。

更看不够的是长江边上，一群群劳作之后的大水牛，懒散地晒着太阳，啃着江边的青草，尾巴摇来摇去，驱赶不断骚扰它们的苍蝇。渴了，就低头在浑浊的江水里啜上几口；吃饱了，就斜着眼看看远处的风景。那个悠闲，那个滋润，赛过神仙，兴许"牛湖"这个名字，就是从牛成群晒太阳时的壮观得来的灵感。

这样的情景，几十年如一日。付新生小时候常常把牛背当他的活玩具，爬上去，赶着它走一程，一晃一晃，一颠一颠，那个美，那个爽。大人跟他讲过乾隆皇帝下江南，到他们村吃过一餐午饭的故事。

话要从当年的乾隆皇帝下江南说起，乾隆皇帝于乾隆十六年（1751）、乾隆二十二年（1757）、乾隆二十七年（1762）、乾隆三十年（1765）、乾隆四十五年（1780）、乾隆四十九年（1784）六下江南。一天，乾隆皇帝浩浩荡荡的队伍走到这座江南的小村，正值七月，荷塘飘香，皇帝为眼前望不到边、美得醉人的荷花所陶醉。正好肚子咕咕叫了，皇帝兴致大开，决定在这无名小村吃一餐带有泥土味和花香的白米饭。

皇帝要吃饭？这可是天赐……全村在行动，人们献出家里最好吃的东西，特别是洞庭湖的脚鱼……

于是，皇帝在这里美美地吃了一餐最环保、最新鲜、最接地气的午饭。

付新生常常想，乾隆皇帝怎么光知道吃中饭，怎么没到河滩，看看这群大水牛，一头头那么强壮，时不时下到长江洗个小澡，尾巴扇得苍蝇满天乱撞。这画面多有趣，可惜皇帝他没眼福。他的皇宫里有没有这样的河滩、这样的牛？他能有这样骑在牛背上的高级享受吗？

只要脚板一碰到家乡的黄土，付新生就会思绪联翩，甩不掉一浪又一浪的回忆。兴许是长江的彪悍，洞庭湖的秀丽，成就了这方水土这方人。男人立起来个个是粗犷的汉子，能一口气扛100斤谷子走十里沙洲路不喘气；能用橹摇开洞庭湖的厚冰捉鱼，看到鱼逃跑了还会开个小小的粗口。但是，粗粗拉拉的男人只要坐下来抽口烟，心会变得细如发丝，能发现婆娘胳膊上被蚊子叮的包。用当地话说，你被咬了一个"坨"。直到现在，这方人乡音仍然不改。这正是付新生们粗中有细、收中有放的根源，即使到了现代化城市，本性不是难移，而是不能移。

河滩还是那个河滩，青草还是那些青草，苍蝇还是那样讨嫌，牯牛还是那样壮，高科技也无法改变这大自然的原汁原味。

20年前，"中伙"的路难行。天晴一把刀，天雨一把糟。1999年，付新生那纪委书记出身的爹，捐出了全家的积蓄（是老人的转业费和4个子女捐的款），带头为村里修了一条村道，2.2公里水泥路。这条水泥路是当时乡镇第一条村级水泥公路，在周围各村引起轰动。到今天，这条路完好如初，像这里的乡亲一样抗折腾。20年来，老老少少只要走在这条村道上，无不对付家爹赞美有加。

改革开放以来，这里的劳动力外出打工，农忙时返乡种田，同中国其他地区的农村同步行走。不同的是，这里没有荒芜，庄稼更加蓬勃，老人更加结实，孩子们都有学上，没有同"留守"沾上边，没有一个流落外乡。弹指一挥间，当年的父辈，许多已经走了，与付新生同时代的那些小子们，有的胡子都白了，伢子们的儿女都出落成汉子或者婆娘了，伢子们儿女的儿女也都上小学了。

河滩还是那个河滩，20年前，付新生纪委书记出身的爹带头为村子修的村道依旧完好如初。人却不是20年前的模样。苹果手机、华为手机、平板电脑、QQ、微信、淘宝、天猫……付新生不会的，当代农民全门儿清。

付新生心中打鼓。他这次来的目的是什么？他不敢同朋友透露。这次，他是希望招聘救助站的男女护工，薪酬是80元一天，管吃住。这个价格比市保姆低一半，干的活却比城市保姆苦几倍，谁会稀罕？村里这几年富起来了，有自己的农场、鸡场、榨油厂、木器加工厂，宅基地也身价百倍……许多到深圳打工的青年人又回流了，他们不可能如同爷爷奶奶那样，你说什么都相信。搞不好，会被乡亲们耻笑、指责。

　　付新生越想越觉得此行是一个错误。只能将错就错，硬着头皮，伴着傻笑，在村里转上一圈，带不回去人，总能带回去一张嘴，向局领导解释。

　　付新生盘算着，这第一个打交道的人最重要，他拒绝了，就等于一村人全拒绝。谁呢？第一个要去敲开谁的门呢？

　　在敲开这个人的门之前，我们先来翻开"中伙"的历史。

急到心脏就要爆炸了

　　话说当年乾隆皇帝在小村庄吃了一餐农家饭！这消息一传十，十传百，在方圆几十里引起轰动。皇帝的中餐，这村子肯定要有另一个与皇帝"接轨"的名字。中餐嘛，必然有一个"中"字；餐嘛，不能直接登台，于是就有了"伙"字。从此，"中伙"成了村民的骄傲、村庄的代名词。

　　既然"中伙"有这样光荣的历史，"中伙"人理当传承了忧国忧民的村风吧。于是就有了付新生回乡求援的下一回合。

　　找谁最靠谱？

　　根据付新生的爸爸和妈妈提供的信息，村支书付伟军是最佳人选。他是一条刚直不阿的汉子，仗义豪爽，最了解党的政策，是带领全村人脱贫的功臣，有他一句话，可以一呼百应啊。

　　这一行三人硬着头皮，哆哆嗦嗦向付新生的堂弟、村支书付伟军的家走去。

　　因为事先并没有联系，这位堂弟见突然登门的堂哥一行三人，觉得有些意外。

　　付伟军问："是什么风把你吹到我家来了？无事不登三宝殿，你突然造访肯定是有事情，对不对？"

付新生说："就不兴我这个当哥的来看你吗？说有事确实有事，说没事也确实没事。坐下来先给我们沏杯茶喝吧，太渴了。这两位是我的同事，听说你是村支书，很敬佩你，来拜访你的。"

就这样东一句西一句慢慢绕到了正题上。

付新生问："想不想到深圳去？深圳就缺你这样的实干家呀。"

付伟军说："深圳是高科技当家，我这样的大老粗，还是在家乡发挥作用吧。你就直说吧，什么事？"

当付新生把来意直接点明后，这位堂弟陷入了久久的沉默。

付新生见势不妙，急忙补充说："当然，我不勉强你，你是村支书，村里需要你，你走不开。你能不能帮我推荐几个人，男的也要，女的也要，就跟着我干一年吧。这一年的燃眉之急给我解了，我就放他们走人。"

看堂弟一直不表态，付新生的心都凉了半截。从来不求人的他，最怕碰钉子，"沉默"这软钉子让他自尊都没有了。他说："我知道，一天80块钱的工资太难为你了，今天就算是我来看一下你，就当什么事都没有发生，什么话也没说。这两盒点心送给你和弟妹吃。我们还要赶火车去河南，告辞了。"

付新生起身，带着两位随行人员，一脸尴尬，转身向外走去。

付伟军大喊一声："哥，你真是个急性子，我让你走了吗？你们给我坐下！"这三个人只好回头。

付伟军有点愠怒道："也得听我跟你们说一说吧。我们村这两年的生活有很大的改善，你没有看见到处都是新建的房子，路也都修好了吗？说穷，真的是脱贫了，要说富，也并没有真正富起来，但是丰衣足食是一点没有夸大，我们已经成了全区示范的新农村……"

付新生忙说："我知道，知道，这毕竟也是我的家乡……"

付伟军脸一拉："我不喜欢别人打我的岔，你听我说完，有你说话的时间。"

付新生有些火，心想："你牛个什么劲？不让我说话，那我就沉默。"

付伟军说："虽说到大城市打工的人不少也不多，但是没有留守儿童也没有空巢老人。我们的莲藕、棉花、油菜，这几年，年年都丰收。农忙的时候，城里打工的人都回来帮忙，小日子过得有滋有味。照你说的，到深圳去一天80块钱，你不觉得我开不了口吗？不是我不想帮你，我为什么刚才不说话？我脑子里一直在转，我们村里有没有人适合去做你说的那份伺候人的工作？你呀，就是个急性子，你能不能给我一天的时间，让我考虑考虑，让我同我们支部的党员商量一下。我们同深圳不沾亲不带故，我们也得权衡一下，是不是应当去帮这个忙。给我一天时间行不行？明天这个时候，你来听我的消息。"

这样的结果比直接拒绝了还要让人难受，还要熬24个小时。付新生有一个老毛病，一焦虑胸口会隐痛，这次急得他真的心脏快要爆炸了。这个急性子，他是希望一竿子插到底不拐弯儿的。

情理之中，意料之外

这一夜付新生他们三个人几乎没有睡觉，都在发微信，打电话，查同城网，发布招聘信息。

网上居然有人回答说，你们的工资连一个清洁工都不如，更不如住家保姆，怎么可能招得到人？

还有网友善意地说，你就是涨到每个月4000块，也没有人愿意去呀。你们没有想过吗？80块钱一天，够不够养家糊口？

深圳这边，陈肖月副书记打电话来问情况。付新生只能说，正在争取。张维文打来电话又发来微信：人手告急，大鹏安置点 200 多个受助者，只有 16 个护工，深圳这边招不到工人，招来了几个社工，还是远远不够，请站长救急！

这一夜，付新生真如热锅上的蚂蚁，坐立不安。

半夜，陈肖月副书记打来电话，说："我没打扰你吧？我知道你没睡着，我也没睡着。我是想告诉你，看看天上的月亮，又圆又亮，今天是十五。明白我的意思吗？我知道你难，过了十五还有十六呢，来日方长。"

这位文人书记在半夜传递给他一席话，是什么意思？突然，他明白了，书记是在安慰他，宽慰他。一股热流涌上心头。是啊，东边不亮西边亮，天无绝人之路！

这里的路不通，明天赶去河南，许昌那边有战友愿意帮忙；许昌不行还有花溪，那边也有战友。

天蒙蒙亮，他们终于打了个盹。

大约清晨八点钟的时候，电话铃急促地响起来。

"喂……"是堂弟付伟军的声音。

一听这声音，付新生的心跳咚咚咚加快了速度，这么早来电话肯定没戏了。

"哥，你到我家来一趟，现在，马上！"

付新生一行三人，怀着极为忐忑的心情直奔付伟军的家。推开付伟军家的门，付新生他们愣了。

屋里坐的不仅有付伟军两口子，还有五对夫妻。有与付新生仅有点头之交的远房堂弟和他们的亲戚及配偶。

付伟军看见自己的堂哥一脸疑惑，笑眯眯地说："我知道你这一夜没有睡，我也一夜没睡。我在你的微信朋友圈里面看到你向四面八方发招聘信息，到处碰钉子，我心疼你了，哥！所以我也连夜行动，够不够意思？"

付新生脸都红了，说："你玩微信比我还溜啊，你还发现我的朋友圈啦？真是时尚的村支书啊！"

付伟军说："我昨夜十一点钟，把付乐新两口子叫来。因你早就离家去了深圳，许多人你已经不认识了。乐新是堂二叔的儿子，这位是他媳妇。为什么首先跟他们两个人商量，因为他们两个人是村里的'包工头'，手里有人，也是最明事理的。"

付新生问："你的意思是说，让付乐新和弟妹跟我走？"

"对！我们是这样商量的。你一个一个地招，很难招到。一对一对地招，让夫妻双双比翼齐飞，你才有可能从我这儿挖到人。你不是男的也要女的也要吗？正好，一对对男女给你搭配好了。"

高明！夫妻双双把新家安，这样就不会有"拖后腿"的啦！付新生大喜过望，差一点一把抱住他的堂弟来个狂吻！

不用说了，坐在堂弟家的其他四对夫妻，也是被动员成功的。

付伟军说："我照你所说的，跟他们说给一年时间帮助你，一年后，如果能够继续干，就接着干，干不下去就回来。付乐新是工程队长，这四对夫妻都是乐新的人。怎么样？这个结果满意不？他们是我村里面最有能力的人，我的兄弟情分够不够？"

付新生一行激动得只有不断说"谢谢，谢谢"。他真觉得自己太没口才，怎么就找不到一句漂亮得体的感谢话呢。

付伟军说："这只是设想，明天我们要召开党支部大会，专门讨论这件事情。如果还有更多的人响应，我就让你带多几对夫妻。我已经向我们江南镇党委汇报了。镇党委陈书记说，深圳救助站有困难，我们帮一把手责无旁贷！"

付新生还是只会说"谢谢，谢谢"。

付伟军说："明天的支部大会，我要再一次动员。你不是缺四十个人吗？我现在给你带走十个，如果能再给你带走三对夫妻，是不是能够解你的急？"

事情就这样办成了。

当事情拍板后，付新生迫不及待给陈肖月副书记打了个电话，激动得话都说得结结巴巴，语无伦次："肖月书记，过了十五还有十六，你说对了！八对……是八对，二八一十六，八对……"

深圳那边的陈肖月副书记莫名其妙地问："你在说什么？什么二八一十六？"

付新生说："我是说，八对夫妻，二八一十六，是夫妻！"

"你参加人家集体婚礼了？"陈肖月副书记还是没听明白，以为自己的判断出了问题。

三天后，这八对夫妻出发了，一天 80 元（半年后，工资涨到一天 100 元），认了！说是管吃住，但当时没有宿舍，只能与救助对象同居一室，半夜还得忍受他们噩梦中的惊叫。

包括从河南、安徽来的护工，虽说是夫妻一对对的，却是夫妻双双无"家"还，一道铁门两分散，男区女区音相闻，身影不见如隔山。

付新生一个劲道歉，说："不是我骗了你们，是因为许多设施没有完善，对不起，对不起！我们会尽量改善，请给我时间。"

这样的待遇说给谁听，谁都说亏了。亏就亏吧！这批人就成了大鹏安置点护工的主力。

付新生的胸口不痛了，是乡亲们用从心里抽出的线，缝合了付新生焦虑的裂缝。

　　这些可敬佩的质朴农民，本来说干一年就走，但是，他们走不了啦，大鹏需要他们，受助者需要他们。

　　付新生特别感谢廖云辉局长和陈肖月副书记。他们的彬彬儒雅之气，襟怀坦荡之风，潜移默化地感染了他，所以他才能处变不惊、淡定自如地面对救助路上沧海桑田般多变的面孔。

　　2018年1月，陈肖月副书记光荣退休。他比较书卷气，有着"闲看庭前花开花落，漫随天外云卷云舒"的大气。他仰面朝天，对着彩云，送给自己两副对联。

　　付新生特别欣赏这两副对联。

　　第一副是陈肖月从区民政局调入市民政局时的感悟：

　　上联：退一步，福也多田也沃无悔耕耘未蹉跎；

　　下联：进半层，天亦高海亦阔老骥伏枥再开拓。

　　横批：进退皆好！

　　第二副，退休撰联：

　　上联：十年民政，播云耕月解衣推食默默劳作结正果；

　　下联：六载同事，桃园结义高山流水款款深情做留念。

　　横批：此情只可成追忆。

　　付新生读到第二副对联时，不禁热泪盈眶，多么浪漫又高尚的情操！他多次勉励自己，也要达到这样的境界。很快，再过半年，2018年6月1日，他也将退休，但他会永远记住与他同甘共苦"桃园结义"的弟兄们。

第十一章　去爱别人，如同我爱过你们

曾经获得诺贝尔和平奖的特里莎修女说过这样一句话："去爱别人，如同我爱过你们。"

我们中国救助，其实早已把"去爱别人"这一博大精深的情怀镶进了骨头缝里。

独门独院的"课题研究所"

活跃在大鹏一带的义工，对深圳市救助管理站的大鹏安置点非常熟悉，即便这里的工作人员总是用"不够好"挡住记者或者作家，但是，有那么多义工、社工、公务员、市民……千万双眼睛盯着，你好也好，差也好，逃得过一双双雪亮的眼睛吗？

义工方子歌对笔者说：他们真的可爱。我不管他们是不是脾气暴躁，是不是爱喝个小酒，是不是爱睡个懒觉，反正我觉得他们高尚就是高尚。

开展对一个特殊群体救助的研究，其价值远远超过一个深圳或者一个广东的地域概念。

中国的救助事业本身就是一个完整的躯体，你中有我，我中有你。

好了，我们可以来翻开救助的另一页。看看救助人员是怎样缝合疼痛的社会裂缝的。

女区负责人，爱称"白雪"，以前做的是服装定制生意，夫妻店，做得很不错。她天生仗义，喜欢打抱不平，喜欢管闲事，特别喜欢小孩。电视节目里，类似《感动中国》这样的节目，是她的最爱，每次都被感动得眼泪汪汪。她的潜意识里，实际早就有回报社会的情结。当她在报上看到救助站的招聘广告，突然觉得自己有一肚子的爱应当向社会释放，为病残人士服务是她喜爱的，但是那么低的工资，还不如一个保姆的收入，为此放弃服装生意，值得吗？犹豫了好久，她同丈夫商量，决定去试试。夫妻俩凭借态度和表达能力，应聘成功。从此，他们的命运改变了。

白雪来到了这个陌生的单位，充满圣洁的奉献激情，渴盼着教那些被救助者跳舞、唱歌，与聋哑人用手语比比画画交流的生活应该也蛮有趣。

但是，当她看到眼前这些特殊护理对象时，真的是傻了眼。她完全没有想到，她肩膀上会挑着这样一副"荒唐"的担子。但是，合同已经签了，人也来了，没有退堂鼓好打了，先干着再说吧。

无论男区还是女区，护工一来，准叫错名字，指张说李，指王说赵。这一关，不仅白雪，所有护工都犯难。一个家有多个儿女，妈妈还经常叫错，这里有一大堆名字，不叫错才是不正常的。

很多受助者原本没有名字，现在的名字是救助站取的。从哪儿来就姓那个地名中的第一个字，比如罗湖来的就姓罗，南山来的就姓南。要知道，受助者的衣服都是统一制作发放、集中清洗消毒的，一模一样，为了便于记忆，白雪和同事们想了一个办法，在衣服上写上或绣上每个救助者的名字和标记，教会他们认自己的名字，也启发他们的爱惜意识。

刚开始的时候，面前立着这么多智力障碍人士，就 14 个女员工（后来增加到 21 个），18 个男护工，12 个小时换一班，那是怎样的不适应啊。清晨睁开眼就要来处理问题，晚上眼还没闭实又出问题了。女区经常哭声、叫声此起彼伏，令白雪和她的姐妹们晕头转向。男区有男区的难，年轻的欺负年老的，强壮的欺负弱小的，乱喊乱叫，动手打人……处理这些琐事要费极大的精力。

琐事还算简单。但他们的主要任务是要教那些失忆的人开口说话，要让他们说出自己的名字、年龄和住址，父母叫什么名字。然后进行核实，把他们一个一个送回家乡，过正常的生活，而不是在救助站里"定居"。这个任务，可不是体力劳动那么简单了。

这是一道道智力测验题，也是脑筋急转弯测试。对于没有什么相关工作经验、专业护理知识的护工来说，实在是高难度挑战。

没有学过心理学，也没有掌握护校学习的专业知识，更不是医生，仅仅是领导交代了，布置了，简单培训一下，老员工指导一下，他们就要匆匆上阵。张维文说："聪明的'男神'和'女神'们，不急，这是个机会，我们一起来当课题研究。担子半边有我这粗壮的肩膀担着呢！"

有张维文的鼓励，男区的罗付才和付乐新、女区的白雪和仙姐等领导的"军团"，真的把这副担子当成了课题。

女人心中总有关不住的阵阵春风

这里100个女受助者，绝大多数是年轻人，但她们没有花季，也没有四季，从来没有尝过爱情的滋味，对性别几乎没有感觉。

女区救助员工平均年龄是43岁，还可以称其为"女孩"。

就智慧来说，她们是现代女孩，眼疾手快，头脑灵活。打电脑，玩微信，在手机上面查各种资料，天南海北、天上地下，无所不能。淘宝、京东、天猫、飞猪、拼多多、美团、大众点评、支付宝、滴滴打车……

一个比一个玩得溜。但是跟人打交道，还是跟有智力障碍的人打交道，是不是能玩得转呢？

智慧来源，除了书本和经验，就是"玩"了，她们玩着玩着就玩转了，越玩智慧越多，越玩办法越多，玩出了刷新自我的新境界。

当父母的，都喜欢在节假日带孩子到国内、国外旅游，为的是增长孩子的见识，在说说笑笑、唱唱跳跳中，山游了，水玩了，智力也开发了。这个办法被大鹏安置点的员工用得出神入化。人们不禁要问，这办法对智力障碍者也有用？

大脑，这是一个非常好玩的器官，太神奇，太浪漫。据专家介绍，脑细胞包括很多类，神经元、神经胶质细胞等都是脑细胞。神经元不能再生，但是神经胶质细胞可以再生，并且可以促进神经细胞再生，只要脑神经胶质细胞没有全死亡，患者就有救。脑梗患者与脑瘫儿童的康复训练就是这个原理，往往会出现奇效。

人哪，就怕被逼，逼急了就会柳暗花明。谁能知道那"又一村"里藏着什么密码，能解开这一"人类学"高深莫测的方程式呢？

中国民政系统的救助者深知，面前的可怜人，记忆都是碎片化的，但他们个个都在努力地活着。白雪、仙姐这些救助员工的职责就是帮助他们缝合碎片，好好活，活出人的"范儿"。看白雪们开始"穿针引线"了。她们用了一个新词——"巴结"。一个老掉牙的贬义词，被用成了新鲜可爱的褒义词。

在女区，白雪和仙姐手下最多时有 21 名女护工。这 21 人要管差不多 90 名非正常的受助者。按道理，应当一对一，但是，在这里却只能一对 4.5，而且必须 24 小时守候，全天无缝交接。天天，时时，分分，秒秒，一个人一双眼睛都不够用，恨不得左右、背后各长出若干双眼睛。相对而言，这里的工作量等于医院看护的 8 ～ 15 倍。这样超常的负荷，她们是怎么应付的？

受助者不言不语，真不知道谁是真的不会说话，谁是假的不会说话，要叫她们说话难于上青天，但必须让她们开口！

白雪所说的"巴结"，你以为是巴结上司？巴结大腕？错！她们巴结的对象是社会最底层的人群。讨她们的好，用各种方法去焐热她们的心，让她们误以为你就是她的妈、她的姐，让她们对你撒娇，对你要小脾气，一不留神就开了"金口"，哪怕骂一句娘，爆个粗口，暴露出口音，也好获得一丝信息。白雪和仙姐们不得不在探索的过程中调动小聪明、小心机，这可是女人的强项。

巴结手段1　糖果——破译密码的神奇魔法

有一天，白雪无意中从口袋里摸出一块糖，那是朋友孩子的喜糖。受助者中有一个女孩，盯住这块糖，眼都不眨一下。她喜欢糖？白雪把糖给了那女孩，女孩一把抓过去，左看右看，琢磨怎么打开那糖纸。慢慢地，她明白从何处下手，终于扯开了糖纸，然后把糖迅速塞进嘴里，吃得咯吱咯吱响，好香。从此，这女孩对白雪有了笑脸，总往她口袋里看，希望还有糖像变戏法一样变出来。

对呀，怎么就没想到从糖果入手，像哄孩子一样。买糖果！买！当天，她就托去城里办事的员工带回了一斤奶糖，这点小钱，自己掏腰包，眼都不眨！

仇恨也会在糖果面前化解，智力障碍者也敌不过糖果的刺激。

白雪拿着一把糖，在受助者面前一晃，说，今天跳舞，谁跳得好，就给谁发糖吃。只听见"啊"的尖叫，她们来情绪了。

果然奏效！以前，上午的早操（舞蹈），有的人马马虎虎应付，有的人根本不听口令乱来一气，有的人索性一动不动。有了糖，个个都动起来了，最懒的也比画起来了。有一个坐轮椅成天发难的最难缠的阿姨也坐在轮椅上比比画画。这节课一结束，大家都拥到白雪面前，伸手要糖。白雪趁机表扬他们，当众发糖，每个人都得到一块奶糖。也许这糖太好吃，有几个人脸上出现奇怪的表情，皱皱眉，品一品，舌头搅一搅，停一停，然后笑一笑，咂巴着嘴，一心一意去玩味嘴里的滋味。还有人把糖吐出来，看一看，琢磨又琢磨，再放进嘴里，一副享受的样子。

白雪她们悄悄观察，吃了糖的，不管老的小的，脸上的表情都变柔和了，敌对的眼神也收敛了凶光。

有门儿！有门儿！

白雪们用点心、糖果巴结她们，这可是培养感情的高招。女子大多爱吃糖果，即使是那些智力最最低下者，见了糖果也会眼睛发亮。有的什么也不会，连饭都不会自己吃，却会本能伸出手去抓糖果。

从此，发糖果，就成了对训练中表现好的受助者的奖励。糖果是手段，为的是引起她们的好感，消除她们的戒备，让她们开口说话。

有一位叫花花的智力障碍女孩，刚来时，只睡地不睡床，整天躺在地上，谁拉她也不起来，谁哄她也不开口，大小便都拉在身上。也许小时候在田地里玩泥巴玩野了，精神病发作时就把大便当泥捏着玩，玩得津津有味，却害苦了女宿舍的护工。

就是这个女孩，白雪她们从女人的软肋下手。

"你好漂亮啊！""你长得好白啊！""你身材好棒！""你眼睛好美！"……禁不住七夸八夸，她开始消除了戒备。然后，再给她糖吃。之后，喂她饭她就知道欠身张口接着，知道指指饭碗，示意还要吃，吃完饭紧接着就是要糖吃。这成了一道程序。

有一天，为了再要一块糖，她从地上坐起，用眼睛搜寻白雪、仙姐和护工钱多多的荷包。当然要满足她。吃了第二块糖，她站起来了，本能地伸手还要。白雪们就继续讨好她，努力巴结，再给一块。没想到成果卓越！她能简单地回答"好吃""嗯，是呀"……浓浓的客家口音，很难懂，但是大体能猜出几分。白雪趁热打铁，问她："你妈妈不给你买糖吃？"按她的常规，最多说两个字。但这次，她居然对白雪说："我妈妈不给我吃，她不中意我。"

她有妈妈？！好！接下来跟踪追击。

"你妈妈在哪儿？"

"你爸爸呢？"

"你哥哥姐姐呢？"

"你家养狗了没？"

"你家地址是什么？"

…………

这种办法叫跟踪追击。这位花花小妹，就陆陆续续说出了她家的地址。

你看，花花要见亲人了，高兴得笑眯眯的，白雪和钱多多却哭成了泪人，舍不得啊！这几位"妈妈"早几天就在悄悄流泪，她们已经把花花当成自己的爱女了。

真应了付新生记事本里的那句话：茫茫人海之中，人和人的相遇，可以说只有亿万分之一的概率，但为何就偏偏遇上了一个你？

就是这份缘，惹出了那么多的泪水，从昨天流到今天，从今天流到明天……

在受助者回家之前，护理人员会指导他们做些力所能及的家务劳动：洗衣、洗碗、扫地，也进行一些心理辅导，让他们尽快融入家庭和社会。花花在大鹏安置点，白雪和钱多多她们手把手教会了她做各种家务。

　　花花是由大鹏安置点的两名社工送回家乡救助站的，再由家乡救助站把她送回家。

　　据说她回到家那天，父母见到一个完全不同的花花，一下呆愣了，本来想拥抱的双臂突然缩回去。面前的女孩这样漂亮，白白胖胖，是她吗？是那个黑瘦又邋遢又傻的花花吗？

　　起码犹豫了一分钟，还是花花先叫了一声"妈妈"扑了过去，妈妈才紧紧抱住自己的心肝宝贝……顿时哭声惊天。

　　回家后，花花天天帮妈妈扫地、拖地、抹灰、洗菜、淘米，还学会了做饭、炒菜。父母对这个女儿如此神奇的改变惊诧不已！他们的女儿现在亭亭玉立，在路上走时昂首挺胸，居然有回头率，真的是天上掉金条了！

花花家人到大鹏安置点表达感谢

后来，花花会玩微信了，几乎天天要给白雪、钱多多她们发信息，太想念她们了。她的家人也多次打电话告知花花回家后的好消息，特别赞赏她能做家务和能与他人沟通交流。之后，花花的父亲和姑姑特地到大鹏安置点表达感激之情，并送来锦旗。

花花能够像正常人那样生活了，加上模样的改变，气质大改，不少男孩追求她呢！她选中了心仪的男朋友，并在微信中盛情邀请白雪等"妈妈"们在大喜日子去吃喜糖。2017年11月16日，花花打来电话，说她结婚的日子定在农历十一月初六，要白雪和仙姐她们一定提前一天到。反复强调"一定，一定"！

2017年农历十一月初六，张维文带领白雪等四名员工参加了花花的婚礼并致辞。

花花回归亲人怀抱，开启了受助者回家的热潮，受助者一个接一个找到了亲人。为了能使他们回家，救助站用多种方法从他们身上捕捉各种零星信息，分析归类，然后通过公安、民政部门查找。

巴结手段2　甜言蜜语

交谈，是往前再迈进一步的捷径。如何交谈？这是技巧，也是艺术。受助者情绪比较平静的时候，可与她们交谈，但在她们面无表情、心情烦躁时别招惹她们。特别是"大姨妈"来之前，一般会有烦躁不安的表现，这时千万别过多交谈，言多必失，一不留神就会让她们重新警觉起来。

当"大姨妈"走了，她们的情绪会渐渐平静，这时给她一块糖或者点心，趁她美滋滋时再靠近她，用笑脸去"巴结"她，同她侃大山、拉家常，会事半功倍。边吃糖果边交谈，货真价实的甜言蜜语。

比如，用"引诱"的语言。

"你身材真好，是不是爸爸妈妈的遗传基因好？"

"你长得好漂亮，眼睛好大，妈妈漂亮吧？"

"你家门口是不是有一棵大槐树？"

"你家门口有一口井？"

"我来猜猜，你家有六个人，有爸爸妈妈、爷爷奶奶、哥哥弟弟。"

…………

她们会争着回答。

"我爸爸是个大坏蛋，他死了。"

"我爸爸才是大眼睛，妈妈跑了。"

"不对，我家门口没有大槐树，只有一棵柚子树，柚子好甜的！"

"我家门口没有井，我们用的是河水。"

"我家有五个人，不过没有哥哥弟弟，只有两个姐姐。"

…………

这个方法是抛砖引玉，也可以说是"诱供"，也真能套出丝丝缕缕真实的线索。

"爸爸是个大坏蛋""柚子树""两个姐姐"等只言片语帮阿香、阿娟、阿美找到了家。

巴结手段3　让她涂鸦

书写、涂鸦，这是开发幼儿智力的手段。

妈妈给孩子一支笔，孩子就在纸上乱画，表面看是乱七八糟的线条，但仔细看会发现那映衬了孩子头脑里他们的世界。那些线条是会流动的。再长大一点，会画出一朵花，会画出一个头大身子小的"妈妈"

和头小身子大的"我"。有一个三岁的男孩画妈妈，画了一个穿裙子的
"妈妈"，裙子下面长出一个小鸡鸡，还在流尿，这是把自己和妈妈融为
一体了。这就是孩子头脑中的世界。通过一幅画，可以判断出孩子大约
什么年龄，家庭是什么状况。

受助者在白板上涂鸦

　　白雪她们把这些智力障碍或有精神障碍的受助者当成自己的宝宝来
训练。她们买回来了两块大的白板，分别放在男区和女区，让受助者在
白板上涂鸦，爱怎么画就怎么画。
　　女生们可喜欢在上面乱画呢。涂鸦的，涂着涂着，名堂就出来了，
有人完全是下意识在白板上画，画着画着，就变成文字，文字从"妈妈"
"爸爸""妹妹""弟弟"演变成了"山东""河南""湖北""广东"……
再演变，就成了自己的名字和家乡地址。有的人地址写不全，比如省名

下面直接就成了门牌号。虽然不完整，却有着非同寻常的价值。张维文和护理人员将这些点点滴滴的信息总结归类分析，提请公安部门进行搜寻、拼接、组装。现代科技真是了不得，点点滴滴的信息，也能汇集成完整的数据。

大鹏安置点一共获得 10 多名完全失忆的受助者的信息。能够不连贯地吐字发音，能涂鸦涂出个省名、市名，对失忆者这个群体来说，已经是"超强"大脑了。

有人也许会问，这只言片语可靠吗？

问得好！

可以这样回答，只要涂出几个有意义的字，通过民政部与今日头条的救助网络，就能在茫茫人海里捞出属于他们的"针"。大数据时代，高科技运用于民政救助，已经是趋势，现代科技真的改变了许多需要救助的人的命运！

白雪说，她们在白板上画画时，就是提供给我们"巴结"她们的机会，我们正好恭维。

"你画得真漂亮！"

"画得真好！"

"太有意思了，你好聪明。"

"这画的是你们家乡的花吧？叫什么名字？"

…………

即使是智力障碍的人也喜欢听表扬，她们的脸上都会绽放出不同程度的微笑，甚至回答一个"这是我家的莲花"。

有个姓陆的受助者画的是绣花图案。

白雪问她："你画的是什么？"

她说："绣花。"

哦！她会绣花？白雪故意说："我才不信，你会绣花？"

她说："我会，是妈妈教我的。不信，你问我妈妈！"

白雪说："我到哪里去问你妈妈，你妈妈肯定绣得比你好。"

她说："真的，我绣得可好了，我们云南那边的女孩，小时候妈妈都会教我们绣花的！"

得！云南人，这条线索被牵出来了！再进一步套出县名，立马与当地政府机构联系查询，对方说有这个人，但已去西双版纳。明明人在深圳，怎么出了个西双版纳？！七折腾，八折腾，最后查证时，才知是姓氏搞错，当地救助站录入的姓氏是卢，这是同名异姓的另外一个人。这名在深圳的陆姓受助者的家终于找到了。

这名陆姓受助者是智力障碍加失忆，走失已经三年，家人天天在寻找她。家人知道她还活着时，欣喜若狂！接她的那天，来了九个亲人，管理人员归还了她的物件，护理人员为她精心打扮。儿子见到她后左看右看，好半天才喊了一句"妈妈"，然后抱着她失声痛哭。那天刚好是母亲节的前一天，白雪对她儿子说："你们来接妈妈，这是母亲节妈妈给儿子最好的礼物，也是儿子献给妈妈最好的礼物。"

巴结手段4 饮食引导

观察受助者的饮食习惯，可以分析她们的家乡。白雪她们就以选择答题的方法，来让她们做选择题。

"深美丽，罗小玲，你们两个爱吃辣椒，你们妈妈一定会在菜里放辣椒。云南、湖南、江西、湖北、四川、甘肃，都是吃辣椒的地方，你是哪一个地方？喜欢吃辣椒的各位，我说到哪个省份，来自那里的人就举手，然后就会得到一块核桃酥。我还会给你们买老干妈辣椒酱下饭。

好，注意了，我说了……"

这时，她们个个聚精会神地听着，为着一块核桃酥而激动。

一般情况下，一听到自己的家乡，她们就会有相应的反应，或点头或眼睛放光或举手，于是一块核桃酥就美美地下肚。果不其然，深美丽的家乡是贵州，罗小玲的家乡是湖南，都是从辣椒堆里走出来的不怕辣、辣不怕、怕不辣的女子。她们那边吃核桃酥，白雪她们这边就分析判断，再进一步询问她们家乡有什么特产，有什么风景区，地里种的什么。于是，又套出鲜活的细节。

一旦唤醒失忆者的记忆，之后她的记忆就会如溪流一样，涓涓不断，不仅记起了爸爸妈妈，还记起了叔叔婶婶……前面提到的花花就是这样。

在受助者吃饭时进行观察尤其重要。她们虽然智力有障碍，对什么都漠不关心，但在吃上面却异常敏感。她们会为了饭碗里的鸡腿的大小而大打出手。例如，福小惠就伸手去抢一个女孩饭碗里的鸡腿，硬说那鸡腿大，是她的。这一吵架可就露了底，从来不说话的她在吵架时声音可不小，带着浓重的江西某地区的口音，有略懂那个地方方言的护工听出了个七七八八。被抢的女孩一怒之下，也叽里呱啦用家乡话骂起来，旁边那些从来不开口说话的女人，也用家乡话幸灾乐祸地煽起风来，一时间各种方言齐上阵。方言，全是方言！

虽然鸡同鸭讲，但吵得津津有味。

白雪她们非常兴奋，真是意外收获。于是，她们先不忙着制止，而是仔细听口音。这些来自全国各地，尤其是边远地区的人，口音非常难懂，加上口齿不清，一时半会儿根本无从辨别。

有时白雪她们就用手机悄悄录音。然后通过现代科技把声音放大放慢放清楚，终于辨别出个七七八八。

饮食通道一旦打通，就是通往家乡的一条弯弯曲曲的小路。

巴结手段5　歌舞吸睛

唱唱跳跳吸引眼球，这又是白雪她们的智慧手段。

白雪、仙姐和钱多多都是舞蹈、唱歌的好手，所以就教受助者唱歌跳舞。唱一些流行歌、老歌，受助者基本能跟得上，虽然扯着喉咙荒腔走板，但兴致相当高。她们唱《我的祖国》，唱《月亮代表我的心》，唱《小芳》，还随着歌声翩翩起舞。几位老师领舞，舞姿都挺美，受助者看得心花怒放，情不自禁跟着跳。

有好老师就能引起学生学习的兴趣。

一名昵称"秀红"的女孩，有轻微的精神病，从来不说话，没听过她声音是什么样的。她天天蹲在墙角，眼神呆滞，不敢见人，只要有人经过，她就用手蒙住脸。

对呀，用歌舞打开她的心啊！

白雪她们把音乐放得响响的！当外面响起好听的音乐，响起同伴的歌声、嬉笑声、跳舞的踏地声，她渐渐地也守不住了。刚开始，她站起来，走到门口，露出半边脸，用一只眼睛偷窥；之后就露出整张脸，用两只眼睛欣赏；再后来，她走出门，站得近近地观看；最后，她索性插个队，挤进来，与大家一起唱一起跳。

两个月以后，她变了个人，没事时会自己唱歌，并且开口说话了。她絮絮叨叨发泄着心中的怨恨，说爸爸妈妈不喜欢她。白雪她们听懂了"爸爸妈妈不喜欢"这几个字。问为什么？她回答，因为是女孩。白雪她们说，你们那里好封建。她回答，江西这个地方，生女孩会很惨。她这是什么口音？简直在听天书。幸好有护工录了下来，事后回放，仔细辨别，有从江西来的护工听懂了。

秀红是第一个在大鹏安置点找到亲人的幸运者。但是，幸运中的不幸却如同九月的风霜，六月的冻雨。她的不幸是双重的。她的亲人终于答应来接她，这是多么令人激动的时刻！来的人，是她的妈妈。秀红知道妈妈是在乎她的。她特意打扮了自己，洗头洗澡换花衣。头发是白雪她们给她梳的，漂亮的衣服是热心市民捐赠的。

妈妈要来接秀红的消息，使她激动了好多天。她原谅妈妈对她的嫌弃，说那不是妈妈的错，错在观念。内心深处对妈妈的眷恋压倒了一切委屈，只要跟妈妈在一起，再苦再累，她秀红都能扛住！

她的话也多起来，倾诉着别人听不懂的话语。

救助员工们好开心，甚至比秀红还激动，这是大鹏安置点第一个找到亲人的幸运儿啊！

但怪事来了，有两个神秘的女人来到大鹏安置点，只说是秀红的邻居，受秀红家人之托来看看。这一下把白雪她们都搞糊涂了，不是妈妈？是邻居？

这两人走到秀红面前，那时秀红早已经泪流满面。她起身，大有扑上去的冲动。但就在此刻，其中一个女人拉住另一个女人的手，扭头向外走去。

这是演的什么戏？

她们两个没有给秀红留下一句话，没有一个惊喜的表情，来也匆匆，去也匆匆。

钱多多听到其中一个女人悄悄说："……比在家好。"

这一沉重的打击，不仅打蒙了秀红，也打蒙了所有的救助员工。一时间，空气都变得忧郁了，阴沉沉的天，如同要掉到地上。这两个女人的无情加重了秀红的抑郁，本来已经康复的她又犯病了，一连几天吃不下饭，整天流泪。她对白雪说，来的人中，个子矮小的那个就是她的妈妈，亲妈妈。

护工们真的愤怒了！一个母亲居然两次抛弃自己的孩子！至于秀红的妈妈为什么要来，来了又不认，其深层原因难以探究。

后来，秀红回到家乡后，的确没有去找妈妈，也许那样更好。她到了当地救助站安排的地方学手艺，能自食其力。

巴结手段6　强化护理

有不少受助者口水长流不止，有许多还尿失禁，还有几个伤口愈合慢，脓血不断渗出，连绷带都挡不住。护理人员便为他们的枕头、床单加上易清洗好更换的底布或护套。

有个女孩，昵称"秀梅"，是聋哑加智力障碍，送来时口水流个不停，从早到晚，像泛滥的小河，打湿了衣服裤子。床单上、地上也全是口水。枕头如同水发海参，连耳朵和头发都是湿漉漉的。经大鹏安置点孙医生诊断，秀梅是口腔牙周组织、黏膜组织受感染发炎，刺激唾液腺的分泌增多，加上神经系统和吞咽神经系统有问题，所以控制不住自己。经过孙医生对症医治和护工加强护理，现在，曾经四处泛滥的口水小河，被"治理"成只往喉咙里流的乖乖小溪。

秀梅现在的靓妹模样，与过去判若两人。走在路上，绝对有较高的回头率。

秀梅脸色红润，一笑生媚，会撒娇，会卖萌，成了能"歌"善舞的"明星"了，尽管她的"歌"就是下意识哇哇喊叫。

可惜了一个小美人，如果她仅仅是聋哑，找个好男人嫁了，说不定会很幸福，可惜她患有严重先天性智力障碍，这样的人通常是不能结婚的。这一辈子，她只能待在大鹏这块被大海拥抱的半岛上，与她的许多"妈妈"相守。

巴结手段7　"清单"醒脑

美国作家阿图·葛文德写了一本书叫《清单革命》，从医生的角度，分析了"清单"的重要性。

所谓清单指的是什么？

用一句通俗的话来说，就是为了保证自己永远正确、安全地把应该做的事情做好，给自己提供的一个备忘录。

书中说到，清单让一家医院经常发生的中心静脉置管感染比例，从11%一下降到了0%。执行清单后的15个月，避免了43次感染和8起死亡事故，为医院节省了200万美元的成本。

许多孩子的妈妈，把孩子一周的课程以及他们进校园应带什么书本、吃什么饭、借什么书，都打印成表，贴在冰箱上，避免丢三落四的慌乱。

大鹏安置点女区的黑板上，就出现了类似的清单。

在女区工作室，有这样一块白板。上面密密麻麻记着很多数字。神秘的数字好像在展示数学迷宫。

白雪她们并没有读过这本《清单革命》，并不知道"清单革命"指的是什么，却用激情诱发出来的本能，创造了与这本书不相上下的精神轨迹。

这里的白板，不是用来涂鸦的。上面写着一些人的名字，后面标着一大堆数字，比如5、5，3∶30；7、8，1∶10；8、8，4∶15。来参观的人都非常奇怪，这是些什么密码？还真是的，真的就是密码。

女区遇到比男区头痛的事，是女受助者们人人都有月经，但是90%不知道什么是月经，更不知道月经期间应当怎样做。将近100个女人，每天都有一批批的"大姨妈"来访，就这几个护工，即便长出10双手，也不够应付造成的麻烦。

白雪和仙姐想出一个好主意——列清单！

原来，这些数字是女人们来月事的日子。比如，惠小草的名字后面有5、5、12：30，表示她是在5月5日12：30这个时段来的月事，护理员就根据这个记录提示，掌握被救助人的生理周期，到她们下次"大姨妈"快来的时候，及时关注。有人肚子痛，有人情绪失控，这就是信号。不必慌张，只要提前准备好护垫、卫生巾和纸尿裤，一有苗头护工马上就能给予"对号入座"的关照。

在男女区值班室里，有几本厚厚的记录本，里面密密麻麻地记载着一些琐碎的文字：谁和谁在夜里几点被叫醒过上厕所，在3个小时之内不必叫醒他们；谁和谁在几点吃过药，下次喂药的时间是4个小时后；谁和谁夜里睡觉不安稳，说梦话，要预防病情复发；谁和谁今天眼睛发直语无伦次，需要特别留心是否精神病复发；谁和谁今天发炎的伤口没有愈合，需要继续换药；谁和谁睡觉时呼噜声过大，不正常，速效救心丸已经备好，提防心脏病猝发……于是接班的护工根据记录，有的放矢地重点观察。交班时，再把自己做过的事记在上面。交接班的人，特别是夜班，看一眼记录，就知道夜深人静时他们的护理应当怎样做。这就叫有条不紊，有备无患。

受助者多，让他们服药也是一门"技术活"，药量、种类、服药时间、服药间隔都各不相同。有治精神疾病的，有治疗炎症的，有解决便秘的，有调理内分泌的，有治妇科病、胃病、心脏病的，等等。有的药是长效的，吃一次可以保几小时、几天，甚至一周；有的药是一天一次，有的药一天两次，有的药一天三次；有中药、西药，片剂、胶囊、水药、粉末……男女宿舍 200 多号受助者全是病人，几乎都要吃药，只能靠护理人员帮他们记。然而，光是看说明书和咨询医生，也难免记错。护理人员就在黑板、本子、药包、药盒上写下清单。

吃药后的效果，也需要护理人员细心观察。

有一个姓罗的女人，精神病已经控制得比较稳定，但突然又神情呆滞，自言自语，这就可判定病情发作，得马上记录下来，及时请值班医生诊断，马上给药。

备案在册、强化护理、吃药按点、排便有序，使这里 200 多号受助者中突然犯病的越来越少。他们身上没有一丝异味，房间里没有一点腥臊，连卫生间都散发的是艾熏的芬芳。

"清单"让护工多了左膀右臂。

巴结手段8　场外布局

一看——值班室里还有个大红桶，这个大桶可是宝贝啊！

它是做什么用的？原来，它是用来装开水的，为了避免刚烧开的水烫到这些分辨能力和自控能力很差的人，开水只好放在值班室里面，等到水温降下再倒在保温桶里，这样喝到嘴里不烫不凉，保证安全。

二看——护理人员的工作间里放着几排多层架子，上面密密麻麻摆放着各色杯子，杯子上写着各人的名字。每天早晨起床后，经过训练的受助者能分辨出自己的杯子是哪个，在 200 多个杯子中，他们能取走自己的杯子，举着挤好牙膏的牙刷去洗漱。

三看——挤牙膏也是护理的一个部分，受助对象没有控制力，有的根本不知牙膏是什么。有的明明知道，却拼命挤，一管牙膏 3 天能挤完。这样的琐事，就由护工来完成。每天清晨，护工们起床后，首先完成为 200 多人挤牙膏的事，然后监督他们排着队洗漱，接下来领着他们去饭堂吃早餐。

那时，太阳开始露面，小鸟开始鸣唱。受助者一天的生活就在护工挤牙膏的节奏中开始。

男人一旦觉醒就是一条好汉

男区有两位护工组长，是罗付才、付乐新。一位来自河南，稳健，沉着，极有责任心；一位来自湖南，聪明，灵活，手脚相当麻利。他们二位走到一起，真是天赐缘分，彼此配合得天衣无缝。

黑衣人的秘密

有一名姓蔡的流浪者，也不知道他做了什么，左脚脚底烂了一个洞，流着脓血，招着苍蝇，腿肿得像条大象腿，臭味直冲十米外，生活完全不能自理。大鹏安置点的医生查看了他的病情，给他开了外用消炎药和抗生素。罗付才、付乐新和几位护工忍住恶心，每天轮流给他用盐水泡脚，轻手轻脚地把那些烂肉刮干净，然后给他上药，用纱布包扎起来，好像妈妈对婴儿一般，生怕弄疼了他。日复一日，天天如此，把男护工的粗笨手脚也磨得灵巧起来。

渐渐地，那些烂肉停止蔓延，脚上那个烂豆腐渣一样的洞慢慢变小了，肿得像柱子一样的腿也慢慢变细了，恶臭的气味也变淡了。直至最后伤口痊愈，一共花了三个月的时间。

按说，他康复了，应该对护工特别感谢，哪怕给个笑脸。

奇怪的是，他来的时候是什么表情，三个月以后脚好了还是那个表情。脚烂的时候，他没有哼哼，脚好了以后他也没有哼哼，始终一言不发，像一台机器。他日日夜夜坐在他的床上，双手护胸，你无论问他什么，包括"你还痛不痛""你想不想下地活动一下"，他都不回答，甚至把头扭到一边。

在老家，他是有户籍的，而且有妻子和孩子。他的脚基本好了，能慢慢行走了，自然应该送他回家了。一提起回家，他的眼睛里就满是恐惧。再问他，你就不想自己的老婆和孩子？实在被问急了就是一句话"不想"，然后扭过身用屁股对着问他的人。很明显，他有深深的不可言说的痛苦隐私。怎么办？就这样他又滞留了一段时间。

很有意思的是，他非常喜欢吃零食，他手里有点儿小钱，经常托进城复查的同伴和办事的护工，从外面给他带一点儿鸡腿之类的食品。只有这时，他才会拿出十块钱，说一句"帮忙买两个鸡腿"。多一个字也不会说。拿到鸡腿就躲在床角悄悄吃。他的钱从哪儿出来的，没人知道。他总是趁着人们一不留神，不知道从哪个犄角旮旯儿就掏出十块二十块钱。

后来，这个谜终于被解开。

他是穿着一套黑色的衣服进来的。裤子他是脱下来了，换了救助站给的新裤子。但是上衣，特别是贴身的那一件，他无论如何不肯脱。护工说："你不脱下来，怎么给你洗呀？太脏了，又臭又脏，人家对你都有意见了。"但是他还是不肯脱。外面可以罩一件救助站的衣服，里面仍然是那件贴身的衣服。幸亏救助站的护工天天给他洗澡，虽然衣服不换，但是身上是干净的，否则虱子都可能长了一箩筐。

有一天晚上，可能他疏忽了，没有穿着那件宝贝衣服进澡堂，那件黑衣服被丢在了床上。清洁工以为是垃圾，顺手就扔到外面垃圾袋里了。

他回到宿舍，一看自己的衣服没有了，立刻慌了神，这才开口说了最长的一句话："我的衣服！我的衣服去哪儿了？"护工说："可能清洁阿姨给你捡出去了，因为太烂太脏了，当成垃圾了。"平时走路一摇一摆慢慢吞吞的他，顾不得脚痛不痛，一溜烟跑到垃圾袋前，一把抓出自己的衣服。

就在这一瞬间，所有的人都惊讶了，呆住了……

从破衣服的口袋里面掉出了什么东西？

红的蓝的一地……仔细一看，天哪！是钱，十元，二十元，五十元，一百元，散落了一地。

原来，这件黑衣服里面藏着一个天大的秘密。

他慌慌张张不顾众人的惊讶，抓着这些钱回到了他的床上，背对着门，神秘地一张一张地数。幸好在这里安置的人多半是智力障碍者，对钱没有什么感觉。护理人员很懂得心理学，在他数钱的时候也悄悄回避。他左顾右盼，发现并没有人注意他，也并没有人对他这些钱产生任何兴趣。

细心的护工用余光悄悄观察，估算有两千块钱。对一个流浪汉来说，这是一笔巨大的财富。是乞讨得来的还是从家里面带出来的？是偷的还是借的？这是一个永远的秘密。

说来也怪，自从这笔钱暴露了，但并没有人对他的"宝物"感兴趣，连个好奇的目光都没有之后，他整个人的精神状态也变了，再不神神秘秘忧心忡忡，也再不是永远坐在床上，屁股对着外面。渐渐地，他对那位天天唱《世上只有妈妈好》的男孩有了兴趣，当歌声响起来的时候，他也会走出门去欣赏一下。当外面的人在拍球的时候，他也会走过去，接过球拍两下。

变了，变了！这个一言不发的男人，脸上不仅有肉了，也有了一丝红润。有一天，他主动对护工说出了他家的地址，并没有说他愿意回去，但这可是一个千金都换不来的转变。

他的怪癖，可能就在这两千块钱里。据付乐新和护工分析，或许他怕别人说他的钱是偷来的，怕被抓到派出所再进监狱；又或许他觉得周围有小偷，会把他的钱偷走，那就等于偷了他的命。一旦这些顾虑消失了，任何威胁都不存在，这个人就会立刻变成另一个人。

后来，还是张维文和大鹏安置点的员工把他送回了老家，一直送到火车站，那边已经对接好，有救助单位的人在等他。其实，他对妻子和孩子还是上心的。张维文说："你就要见到他们了。"他高高兴兴地点点头，带着一脸笑容。

看，他是迈着矫健的步伐回家的。

伺候你没商量

化乐居、化乐朋、深小黑，好奇怪的名字。

许多救助者原本没有名字，现在的名字是救助站的人给他们取的。深，即代表是深圳送来的；化，代表是化州送来的。作为智力障碍者，从生下来就被父母抛弃，早已不足为奇。

他们之中有严重智力障碍者，有的完全没有生活自理能力，甚至严重便秘，天天脱肛。是谁用手帮他们抠大便？是谁用手去将脱出的肠子扶回去？是罗付才及20个男护工！不是一次，是多次，甚至天天。这样的护理，早就超过他们的职责。如果在医院，可能有极少数护工会做，但是需要收费的！

有的患者便秘痛得"哇哇"叫，打多少开塞露也无济于事，况且不是一次，而是天天。送去医院？哪有那么多人力和精力。不如就地解决。然而伸手去帮这样的忙，需要多大的勇气和毅力？！称之为"义举"一点不过分！

付乐新、罗付才他们没时间思考，一咬牙，心一横，伸出手，还得轻轻地、慢慢地完成；再帮他洗干净，换上干净的衣服。这个过程他们出一身冷汗，起一身鸡皮疙瘩，直到患者轻松地坐在院子里听《世上只有妈妈好》，他们才有时间去洗自己身上的污秽和臭气。

有一名精神失常的受助者叫化乐居，经常便秘和脱肛。他才40岁左右，面容已经如同八旬老人。他双目失明，精神异常，大小便不能自理，在床上、地上随时大小便，拉完就自己用双手抓着到处乱抹，还以为那是点心，放到嘴里吃。

罗付才他们几个大男人一边给他清理，一边心酸流泪。

他天天制造超级麻烦，衣服穿到身上不到10分钟，就把它脱掉乱扔。脱了穿，穿了脱，一天反复几十次。罗付才、付乐新他们却有那耐心反反复复为他穿。你脱吧，我给你穿，你再脱，我再给你穿，只要你不伤害自己就行。

何止脱了穿，穿了脱，他还有很多怪诞的行为。

床上的被子和床单，他居然能坐在那里，把线抽掉，再把棉花掏出，扔的扔，吃的吃，塞得满嘴都是，而且发出野兽般的咆哮，相当吓人。护工一转身，被单就被他扯成碎条。他曾经一天内把两床被子撕成碎片。护工给他喂药，他却能准确地一巴掌把药勺打翻，护工给他抠出嘴巴里的棉花，他能准确地一巴掌将护工的手扒开。他是真的失明吗？是真的，如果你不带着他、领着他，他会一脚踩空台阶，摔个人仰马翻。

可是，不管怎样，这是一条活生生的生命啊！

既然时时刻刻离不了人，就时时刻刻守着他吧。

照顾他的护工连厕所都不敢上，不是抢他手中的被子，就是抢他手中的床单；不是绕到他感觉不到的地方，把药强行给他灌下，就是趁他咆哮张嘴时，把饭送进他的嘴。护工常常被折腾得一身汗，身上满是被他掀翻的药和食物。没办法，只有把他送到精神病院康宁医院。康宁医院勉为其难地收下了他。哪知他的躁狂症用药也控制不住，边撕医院的床单边吃布条边咆哮，如同野兽，搞得医院乱了套，连其他精神病患者都吓得落荒而逃，不到一天就被退回来了。

罗付才和付乐新等与护工和医生专门开会，研究出一套特殊护理的方法——对他实施定人、定时监控，仍然一对一，有时甚至二对一。白天晚上都有专人手拉手领着他到厕所大小便，一个小时一次，大便后为他擦洗干净。每天有专人为他洗澡、换衣。衣服、被子有专人管理，白天收到柜子里，晚上等他吃了镇静药，快要睡着了才拿出来，让他摸不着也撕不着。

这个受助者，听不见，看不见，说不出，你花上九牛二虎之力又比又画又喊叫，也无济于事。这种人一般不可能恢复正常。送回家？更不可能，他对家这个概念一无所知。

罗付才他们已经做好了为他服务一辈子的准备。他们退休了，就由他们的接班人继续护理。

不过，再傻的人也会有感觉吧。他总能感觉到如厕后有人给他冲洗很舒服吧；他总能体会到有人喂他吃饭很知足吧！即便是精神病人，也会知道什么是舒服什么是不舒服吧。

一年之后，出现了一件怪事！

有一天，化乐居居然自己摸着装有白米饭的碗。就在大家提心吊胆、怕他摔烂东西时，他摸索着用勺子把饭送进嘴里，开始第一次自己吃饭了。还有一天，他自己摸索着往前走，罗付才他们在后面跟着，看他去哪里。天哪！他摸着下了台阶，没有摔跤。他又摸索着进了哪里？厕所！他根据护工长期引领的路线，有了自己的记忆和判断，准确地找到蹲坑，自己解开裤子蹲下。他从包里摸出什么？天哪，糖纸！起码他明白要用纸。罗付才他们赶紧进去，把卫生纸放到他手里。他摸了摸那软软的纸，全过程由自己解决。

化乐居会自己上厕所了！他自己做到的！

这又是一个天大的喜讯，整个男区都沸腾了。

此后，化乐居完全可以自己摸索去厕所解决问题，衣服也不乱脱了，床单不但不撕，还能将它们宝贝一样抹平。早上起床后，他自己还能摸到外面跟着音乐活动一下身体，嘴角是一丝他自己都无法察觉的浅笑。

于是，在一张张护工笑脸的映衬下，对他的监控撤销了。

"撤销"二字，写起来顶多 5 秒钟，但浓缩的却是 365 天共 31536000 秒钟对罗付才他们"意志＋情操＋精力＋毅力＋人格＋品行"等综合素质的测评！

还有一名叫化乐朋的患者，他与化乐居如同难兄难弟，名字都差不多，虽没有任何血缘关系，病情却大同小异。他大约 50 岁，也是聋哑人，精神失常。他的问题是严重脱肛。也许身体太难受，他经常大喊大叫，用身体撞墙，且有暴力行为。化乐居早上只要一大便，肛门就膨出来好大一截，处理他的问题必须非常专业。根据医生的经验，起码需要两个护工把他送进浴室。护工戴上手套，一人用手托着，一人用热水冲，热水温柔地往他身体里一点点地渗透。男护工的手脚轻得如同羽毛落地，让他不感到痛就将脱出的直肠恢复原位。这可不是一天两天，是每天如此。

谁能做到？谁能？当然还是罗付才、付乐新他们。他们经过"枪林弹雨"反复洗礼，已经有了不同于一般人的情操、血性和"战斗力"。

经过长时间细心护理，天天把肠子塞回原位，天天用热水冲洗，化乐居的肠子习惯了在身体里面的温度和环境，居然不愿意出来了。

有一天，罗付才猛地推开厕所门，从里面蹿出来，高兴得叫起来："今天没出来，今天没出来！"人们莫名其妙，什么没出来？是肠子，肠子没出来！罗付才真是喜形于色。

这比什么都振奋人心，比中了彩票头奖还高兴！付乐新他们男区护工高兴得想放鞭炮庆贺，这是货真价实的喜讯啊！

渐渐地，化乐朋恢复正常，摘掉了"脱肛"的帽子。痛苦一消失，他再也没出现过破口大骂、大喊大叫、使劲撞墙的行为了。

类似的患者还有许多，甚至有更离奇的，他们好了又犯，犯了又好。没关系，犯了病，付乐新他们再来一遍，然后再康复，之后再犯，再康复……这已经难不倒有了相当经验的救助舞台上的这些"老戏骨"了！是他们用良心在支撑着团队永不消逝的大爱电波。

罗付才、付乐新团队的男护工们，默默无闻，待在被喧嚣、被灯红酒绿遗忘的角落，尽忠职守，年复一年地帮助这些与自己非亲非故的受助者。你要问他们，苦吗？累吗？烦吗？他们会反回答，苦吗？累吗？烦吗？……

罗付才和付乐新一干就是 10 年。他们是最有定力的元老。

没有人把他们捧在手心，没有人请他们走红地毯。他们走在最古老的石板路上，傍着野花野草，用并不年轻的肩膀扛起千家万户的企盼！

还是原来那个鼻子

走失 12 年的小戴，他的家人以为他已客死他乡，已经将其户口都注销了，但心里的牵挂却一直没有了却。12 年哪，这是什么概念？上一代已经成了爷爷，这一代已经成了爷们，下一代已经长大成人。这样的失散，能找回的希望非常渺茫。可想而知，救助人员花了多少心血，吃多少苦头，已经不能用数字来计算了。

真应了苏东坡的"十年生死两茫茫，不思量，自难忘"……

小戴是大鹏安置点接纳的第一批受助者之一，还有比较严重的精神病。刚送来大鹏安置点时，他神志不清，从不与人交流。你就算从早到晚与他说话，用各种好听的音乐疏导他，用玩具去引诱他，他的眼睛根本不看你，多年不开口，如同聋哑人。只有当身体不舒服时，肚子痛时，才会喊一声"哎哟"，这时才能知道他不聋不哑。

神志不清时，他经常将大小便往墙上涂抹。神志清醒时，为了报复对他略有忽略的人，他也会将大便糊得到处都是，以引起注意。清洁工被他害苦了，得用水去冲墙，冲不掉的，得用刷子使劲刷，那个恶心呀。那时的他，形销骨立，面无人色，由于长期流浪，已经虚弱到被稍微用力一推就能倒下起不来的地步。救助员工心烦又心酸，还得不嫌不厌，给他喂水喂饭、洗澡洗脸洗脚……如此堪比爹妈的温暖，真的就修复不了一颗扭曲的心灵吗？

一天天过去，还是毫无起色，他死不张口说话。张维文和付乐新他们觉得他也就过一天算一天，只能在大鹏海浪的陪伴下，直到老去。

如果有奇迹，奇迹只会出现在强大正能量的磁场中。

有一天，罗付才发现他朝自己笑了一下。

笑了？是笑吗？罗付才擦擦眼，仔细看，是笑！这可了不起！小戴能笑了！这个喜讯让张维文超级开心，交代护工对他暗中留神。之后，他的状态越来越正常，看别人出操会笑，吃了酸东西会皱眉，吃了辣椒会撇嘴……有了种种正常反应。再后来，他能主动拿笔在白板上画呀画，画些线条和圈圈。

一次，他在白板上画了些符号，护工仔细一看，好像是字，什么字？再仔细看，是他歪歪扭扭的名字。再看，下面是歪歪扭扭的他家的地址……

护工把这喜讯告诉了张维文。张维文飞奔而去，看到白板上的字，简直不相信自己的眼睛。

小戴的家就在隔壁城市啊！

岁月没有亏待张维文这一批救助人，也没有亏待受助的弱势人群。又有一个受助者能过正常的家庭生活了！

这一消息像长了翅膀，飞到今日头条信息中心，再从小戴姐姐朋友那飞到他姐姐的手机里。姐姐惊讶中半信半疑地告诉了家人。惊讶的家人也不相信会出现这样的奇迹。但是他的父亲、姐姐、姐夫还是连夜驱车赶到深圳，迫切地赶往大鹏安置点。

那天，亲人们眼睛都直了，不认得了，不认得了！12年的分离，他们的儿子、弟弟，完全变样了。从前圆圆乎乎的少年，变成一个脸上棱角分明，额头有山，眉间有川，胡茬子青青的男子汉了。

突然，父亲的眼神聚焦在对面小戴的鼻子上，久久停留。

小戴下意识摸摸自己的鼻子，这一摸，摸出了小时候的一个习惯动作。鼻子有点塌，鼻头有点扁平，小时候，家里人吓唬他："再摸，再摸鼻子更塌了！"

凭这个动作，父亲断定他就是自己的儿子。人的眼睛、嘴巴、牙齿、脸型，老了都会走形，但鼻子是不容易变形的。

当确认是自己亲人时，一家人的泪水齐刷刷地奔流而出。他们抱成一团，泣不成声。姐姐拉着弟弟的手，说："12 年前，你从家里出来后再也没有音信。这 12 年，每当在街上看到与你相似的流浪者我都要上前辨认。你离家时穿的那件格子衣服，我记得清清楚楚！那天你跟我说，姐，我出去走走。你走到哪里去了？你这个小坏仔！"

父亲说："回家，仔呀，回家，今后再也不分离了！"

不变的永远是声音

他是小刘，四十多岁，送来救助站时蓬头垢面，头发倒披，指甲长得像从没剪过，一身臭气，像个野人。他一进救助大院就用充满仇恨的眼睛看着每一个人，时时刻刻都在警惕中。

与那些"蹭站"的截然不同，小刘一直拒绝救助。2016 年 1 月 23 日寒潮到来时，他在反抗和挣扎中，被强行送到深圳市救助管理站。护工非常同情他。这个年纪轻轻、不缺胳膊不短腿的小伙子，仅有一点轻微的智力障碍，怎么会落到这步田地？对他，护工展开的是心理攻势。虽然他从不说话，老护工还是经常摸着他的头发，说："我的儿子同你差不多大，都是靓仔啊！"他一听这话，眼神也变得柔和，但是始终不会自己洗脸、刷牙、洗澡。你不帮他，他就呆呆地坐着，也不说话，永远在看电视。就这样，他在救助大院一待就是两年。大鹏安置点建成后，他被送到了那里。

在大鹏安置点，刚开始他表现得非常怪异，见人就躲，神色紧张，也许误以为被送进了监狱。这里的护工与在救助大院一样，仍然每天给他洗头、洗澡，手把手教会他刷牙、吃饭。他的心终于被融化。渐渐地，他明白，这里不是监狱，不用提心吊胆，也能跟护工说话了。

有一天，付乐新问他："你想爸爸妈妈吗？"他说："想，爸爸妈妈可爱我了。"付乐新又问："记得爸爸妈妈的模样吗？"他想想，点点头，说："爸爸是个大眼睛，妈妈漂亮。"从此，他会断断续续说自己的事，今天说"风筝节我知道"，明天说"他们给我做饺子"，后天说"妈妈擀的面条好吃"……星星点点凑一起，起码知道了他的来历。原来他是想减轻父母的负担，想到家附近打工，结果找不到回家的路，一走就是12年。

在山东流浪时，听人说深圳可好了，打工当保安一个月都能挣好几千。小刘他太想帮助爸爸妈妈赚点钱了。冲动中，他从家乡跑到深圳，见个小门面就进去问"你们要不要保安"。人家以为他是捣乱的，把他赶出门。大门面呢？深圳那么多高端企业，人家是智能管理，那些大厦刷卡刷脸才能进门，他连门都进不了。保安梦离他越来越远。他开始变得眼神发直，口齿越来越不清。听说观澜那边工厂要人，于是他就到观澜。那么多工厂，人家要的也是高端人才。他一身邋遢，想当个清洁工，人家清洁工起码要初中毕业，相貌端正。看见那些清洁工管吃管住，胸前挂个工作证，进进出出好神气，他羡慕得眼睛放光。但这一切与他无缘。他只好流落街头，但是见到警察模样的人就躲。这么多年，他能躲就躲，能扛就扛，没有受助过一次。他完全是靠伸手要钱生存的，今天有钱就吃一餐，明天没钱就饿一天。穷途末路的极度焦虑，被人轻视侮辱的极度自卑，没吃没住的极度困顿，摧毁了他的健康，使他形同老人，一脸皱纹。小刘本来就有轻度智力障碍，这一下彻底失忆了。家在哪里，父母叫什么，哥哥姐姐叫什么，全成空白，连自己来干什么、叫什么，都不记得。

小刘在大鹏安置点又待了两年。当他身心放松，自卑消除后，绷紧的神经也松弛下来，加上听听别人唱歌，看看别人晒太阳，吃了上顿有下顿，看到的尽是笑脸，确认没有任何后顾之忧后，他的记忆也一点点复苏。晚上做梦，梦到自己的爸爸妈妈了，他突然知道自己是谁，爸爸妈妈是谁了。

渴望见到亲人的意识一旦恢复，就排山倒海不可阻拦！

那天，他居然向护工要了笔和纸，写下了他家的地址和亲人的名字。父亲、母亲、哥哥、姐姐的名字全都写出来了。虽然错字连篇，但是工作人员连猜带蒙还是看明白了七七八八。

对大鹏安置点来说，这又是一个重大喜讯。张维文和成人部的珲哥共同努力，在电脑上查，在电话上询问，通过114热线，同小刘老家公安局联系上了。但由于名字和地址都是错别字，小刘提供的村名几经核实才最终确定。然后又通过村支书，核实了他的家庭地址和亲人情况。

村支书大为惊讶，这个失踪14年的人，居然还活着？左问右问，没错，就是这个人，当年失踪时他不满30岁，现在是44岁。天哪！这是什么样的奇闻？

那些年，全村都对小刘双亲思儿的痛苦深表同情。村支书告诉深圳市救助管理站，十几年来，小刘的父母哭干了眼泪，外婆也是等不到他回来不肯咽那口气。为了不惊动小刘年迈的父母，村支书先把小刘哥哥姐姐的电话告诉了张维文和珲哥。

小刘的姐姐接到电话时，半天没说话。太意外了！她不敢相信，要求发一张照片，以便确认。照片发过去了，但模样变化太大，她不敢确认。

为了保险，小刘的哥哥姐姐要去深圳接人的事情没敢对父母多说，只是说，他们要到深圳核实一下，看是不是真的是弟弟。父母执意要一起来。如果不是弟弟，年迈的父母能承受得了这样的打击吗？小刘的姐姐心脏一直激烈地跳动。如果认亲失败，她如何面对可怜的双亲？

大鹏安置点这边，所有员工的心也"怦怦"地跳，不能失败啊！

小刘的家人深爱着他，总存在着一丝希望，觉得他还活着。爸爸瘦得胳膊上青筋突暴，眼睛都深陷成了两个洞。

家人来接小刘的那一天，实在是太有戏剧性了，其隆重程度是破天荒头一次！

山东老家来了九个亲人，连叔叔伯伯婶婶也来了。

这是一个非常有爱心的家庭！姐姐带了一张他以前的照片，以免认错人。姐姐到来时，脚步放缓，一点点地靠拢。站在她面前的是弟弟吗？她一脸迷惘。错了吧？的确不像那个她熟悉的弟弟呀！

足足 14 年哪！

沉默，沉默……

大鹏安置点的张维文开始怀疑自己，是不是工作有误，把地址搞错了？

就在姐姐拿着照片左对比，右对比，犹豫不决的时候，小刘说："别比来比去了，我就是你的兄弟呀！"

声音，声音没变！全家人这才冲上去抱成一团，号啕大哭。哭声把全救助站的人都吸引到了门外。

小刘的父亲给救助站送了一面大大的锦旗，上面写着"赈危济难，大爱救治"。

这一镜头，被陈军"咔嚓"一声，收入了深圳救助的"百科全书"。

小刘的家人仔细参观了安置点。老父亲在儿子的床上摸来摸去，似乎要把儿子的过去揉进自己的肌肤。他嘴里喃喃地重复着"想不到，想不到"……

小刘穿着救助站送给他的一身干干净净的新衣服，跟着亲人就要回乡了。安置点的全部工作人员都来为他送行。

被送的一家人脸上挂着热泪，送行的救助员工脸上也挂着热泪。友情升华成的浓情，化成了天上一抹热辣辣的火烧云。

小刘的父亲给救助站送锦旗

"魔咒"在阳光下融化

下面要介绍的小杨，曾在深圳有自己的物流小公司，并雇有两名员工，生意做得顺风顺水。对出门打工的人来说，他算是相当有福气，父母对他百分之百满意。

但是，祸从天降。有一天，小杨突然出现幻觉，感觉身边的人个个都想害死他，水杯、食物里都有毒药。一瞬间，他感觉手下的员工全部变得面目全非，表情狰狞。他眼睛发直，情绪失控，口中念念有词，说些别人不明白的呓语，之后就是抡起拳头打"害他的人"，边打边骂难听的话。

一个人突然间同时出现可怕的幻听、幻视等，全是最最可怕的声音和形象，出于自卫，他本能地要用过激行为保护自己，这是躁狂的表现。躁狂中的病人，竭尽全力想去攻击他脑中的敌人，甚至动用凶器，不惜将对方置于死地。这个时候，如果不控制住他，不制服他，其危害程度令人恐怖！

他的家庭成员，往上推几代，并没有精神病患者，这样的遗传基因可以排除。他怎么会得这样的病？

头次发病时，他完全失控，愤怒躁狂，打人骂人，把工人吓傻了。

从此，他事业落幕。他跑到大街上，只为躲避"害他的人"，也为着时时刻刻向"害他的人"还击。

他流落街头，自言自语，瞪着一双眼睛，头发蓬乱，形象恐怖，吓得路人远远绕行。他不认识自己，不认识所有的人，是公安把他送到救助站的。

说来也怪，在大鹏安置点得到治疗和心理辅导之后，小杨身体状况和精神状况逐渐趋于正常，康复的速度很快。新添的那块供受助者写字画画的小白板引起了他的好奇。他也在上面涂鸦，涂着涂着，他的记忆被一支笔牵出来了，他猛然想起自己是谁，家在哪里。于是他写下哥哥的电话号码，联系上了家人。

这样快就好了？不可能吧？罗付才和付乐新他们总觉得，快不一定是好事。

精神病人的病情不可能"一好永逸"，说不准突然就犯病。

就在大鹏安置点与他家人联系的这段时间，小杨也高高兴兴等待家人来接他回家，一切是那么正常，那么理想……

突然，小杨又出现幻听、幻视。他自言自语起来，眼睛又发直了。"魔咒"再次缠身！

他不顾吊针还扎在手臂上，跳起来就打孙医生，像拳击手一样左右开弓。张维文反应极快，一把扯掉针头，揪住他的手，旁边的护工立即上前试图抱住他。但是，连张维文和付乐新这些相当有力气的人都没把他控制住。小杨如同在战场上的拼命三郎，打红了眼，打伤了救助他的张维文和付乐新等人。张维文脸上紫了一块，付乐新眼睛肿成了一条缝。

这次，孙医生除了用药物医治外，还给他进行心理辅导。小杨好得很快，眼睛不发直了，回答问题非常友好，甚至问周围的人"我怎么又犯病了呢？我记不起来是为什么啊"。他的好和他的不好，全是闪电式的。

恢复正常的小杨非常可爱，笑眯眯的，还有些腼腆，与犯病时的他判若两人。

不久，七十多岁的老父亲坐三十几个小时的车，从四川赶来，见到了牵肠挂肚的儿子。老实巴交的父亲不善于表达，只是默默流泪，一个劲说"多谢了，多谢了"。

见到父亲的小杨倒是显得异常激动，据说，他从小最依恋的人就是父亲，是父亲一手把他带大的。他紧紧靠着父亲坐下，摸摸父亲花白的头发，问："爸爸，你头发怎么白了呢？"

自从与儿子失联，父亲一夜白了半个头。听说儿子突发精神病，父亲一焦虑，白了整个头。

当罗付才他们问起犯病时为什么打伤人时，小杨不好意思地低下了头。

老实巴交的父亲像走亲戚一样，带来了家乡的糖果，有米花糖、花生糖、芝麻糖、苕丝糖、桃片、黄粑……满满几大包！老人真不知道怎样表达感谢，恨不得把全四川的美食都背来。

罗付才安排小杨的父亲睡自己的床，他抱起被子睡到值班室。小杨父子二人兴奋地聊了一夜。

老实巴交的老父亲只有同儿子单独相处时，才打开话匣子，还时不时发出笑声。

这一晚，罗付才也一夜没睡。他在猜，这父子俩说了些什么呢？小杨是不是在问，家里的亲人都好吗？奶奶是否健在？……

罗付才房间窗帘透出的一缕灯光一夜没灭……

第二天，当老人从简陋的行李中拿出锦旗，表达对政府、对安置点的工作人员的谢意时，两行泪水怎么也止不住，一双哆嗦的手怎么也控制不好。

在场的工作人员被深深触动，连罗付才这样的男子汉也眼圈发红。

康复了的小杨身体棒棒的，圆圆的脸上笑眯眯的，显得特别可爱。

其实小杨是一个极有事业心的好男人，他回到家乡调养了一些日子，如今又回到深圳，重新开起他的物流公司，据说做得很不错。许久没听说他犯病了。他与大鹏的护工时有微信联系，过年过节都要发祝福。

海阔天空、针头线脑都装在他们肚子里

有一天，电视台、各大报社、其他各媒体来了许多记者，他们要来采访大鹏安置点的几位"元老"。罗付才、付乐新、白雪、钱多多、仙姐他们都是有功之臣，记者把话筒伸到他们面前，要从他们嘴巴里挖出他们自己的英雄事迹，比如，如何战胜困难，如何摸索出好经验，如何创造奇迹……

真正的主角往往本事存在肚子里，茶壶里煮汤圆，要倒出溜溜圆的干货，只怕是卡在壶喉倒不出。

面对记者，付乐新这个憨厚的中年男人眨眨眼，欲言又止。记者以为有"好料"了，悄悄扭开背包里的录音笔。没想到，付乐新夹杂着乡音说："我们天天忙得蚊子咬了一身坨（包）都毛（没）工夫抠，毛（没）故事好说咯。"他仅仅下了点毛毛雨，之后就看看表，礼貌地说声"对不起"，急急忙忙去接班了。

采访白雪时，也同样难堪。白雪是有相当表达能力的，应当说，她是可以打开话匣，亮出一堆宝贝的。但是，她说别人时，可以滔滔不绝，轮到说她自己时，居然变得笨嘴拙舌，仅仅秀出了"唱歌跳舞"之类的边角料。她在她的"宝贝"们发出"老师来""老师快来"的尖叫声中站起来，匆匆说声"我们那些老师比我能说，对不起"，就匆匆离去。

记者从付乐新和白雪他们嘴里掏不出什么深刻的"干货"，转身去找孙医生，没想到孙医生刚刚说了一句话"我们这里时时刻刻都可能出现紧急情况……"，一名癫痫病人就突然犯病倒地，在护工阿姨"孙医生快来"的叫喊中，他奔到口吐白沫的病人面前，掰开他的嘴巴，以免咬断舌头……

最后，是张维文和办公室其他同事做了一些补充，记者们终于满意了，总算采访到一个个感人的故事。

总算有一个交代了。2017年11月1日，《深圳都市报》以《关爱社会无助者老护工践行大爱精神》为题，在A10版登载了这些最基层的老护工的事迹，包括用音乐和受助者沟通的胡雪辉（白雪）、被受助者当亲人的陈桂仙（仙姐）、"万金油"付乐新、"老黄牛"罗付才。如果用"赈危济难的无名英雄"来形容他们，他们会说"不不不！那个桂冠我们戴不起，我们就是普通劳动者"。

深圳许多报纸也隆重推出他们的事迹。许多市民反馈，这样贴近现实、接地气的新闻他们爱看，"邻家大哥""宅区阿姨"就是那么耐看，越看越标致、越够意思。

当然，报纸上登载的，仅仅是一掬浪花，他们所做的是"拎起来千头万绪，放下去针头线脑"的琐碎事，但拼接起来就是一个群体与另一个群体，在交汇中掀起的惊涛骇浪！

人生聚焦就在一瞬间

陈军用了半年时间，抢镜头，抢表情，抢瞬间，把大鹏安置点的点点滴滴，拍摄成一图一故事的连环画，不用太多叙述，就能知道这里的生活有多么艰苦，多么无奈，多么单调，但又是多么有趣，多么快活，多么丰富。

真的是半喜半忧半神仙，风霜雪雨化清泉！

镜头对准的是被家庭抛弃、被社会遗忘、被他人忽视，失去生活能力，处于最底层的特殊人群，还有一批张开"翅膀"护住他们的"天使"。

陈军拍摄的这些受助者，曾经生活在这个城市的桥底、路旁、沟渠边，靠着人们的施舍艰难地活着。后来他们获得了政府救助，来到了这里。回家，回家！救助员工所做的一切，全围绕这一宗旨。

他们中的绝大部分人无法像常人一样生活。但在这里，他们有着属于自己的快乐，并逐渐有了正常人的生活。他们的身后有一大批社会工作者和爱心人士在为他们默默付出、辛勤劳作。

为了恢复受助者的记忆，员工们真是绞尽脑汁了。女区护工组长白雪领回了一个排球、一个足球，通过拍球、传球、投球等训练，帮助提高受助者的动作协调性。这些都被陈军的镜头记录了下来。

借由陈军的镜头，我们也来认识几个可爱的救助人员的面孔。

付乐新，男区护工组长

郑茹霞，社工组长

白雪，女区护工组长

阮怀周，水电工

陈桂仙，女区护工副组长

大鹏安置点成立那天，白雪就开始在这里工作，被许多受助女孩唤作"妈妈"。每当受助者回家乡之际，她和救助员工都会与她们相拥而泣——割舍不下的亲情。

付乐新，在缝合别人裂缝的时候自己却往往受伤。只要有突发情况，他总是第一个出现。遭受精神病人的突然袭击已不是新鲜事。看看他青紫的眼，还真让人心痛。

郑茹霞每天都充满激情地工作，走路一阵风，说话如洪钟，吃饭也做工，抓紧每一秒，看似一玉女，内心坚如松。

阮怀周似乎从没有休息日，从白天到夜晚总是忙忙碌碌，同事们习惯了有事就找他，而他也乐意为大家做这做那。这样的人搁哪儿都受人欢迎，在哪儿都惹人喜爱。

在深圳退休的陈桂仙有不菲的退休金，本可以游山玩水颐养天年，但她仍选择这份护理工作，不是为了钱，而是为了爱。

她们与野花合影，把野花也带美了

　　这是一个责任重大的团队，每一天的 24 小时里都有人值守。他们的任务就是保障 200 多名受助者的健康和安全，他们每天重复着同样的工作：巡视、检查、喂药、观察、叮咛、嘱咐。

…………

　　他们工作在深圳这个令很多人羡慕的大都市，但他们的生活却远离繁华。有时他们自嘲在鸟笼里生活，但他们仍保持阳光的心态，因为他们的内心充满着爱与责任。

　　下图这两个壮汉，就是曾经当过义工的陈军和他的搭档，都先后受聘于大鹏安置点。时间虽不算长，他们却都对这里的同事和受助者有着割舍不断的情缘。于是他们相约骑着单车去大鹏，虽然需要三个小时，他们却毫无畏惧，凭借腿力，去寻找曾经那段纯真的回忆。

陈军与同事相约骑车到大鹏

再看看陈军镜头还对准什么样的"大咖"。

谢正涛（右一），厨师组长

安置点的厨房工作量很大，但厨师们从不叫苦叫累。厨师们的工作是一个做好无人夸、不好大家骂的苦差事，但谢正涛谢大厨负责的厨房满意度挺高。

在女区护理组，救助员工像伺候宝贝一样，每天给受助者准备衣服，每件衣服都洗干净然后消毒，晾得平平整整，穿上去舒舒服服的，很体面。为的是让她们有个好心情，恢复记忆，体面地回家。

救助人员在为受助者准备衣物

救助人员千方百计为受助者寻找回家的途径。2017 年 4 ～ 6 月就有12 名失忆的女受助者回到亲人身边。

一面面锦旗的背后，有受助者浪迹天涯的心酸，有救助员工付出的心血，更有亲人团聚如梦如痴的惊喜泪奔。

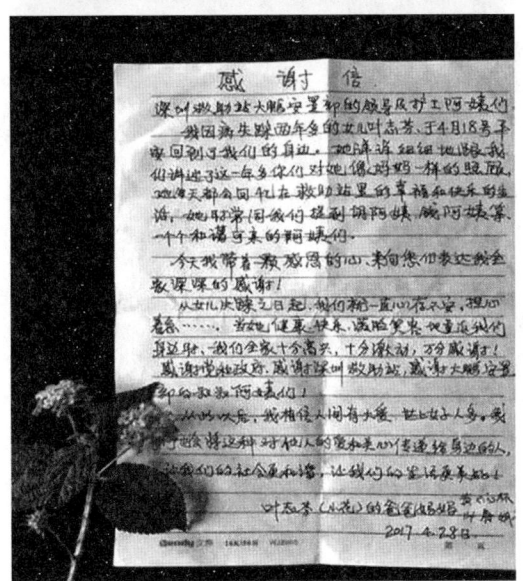

受助者家属送来的锦旗和感谢信

一个受助者成功回家了，又一个成功回家了，又一个，又一个……

辛苦没白费，2017年，深圳市救助管理站大鹏安置点女区护理组被妇联评为深圳巾帼文明岗先进集体。

　　谁说笑容仅仅是瞬间，瞬间一定格就成了永恒，社工们最希望的就是让受助者也能看到亲人的笑脸。他们当然看到了，不仅看到了，还把脸贴着亲人的脸，让护工拍照发到他们的微信里。

　　社工组是安置点里除护工外，与受助者接触最多、走得最近的人。他们全是自愿报名，专程来奉献的爱心大使！除了社工，还有无条件奉献的义工，"双工"强强联合，手牵手走进了大鹏湾的这块没有金钱和名利之争的"净土"，践行他们奉献爱心、助人为乐的职责。

社工组工作人员

　　他们每天都到受助者中间，了解他们的需求，掌握他们的认知进步情况，给每一位受助者的出、入进行翔实登记，为每一位受助者建立个人档案。

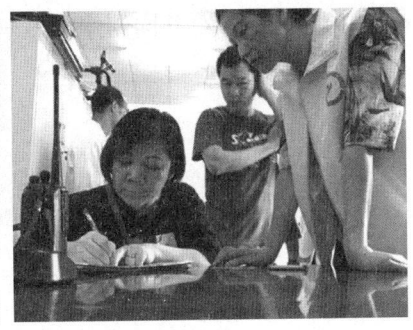

社工组工作人员在工作中

深圳市救助管理站副站长杨立君和曾经的工作人员陈军，为救助员工写下的诗篇虽然不华丽，却是从质朴的土地上滋生出来的苗苗。

我们所做的都是为了你，
几度冬夏几度风雨。
当失忆者寻回记忆，
我们为你喜极而泣！
当紧闭着的嘴张开了，
我们的心跳咚咚加剧！
这是一场场"爱"的接力，
这是一次次"善"的演绎：
让父母不再挂记，
让子女不再哭泣，
当离散成为团聚。
世界顿时响起天使的旋律。

杨立君和陈军共同创作的另一首诗，是这样写的——

我有一份爱

深藏在心怀，

直到有天遇到你

爱才献出来。

希望你平安，

希望你回家，

希望我的这份爱

让你很温暖。

这世界，需要爱，

有爱的世界才精彩。

我有一份爱

无须说出来，

默默无声送给你

温暖你心怀。

无论亲与疏，

无论远和近，

亲疏远近在一起，

缘分之花正盛开。

这世界，需要爱，

越爱世界越精彩。

湖北一位小有名气的作曲家在网上看到这首诗，"一见钟情"，专程来到深圳大鹏安置点，参观中激情澎湃，立马谱了曲。这是一首为救助者谱写的歌，已经在深圳市民政局的联欢会上亮相了。

　　救助者说：几十年来，我们一直唱着别人的歌曲，今天终于可以唱自己的歌！

《救助者之爱》歌词和曲谱

中间三位着深色服装的女士是恢复了健康的智力障碍者

联欢会的舞台上，有三位女士是恢复了健康的智力障碍者，她们站在中间，成了主角！之后，她们将很快告别这方舞台，把歌声带到"生我养我的地方"。

再看看那些观看节目的受助者，哪里像智力障碍者。他们陶醉得闭眼享受，高兴得竖大拇哥，一个联欢会如同过大年。现在，这其中已经有数十人回到家乡。

当天来观看演出的嘉宾们不停地感叹：太不可思议！

大鹏安置点虽然是整个中国救助事业的冰山一角，却如同广角镜，透视了整个中国民政救助全貌。

白雪、罗付才们的手，专门维护流浪人员的尊严，手扶弱势，却留有余香。

说起流浪人员，张维文说："他们是最可爱的亲人，我宁愿拍他们的马屁也不去拍明星的马屁。这是人性的体现，图的就是对得起自己的良心！"

救助站的员工偶尔会遭到周围朋友的质疑。尽管有人已经离开此行此业，却本能地会捍卫此行此业的尊严，如同陈军一般，常常"回家看看，回家看看"。

第十二章　望着你　护着你　牵着你

2017 年 3 月 27 日上午，广东省委领导同志到深圳市救助管理站视察，听了付新生站长讲的六个故事，其中就有患唐氏综合征的小福星的故事。谁能料到日后他会站起来，跳起来，跑起来，而且不是一般的站、跳、跑，而是篮球场上百发百中的投篮"狙击"手？！省委领导非常高兴，还专门走到小福星的面前摸摸他的头，牵牵他的手。小福星一高兴，拥抱了领导。省委领导把他紧紧拥在怀中，然后牵着他的手走出活动室。

领导同志对付新生站长说，你们辛苦了！

然后，省委领导一行到食堂察看，问孩子们一天的伙食费是多少。

付新生答："25 元，一年还有 10 万到 15 万元的购物卡用于补贴，放到我们这里。这些卡是纪委和财委下拨的，可以额外给孩子们添加一些肉、蛋。"

领导同志又问，成年人的呢？

付新生答："是 15 块一天。"

"怎么相差这么多？"

"孩子要吃得好一点，成年人吃饱就行，吃得太好的话他们就不走了。"

省委领导当即发了三条指示：各市要把自己的人带回去；自己承担自己的责任；托养的要在本市安置。

付站长和当时在场的市、局领导非常激动，也非常惊诧。

托养！省委领导怎么连"托养"这样的专业名词也如此清楚？而且怎么会与民政人的思考一拍即合呢？有人说，越是大的领导，越是懂得民心。国家的心与百姓的心真的是连在一起的！

"托养的要在本市安置"的指示，使在场的深圳几位领导释放了压在心口的千斤重担！

关于异地托养的问题，省委领导早有先见之明。

前面已经详细描述过，深圳市民政局云辉局长到任的第一件事，就是将在异地托养的人员全部迁回深圳！

真是英雄所见略同！

苦难的同胞，党和国家在关怀你，社会各界也在关怀你，你们虽然不幸，却是不幸中有万幸，因为"以人民为中心"就是以你们为中心。

"贵宾"在隆重的仪式中闪亮登场

民政救助这一伟大的事业，必将进入社会化的轨道，这是世界潮流的大趋势。

民营企业进入救助事业，必将成为缝合社会裂缝的生力军。

中国民政的救助事业，得到社会各界的支持，越来越多的社会力量介入，使救助事业如虎添翼。

改革开放使许多人有了一笔丰厚的财富积累。现代流行语管他们叫"土豪"。可喜的是，有许多"土豪"，他们喝水不忘挖井人，不忘回报社会。回报社会的手段和方式千千万，其中最好的方式就是做慈善。把手伸得长长，一直伸到贫困地区，伸到困境中千家万户的米缸、饭桌、菜篮子里，然后放下书籍、作业本、铅笔、圆珠笔……这样舍得一掷千金的个人、企业成千上万。特别是在地震、水灾、山洪等自然灾害面前，这一股力量集结起来，成为灾民遮风挡雨的铜墙铁壁，与国家共同分担忧愁与压力。

社会力量涌入民政救助事业，有的无偿，有的即使有偿，也仅仅是薄利，他们在近几年也已经成了一股不可小觑的力量。

2018 年 10 月 20 日，国家主席习近平给"万企帮万村"行动中受表彰的民营企业家回信，表示"看到有越来越多的民营企业积极承担社会责任，踊跃投身脱贫攻坚，帮助众多贫困群众过上了好日子，我非常欣慰"，并且对民营企业踊跃投身脱贫攻坚予以肯定，鼓励他们"心无旁骛创新创造，踏踏实实办好企业，合力开创民营经济更加美好的明天"。

请看这样一幅画卷。

2017 年 3 月 28 日上午，在惠州通往深圳的高速公路上，有一串长长的车队，风驰电掣般向着龙华区环观南路 1001 号呼啸而去。

这支庞大车队执行的任务，前面已经提到，是以深圳市民政局副局长刘晖为总指挥的回迁行动。

下面就是这部"大片"的续集。

车队为首的是一辆警车，一辆指挥车，紧跟着四辆大巴，然后又是一辆警车，跟随着一辆救护车，再后面又是四辆大巴，最后还是警车。

前面还有无人机开道。

这样雄伟的车队，远远看去，如同轻轨列车上了公路。

道路两边，修路的工人屏息观望，个个想：一定是来了什么了不得的贵宾，要不就是外国参观团来访，要不就是国际峰会要召开……

而深圳 1001 号这边，已经隆重地采购了一大批用品。下面是采购清单：

1.400 套餐具（餐盘、筷子、勺子、汤碗），其中"贵宾"200 套，工作人员 200 套。

2.200 个塑料凳子，给工作人员用。

3. 衣服 320 套（外套、2 条长裤、2 件短袖），全部给"贵宾"。

4. 床上用品 400 套（床垫、床单、被子、枕头），其中"贵宾"200 套，工作人员 200 套。

5. 牙刷和水杯 200 套，全部给"贵宾"。

6. 水 100 件。

7."贵宾"专用开水机 10 台。

蔬菜鱼肉这些食材，是请了一家餐饮公司专业服务，不在统计之列。"贵宾"到来后，开餐一个半月，1001 号就与餐饮公司结算了 32 万元。

32 万元，不是国家的钱，不是政府的钱，是民营企业家腰包里的钱。

那么，到底"贵宾"是谁？"贵"到什么程度？

如果一个不知情的人打开大巴的车门，会大吃一惊！

"贵宾"个个穿着蓝色制服，面戴口罩，年纪很轻。每辆大巴各有 1 名穿白大褂的医生、2 名白衣粉帽的护士，一共有 8 名医生、16 名护士。便衣警察共 142 名，分别坐在蓝衣"贵宾"的左右。

从惠州那边出发，由指挥员"小白鸽"李佳，"铁血战士"毛渝新等一路护送车队回深。

在深圳这边，一个极其强大的阵容，已经排列成阵，在 1001 号的大门口，准备迎接这些被特殊保护的"贵宾"。

这个阵容包括：深圳市政府副秘书长，深圳市救助管理站站长，温州康宁集团总院长、副院长，深圳怡宁医院几位领导及 50 名医护人员。

蓝衣"贵宾"这样风光，肯定不是一般人物。说到这里，人们不难猜测，他们是病人，而目的地 1001 号又是什么机构？也不难猜测，1001 号一定是一家医院。

这家医院究竟有什么特殊之处？

这是一家民营医院，叫深圳市怡宁医院。

为什么选择这家医院？

深圳的精神病院康宁医院，由于床位不足，没办法收治回迁的病人。救助站只能自己消化。但问题又来了，救助站的医生配备也很有限，他们除了不做手术，五花八门的病种，医院有的科目他们要承担，医院没有的科目他们也要承担。

此外，人手也是个大问题。就拿大鹏安置点来说，目前这里有 5 名医生，2 名护士。陈医生主持医务组全面工作，孙医生、刘医生负责值班，温医生负责防疫卫生，徐医生已经借调到市站，实际只有 4 名医生，2 名护士，他们得轮流值班。24 小时无缝对接，医生护士哪敢生病？连上厕所都得一阵小跑。况且这里安置的全是病人，病情反反复复，上午好了下午犯，有的病人需要一对一，有时甚至需要二对一。只见医生穿着白大褂的身影在不停地晃动。医生是全科医生，并不是精神病专科医生，他们还要挤出时间，在厚厚的中外医书中啃相关的专业知识。

把大量精神病人留给救助站消化，消化不良时会"呕吐""拉肚子"，这是难免的。所以才出现了小杨打伤张维文和付乐新，救助人员屡屡受伤的难堪情形。

从惠州转来的病人往哪里转呢？深圳就只有康宁医院一家公立精神病专科医院。当时分管民政等工作的市委常委刘庆生急中生智，为什么不向民营医院要资源？他知道深圳有一家民营精神病院怡宁医院，装修接近尾声，很快要试营。这家民营精神病院是温州康宁医院股份有限公司下属的子医院，是中国唯一的民营精神病医院，也是中国唯一的民营精神病上市医院。他们有资源有实力，可以借船出海呀！

借船出海就得考察精细，最好的办法是现场办公。刘庆生心里有底了，他对这家民营精神病医院的院长说："我们将有近 200 号流浪精神病人需要安置，请你务必保证在 48 小时之内将医院整理出来，在 3 月 30 日下午 2：00 准时接收这一大批病人。首先请问你，能不能完成任务？"

深圳怡宁医院几位领导虽然感觉有些突然——装修还没结束，还不到试营阶段，一下子来这么多病人，吃得消吗？——但民营企业家的胆识就体现在敢于承担，敢于超越。几位院长思索片刻，说："首先感谢领导对我们的信任，我们有集团做后盾，我们会聚集全集团力量，将病人妥善安排好。"

刘庆生松了一口气，说："作为一家民营医疗机构，你们有这样的社会责任心，高度的政治觉悟，值得表扬和学习。"

接到任务后，温州康宁医院股份有限公司董事长管伟立一声令下，48 小时，总部 80 余名医护人员和后勤行政人员全部从温州飞来深圳。

从温州到深圳，全程约 1143.4 公里，这么遥远的距离，浩浩荡荡来一支精神病专业医疗队伍，别说在中国救助史上罕见，在中国医疗史上也罕见！

当时，深圳怡宁医院部分医疗器材和生活物资都在前期的洽谈中，一下子来不及储备齐全。为了完成任务，除了大型的医疗设备通过深圳当地快速采购或从总部快递，大多数物资都由总部前来支援的人员一人一袋，肩背手提地从温州带到深圳。

2017 年 3 月 30 日，按专业要求，深圳怡宁医院配备好了全套人马，准时准点集中接收了近 150 名被救助的患者，一切井井有条。

怡宁医院有病床 600 张，崭新清洁。病房宽敞，5 人一间，被子床单飘着太阳的馨香，房间干净得一尘不染，如同星级宾馆。

这近150名被救助的患者已经在医护的治疗下，在深圳海洋性气候的滋润下控制住了病情。他们排队打饭，自觉洗漱，主动锻炼。能找到家的，尽快护送回家；找不到家的，就地调养。怡宁医院仿佛成了深圳市救助管理站的分站了。

民营医院与政府配合如此紧密，开创了中国之先例！

这家怡宁医院，不用国家的钱，自己掏腰包，自己看风向，从无到有，从弱到强，为国家纳税，为国家解决就业难、就医难的问题，收费标准还低。亏了？抹把汗水，自己给自己输血。赚了？聚集精气，给社会输血。中国现代化的半壁江山被一批这样的实业家顶起来了。

他们是党的十八大以来"中国梦"的践行者，是实现复兴大业的顶梁柱！中国民政救助有了忠实的伙伴！

一年一百万，五年五百万

在深圳，有一位为深圳民政救助奉献的传奇人物，他就是小有名气的艺人——熊银匠，深圳市德纳慈善基金会（简称"德纳基金会"）的理事。

在五年的时间内、联合五个党支部、发动五百名党员参与、募集五百万、帮助深圳救助站五百名孤残流浪儿童返乡并提供医疗救助服务，这"五个五"爱心工程，就出自德纳基金会的创意。

熊银匠是何许人？他是银匠吗？当今中国还有端这样饭碗的工匠吗？有！他的本名叫熊福章。

先说说他与世界著名珠宝品牌施华洛世奇的"跨国恋"。

当欧洲水晶遇上中国银饰，会碰撞出怎样的"爱情"火花？

2012 年，奥地利施华洛世奇大中华区负责人专程飞抵武汉，将旗下三大业务之一的锆石，独家授权给熊银匠设计、制作与销售。这是施华洛世奇第一次与中国饰品商合作。

熊福章从小在枣阳五店镇学艺，后去襄阳摆摊，到武汉试水品牌之路，然后在深圳设总部……这个已过不惑之年的传统手艺人没有辜负家族自清朝传下来的金字招牌，一个华丽转身，踏上时尚设计之路，成为全国拥有三百余家门店的珠宝连锁品牌的掌门人。

从手握锤子走街串巷的乡间银匠，到与国际大牌对话的珠宝连锁品牌掌门人，这一路，熊福章走了二十五年。

熊福章在其集团旗下的珠宝门店

1988 年，在枣阳一家机械加工厂上班的熊福章因身体吃不消，于是跟随伯父熊开熙学艺。一天，伯父郑重地向他展示珍藏已久的"庆美银楼"金字匾牌。这块匾牌颇有来头。清朝嘉庆年间，祖籍江西丰城的银匠熊庆美凭借一支银凤钗，被钦点为"宫廷银匠"，后皇帝为其在襄阳选址建银楼一座，并御赐"庆美银楼"金字匾牌，庆美银楼成为清朝最负盛名的四大银楼之一。

在熊福章的庆美珠宝集团。从右到左依次为熊福章、熊福章妻子刘清、本书作者、陈俊峰律师、慈善基金会陈秘书长

学传统手艺，基本功得从用铜管吹火开始，火苗弯曲熔化银子，才能锤打塑形。"练气的方法很特别，要将碗里的水吹出一道水沟，十分钟不停气才过关。我练成之后，又设计了一个风管，把双手腾出来拿镊子。"

熊福章似乎天生就是做银匠的料子，化银、锻打、下料、焊接、酸洗、锤錾、錾刻、镌镂、雕花……几十道工序一学就通。同样 8 克银子，原来能打出一只银戒指，用他改良后的工具却能打出三只。后来，他从沿海买回模具，只消几分钟戒指就能成型，且款式多达数十种！从 1995 年开始，金银饰品的翻新生意火爆，凭着手艺精、不克扣金银料的好口碑，熊福章的店门口开始排队，而他加工的镶宝石戒指，手艺之精，别家店都没法随意改动。

2001 年，黄金买卖市场开放了。"这是我做梦都在想的事情。"熊福章趁机收购了位于襄阳市政府旁边的一家金行，并于 2006 年来到武汉，盘下六渡桥的一家店，正式进军武汉市场。这年，他才 30 岁。

两年后，他走上连锁之路。之后又把总部设在深圳，这里是全国珠宝加工的集散地，中国市场近七成的珠宝都从这里出品。

敢走前人没走过的路，这是需要胆略的。

事实证明，"这条路走对了"。熊福章的门店从 60 多家猛增至 300 多家，并在湖北商会旗下成立了珠宝协会。他成了大名鼎鼎的熊会长。

就是这家珠宝协会，得知了深圳市每年都有好几百的儿童千里迢迢到深圳寻找他们打工的父母，在困境中挣扎。这大大触动了珠宝协会最敏感的神经。熊福章本人也是苦孩子出身，有着天生的同情心，乐善好施是他的本性。恰恰他有一个与他一样乐善好施的妻子刘清，多年的夫妻，丈夫眼睛眨一眨都知道他在想什么。那一天，妻子说："你按你的方案施行吧。"

熊福章望着妻子："你指什么？"

刘清说："我的朋友圈在传呢。"

"传什么？"

"你又要向社会奉献了。不是吗？"

熊福章低头一笑："什么也逃不出你的感觉。是的，我心意已定。一年八十万元……"

妻子说："哪能？"

熊福章心里一紧，急忙解释："我的意思是，八不是个吉数吗？如果你觉得太多，我们可以商量……"

妻子打断他："商量什么？八有什么吉的？迷信。要个整。一百万元！资助留守儿童，我不心疼。"

熊福章眼泪差点流出，只有他才知道，妻子有多么节俭。走进商场，除了食物，什么都是一句话——不买。

他们不是投机投资，瞬间暴利。他们是手工制作者，一锤一锤流着汗水赚利润。

其实，珠宝买卖在这几年已经陷入了低谷。他每年给员工开工资一百多万元，日常税费一百多万元，两个儿女读书及其他开销暂时不计。这些年他们的收入大大不如前几年。他们夫妻俩节衣缩食地过日子。凭着他们夫妻的善心，再苦再难，这笔钱也要坦荡流向慈善，如同清泉一样注入孩子们的心扉。

拍板了！

熊福章响应深圳市德纳慈善基金会和深圳市救助管理站发起的"五个五工程"，彰显爱心情怀，他出手了。

割肉！狠狠割自己的肉！每年拿出一百万元，五年五百万元，专门资助游荡于深圳需要返乡返家返校园的儿童。他们缝合社会裂缝的线不是"钢丝线""铜丝线""金线""银线"，而是用血肉拧成的会呼吸、有温度的灵性之线。

深圳市救助管理站得知这一消息，一分钟不耽误，上传下联，提供孩子的名单和资料以及家庭情况，由熊福章当理事的德纳基金会审定后，一一对照，打出一对一的流水方案，一百万元一分不少全用在孩子们的身上。

靠手工敲敲打打起家的银饰作坊，没有投机取巧的可能，造假伪劣一眼会被识破，硬是要用一双手，一锤一锤敲出一条成功之路。就算有对手，你不服，你也来敲呀，你敲出比我好的路，我甘拜下风。当然熊福章的路扎扎实实，同行对他只有佩服的份。

试想，五百万元，要多少工人多少双手，敲打多少套银碗银筷子银首饰才能赚来？

他赚的是血汗钱，没有暴利，只有实实在在一件一件地赢利。这样的企业家，舍得把钱献给需要救助的儿童，这是货真价实的慈善，用"高尚"来形容他，当之无愧。

2017年10月18日上午10时，深圳市德纳慈善基金会、深圳市庆美珠宝有限公司、广东德纳律师事务所党支部、深圳市旺族谷道有限公司、深圳市湖北商会珠宝行业协会、广东省湖北石首商会的代表，前往深圳市救助管理站探望了在这儿临时安置的孤残留守儿童，为他们送去了大米、牛奶等慰问品。

熊福章会长、陈俊峰律师等人在为儿童发放食物

他们与孩子们一起游戏，到球场拍两下篮球，把食物送到每一个孩子手中，恨不得把孩子们缺失的爱，一次补齐。

捐赠启动仪式开始时，广东德纳律师事务所陈俊峰主任的致辞中有几句话可圈可点："如果有一群折断翅膀的小天使来到人间，一定是为了寻找那个能够带着他一起飞翔的大天使。我们不一样，我们都一样！同在蓝天下，共有一个家……你们的未来就是我们的未来，你们的幸福就是我们的幸福！我们一起来飞翔吧！"

在签字仪式上，湖北商会会长兼珠宝协会会长熊福章，镇定从容地大笔一挥，在协议书上签上了他的名字。签字的右手，粗壮有力，就是当年握着锤子锤打银饰的那只手。这只手能把他的品牌锤打进国际市场，也能为流浪孩子缝合伤痕，让他们踏上净化心灵之路。

双方定下协议，救助站出一个员工，珠宝协会出一个员工，共同护送孩子回家。到家乡以后，给孩子买书包，买衣服，买鞋子，可谓面面俱到。春节期间到深圳来寻亲的孩子特别多，送他们回乡的工作量就特别大。恰恰春节期间一票难求，那么多的孩子要回乡，到哪里去找那么多的火车票？连长途汽车票都买不到。熊福章就派珠宝协会的车去送孩子们。一路上，孩子们的吃喝拉撒睡，熊福章全部包揽。不要小看这五年五百万元，怎么说那也是血汗钱。

庆美珠宝立下一条规定，千年不变，万年不撼：每卖一件银器，不论价高价低，一律拿出一元放入慈善基金会。知道吗？他们每年销售量最多时大大小小加起来是几百万件……

浪花变成惊涛，是需要海洋里每一滴水去助力的。

有钱的出钱，有力的出力。熊福章如此义气，既为当下雪中送炭，又为未来锦上添花。这样的"土豪"是豪杰。毕竟一口气签五年，拿出五百万元资助救助事业的"土豪"并不太多见。

长不大的"婴儿"终于长大了

你留心到了吗？民营机构经营的特殊儿童康复中心悄悄兴起，不动声色地进入了主流社会。

又出现一个与民政救助共同缝合社会裂缝的高手。

民营企业与国有单位既竞争又合作，相辅相成。

民营企业要赢利，必须具备如下条件：1. 硬件要先进；2. 软件要领先；3. 服务要超前；4. 价格要低廉；5. 亏了要承受得起。这些条件缺一不可。

大多数从事社会救助的民营企业，押上的是自己的良知，赌回的是别人的春天。所以民营企业一步一个脚印，走得非常小心。民营企业参与到儿童康复行列，仅仅是这几年的事。因为责任太大，赢利太薄，没有一半清醒一半醉的状态是不敢进入这样一个特殊行业的。

不过，再难爬的高峰也会出现民营企业的足迹，这已经是大数据时代无可阻挡的大趋势！

深圳有一家帮助儿童康复的民营机构，名为深圳市庆春特殊儿童康复中心（简称"庆春康复中心"），他们租下房子，为那些有智力障碍、肢体有缺陷的儿童进行康复训练。这家康复中心其中一位发起人是卢庆春，他是黑龙江省小儿脑性瘫痪防治疗育中心创始人之一；另一位是从日本留学回来，专门从事儿童智力障碍康复研究的研究生孙建军。他们主动登深圳市救助管理站的门，介绍了他们从事救助事业的理念和经验，并邀请有关领导和人员到他们的中心去参观考察。

救助站领导认真听取了他们的自我推荐，眼前一亮。

深圳市救助管理站如同猎犬一样，有超前的政治嗅觉和经济嗅觉，他们也正在寻找社会上可牵手的伙伴，于是首先就对庆春康复中心进口德国的康复器械有了兴趣，当然，对他们的高学历员工的素质也有相当的好感，对价格的优势也很认同。

这样的考察当然要去，这与国家倡导的救助事业社会化、吸纳社会力量的理念是相契合的。

深圳市庆春特殊儿童康复中心是由中国第一所小儿脑瘫防治、儿童康复与研究的专门机构——佳木斯大学康复医学院教授、黑龙江省小儿脑性瘫痪防治疗育中心创始人之一、我国著名的脑瘫康复专家卢庆春教授在 2003 年创建的，是深圳市残疾人联合会下属脑瘫定点康复机构。这里除了致力于脑瘫、自闭症、发育迟缓等特殊儿童的康复救治，还致力于帮困助弱、捐资助学、组织开展公益活动及信息交流，宣传公益理念。

深圳市庆春特殊儿童康复中心龙岗分部成立于 2015 年 4 月，占地 4000 多平方米，三层的楼房里有 300 个房间可用于儿童托管（日托、全托）及康复治疗，室外还有 600 平方米的操场。可见缔造者舍得"出血"，舍得为未来买单。在这里，一进大厅就能看见排列整齐的小书桌，有老师在指导手脚不健全的孩子画画、写字。不得不说，这里的治疗师、特教老师都是医学类院校的康复系及特教专业毕业的，专业性很强。

救助站的相关领导在心里说，你们能不能在这个领域里生存发展，在竞争舞台上脱颖而出，全看这些职业教育高手如何施展才华，化腐朽为神奇，让表情木讷、行动迟缓的残疾儿童，一个转身，成为活泼可爱、能走会跳的小天使。

民营康复中心，你能行吗？你的本领得让我们服哟！

考察，再考察……孩子们的前途押在这座三层楼房里，救助站是孩子们的"父母"，得一丝不苟地了解，了解，再了解。

第一印象非常重要。深圳市救助管理站有关领导一进康复中心的门就感觉非常舒服，有档次。

　　路过操场，大家很惊讶，孩子们的身影在操场上流动。他们是有残疾吗？老师说，不是残疾儿童走不进这道门。

　　天哪，孩子们能康复成这样？他们的身影如同波纹一样，在绿色"海洋"里一浪推一浪。要知道，他们全部是手脚不利索、嘴歪眼斜，有的甚至连手指头都掰不开的残疾儿童，他们能在操场上拍球、玩耍，笑得"咯咯"响，要取得这样惊人的效果，那可是水滴石穿，非一日之功。

　　不要问孩子们来了多久，康复中心开业也就一年多。

　　这里一尘不染，摸摸窗户缝隙，没有尘土；脱鞋进门，看看脚上的白袜子，没有黑迹；再看看康复设施，基本进口。有的器械很大，很先进，是做体能训练的，这可是救助站员工没见过的。他们悄悄说，见世面了。

　　三层楼房里，宿舍区、康复区、教学区，布局合理。特别大的一间康复大厅，各种器械大的大，小的小，排列整齐，像哈利·波特的魔幻世界。别说儿童，就连成人也想登上那些器械按下按钮，去试试温柔健身的魅力有几分。这些设备动辄上百万上千万元的成本，一般的康复中心哪里买得起？但就是有民营企业为了长远发展，舍得一掷千金，先亏后赚，一点点地赚，够发工资交房租，老师和工作人员就满足。

　　其实，他们是在做慈善，走得虽艰辛，但是很充实。

　　送来进行康复治疗和训练的孩子，基本来自深圳和周边地区。有的是爷爷奶奶陪同，有的是父亲或母亲陪同，有的是白天来晚上回，有的是住宿在这里全天训练。看得出，陪同训练的家长，眼神一半忧来一半喜，他们在渴盼着奇迹。

　　第一关的总体印象——过！

　　走过训练厅，拾级上楼，首先入眼的是宿舍，宿舍相当于家的门面，只消一眼，就知道这里的条件怎样，管理如何。

宿舍的床是孩子们自己整理的，被子叠成豆腐块，就像部队里的一样。被褥干干净净，散发着洗衣粉的香味；空气流通，飘来的是外面清凉舒适的空气。这第二关得满分。

第三关，伙食。考察的时候，正赶上食堂的师傅在为孩子们做营养餐。二十多个不锈钢饭盒，装着煎鸡蛋、肉炒青菜，还有一份骨头汤。师傅说早餐更丰富，有馒头包子鸡蛋豆浆咸菜。这比救助站的伙食还要丰富。

第四关，功能修复。孩子们画的画，写的作业，做的手工艺品，放到玻璃展览柜里面，叫人不敢相信这是出自智力障碍孩子之手。

关关满分！此情此景打动了付站、杨站，以及妇女儿童部和综合部的郭敏、王惠平和几位负责人。

会不会是因为救助站要来参观，特别做了安排，把阴暗面藏起来了呢？之后，又有几次不打招呼的突然"袭击"，甚至扮成普通人去探访……之后的事，顺理成章，救助站与康复中心签了协议。

救助站送去了十七名不知道"家"、不知道"妈妈"为何物的孩子。这批小孩子仅仅是会走路的"大婴儿"，他们中有唐氏综合征患儿、自闭症患儿、智力障碍患儿……注定是要在救助站度过一生的。

与庆春康复中心签的合同是住校训练，十七个"大孩子"每周日晚上送去，每周五下午接回。救助站儿童部的负责人王惠平每个月亲自去接送两次。渐渐地，孩子们被训练得懂感情了，看见王惠平，如同看到爸爸，一阵风一样扑上去。

这是第一个惊喜！只要懂感情，就能接受更复杂的训练。

王惠平他们看见孩子们成长得如此健康，打心眼里感到欣慰！一周过去了，孩子们一天一个样，说长胖就长胖了，说长高就长高了。智力障碍女孩也有女大十八变，越变越好看的权利。她们都好看起来了！

　　孩子们拿出自己用纸叠的小鸟、小马，用彩泥做的花、房子，用蜡光纸做的手工，画的画，无比得意。"这是我做的""这是我自己做的""这是我画的"……他们争先恐后地向救助站的"爸爸""妈妈"汇报成就！

　　这是第二个惊喜，孩子们有了自豪感！说明他们的大脑正在得到修复。

　　王惠平他们去一次惊讶一次，往往半天合不上嘴。

　　真正的华丽转身是什么样？看看这些孩子的笑容，看看他们制作的工艺品的精巧，你就明白了。特殊环境会出现特殊的变化，孩子们的变化完全可以解释得通。他们已经不是"婴儿"，而是朝气蓬勃的少年。

　　救助站完全可以放心了。有这样高素质的社会力量参与，国家只用支付一点基本生活费用，小钱办大事，何乐而不为。

　　说心里话，这样的民营企业，属于高端专业队伍。一般的救助站没有儿童康复的专业先进设备，少有科班毕业的专业老师，孩子们的进步全靠救助员工的经验和良心。救助站虽然取得的成果相当惊人，但比起这样的专业机构——能激发出智力障碍孩子们大脑仅存的功能，尽量做到将来自食其力——还是不得不甘拜下风。

　　社会力量融入救助事业，早就不是什么新鲜事。让有钱之人、有志之士能在最有意义的社会画布上用心书写，释放爱心，这不是作秀，而是人性的光芒在闪烁。

　　参观庆春康复中心回来后，救助站几位领导一致认为，他们是在用良知做抵押，赌的是救助站送去的孩子有自己的春天。

　　庆春康复中心仅仅是一滴小小的水滴。

　　一个又一个康复中心如雨后春笋，朝气蓬勃地在祖国大地上露出了尖尖的小脑瓜。央视三套节目《向幸福出发》里，有一位叫贾秀芳的哈尔滨女士，用自己的血汗钱办了一所康复中心，收留了130个脑瘫儿童。这些没有站立能力、没有说话功能、没有思考智慧的孩子，居然被训练出了奇迹。他们一个个坐轮椅上学，有的还成了学校的尖子学生。当其中三位优秀的学生与他们的"妈妈"走上舞台时，台下的残疾"儿女"们大声叫着"妈妈""妈妈"。台下的观众个个热泪盈眶。

　　缝合社会裂缝的高手是人民，谁能否认？

第十三章　红利闪烁在点滴中

卖花女、擦车仔已成"老照片"

卖花的小女孩、拿抹布的擦车仔，是十年前深圳的一道灰色风景。

那些年，深圳市救助管理站为救助这样的卖花女、擦车仔要花费许多精力、人力。

当然，人民生活水平提高的其中一个主要见证，就是街上的流浪者越来越少，卖花女、擦车仔几乎消失得无踪影。

这，就是红利。

多年以前，深圳的每一座过街天桥上，除了小商小贩就是伸手乞讨者，有奇形怪状的残疾人，也有许多手脚健全的人跪地乞讨，面前一块牌子写着"我丢了钱，回不了家"，或"我生病上不起医院"，或"我没钱上学"，或"我经济困难"，诸如此类。上班的人们，路过天桥时得小心翼翼，有的事先要备一些零钱，以应付突然伸过来的手。下了天桥，乘坐公交车又是一关。伸手要钱的人，一个挨一个，给少了还会遭讽刺。有一个行人给了五毛钱，被乞丐退回，还被嘲讽"我倒给你一元钱吧"。还有不少要求施舍的人。当然，也少不了卖花女、擦车仔……

这一人群严重影响社会安定，影响市民正常生活。人们出个门，生怕被人骚扰，见到这样的人就得择路绕弯。

就拿卖花女和擦车仔来说，几乎每一个十字路口、每一家餐馆都有他们的身影。这是一个庞大的群体，刚刚把他们"请"走，一转身，他们又出现在另一个路口、另一家餐馆，比流水还活跃。

深圳的救助管理站、公安、城管，三管齐下，强化治理，成效相当显著。

这几年，天桥上基本不见伸手乞讨者；餐馆外、道路上、地铁口基本不见卖花女孩；红绿灯下基本不见用块肮脏抹布帮人擦车玻璃再要钱的擦车仔；求施舍的人更是踪影全无。也许再过几年，人们就会将这番情景从记忆中删除了。

深圳市救助管理站的周勇虹，十几年前是一个强壮的青年，他是专门负责男孩收容的。经他的手，前前后后收留了几十个年纪从 10 岁到 18 岁的擦车仔，他是真的心疼这些伸手乞讨的孩子。在救助站，周勇虹与他们一起打篮球，一起聊天，一起进餐，如同"好雨知时节，随风潜入夜"，真正是"润物细无声"滋润这些孩子荒芜的心灵。周勇虹对他们说："你们天天给人家擦车，人家能给你几个钱？为一元钱，把青春搭上，太可惜了，这不是你们的命！回家去，孩子们，读书，只有读书才能救你们，改变你们吃了上顿没下顿，被别人瞧不起的命运。"

可爱的是，这些被救助的孩子非常知足和懂得感恩。他们特别喜欢跟周叔叔一起打篮球，经常偷偷跑到他的办公室，露出个小脑袋瓜，悄悄对他说："叔，我们一起出去玩吧。"

那时他们还小。但打着打着，篮球还是那个圆圆的篮球，孩子变成不一样的孩子了。有的在自己家乡长大了；无家可归的几个，被送到福利中心上了学，从小学到高中毕业，找到工作了。

周勇虹如今也已经 40 多岁了，与这些孩子常有往来。有几个已经工作的孩子，会时不时到救助站来找这位帮助过他们的周叔叔，掏出自己赚的钱，豪爽地请周叔叔到大梅沙吃大排档，为他剥开濑尿虾的壳，把白白的虾肉送到他的嘴里。乐得个周叔叔连声说"够了够了，我自己有手，我是剥壳的高手"。

为了抢买单，他们会与周叔叔扭在一起，旁人还以为他们在打架呢。

救助者能得到这样的享受，可以说是红利在荷包里发酵，成了"参灵大补丸"！

并不是卖花女、擦车仔这类人不流动了，他们的流动是永无止境的。而是中国的经济越来越好，救助事业在与时俱进中越来越完善、经验越来越丰富，阻止了这一现象的持续发生，使这一类人在逐年减少。即使仍然有人流浪，也是他在哪里出现，哪里就有措施请君入室，请君回乡。也就是说，鞋子合脚了，走起路来轻松、快捷，做起事来事半功倍。

这样的治理，是生命工程，是灵魂工程，是尊严工程，是千秋万代的道德工程！

党的十八大以后出台许多新政策，农村穿上了合适的鞋子，中国民政救助事业必定会穿着自己合适的鞋子，走在自己探索出的救助之路，边走边歌。

这，就是中国民政救助的大环境。

在采访付新生时，他说："我的家乡也在农村，想一想，家乡越来越富饶了，谁还让自己正当读书的小小年纪的女儿，离乡背井，拿一朵花，在酒店餐桌间挨个对那些男人说：老板，买一朵花送你的女朋友吧，才十元钱。别人嫌弃的目光算什么，只要拿到几元钱，在呵斥声中掉头满足地逃跑。谁又愿意让自己的儿子冒着生命危险，趁着红灯，穿梭在暂时没有放行的车与车的夹缝里，拿块肮脏抹布伸向车窗，遭小轿车里司机的白眼，唰唰关上车窗，在没有尊严的委屈中，求一份恩赐。当红灯突然变绿，汽车擦着他瘦小的身体，呼啸而去。在这繁华的夜景中，他们就着西北风，等待下一个、下一个、下一个红灯到来。"他说："我也有儿子，年纪与那些孩子相当，我穷死也不会让孩子当擦车仔！"

中国较富裕的农村，山东的沈泉庄村、浙江的滕头村和航民村、江苏的西塘村、上海的旗忠村、广东的水宁村、陕西的东岭村，特别是央视 2019 年报道的河南的南街村——医疗、住房、教育、养老全免费，你给那里的农民十万块钱，诱惑他们的儿女到大城市当卖花女、擦车仔，怕是会被骂得狗血喷头。

一个底子薄的大家庭，肯定有许许多多历史遗留下来的问题，不是孙悟空翻个跟头就换一道风景，在崛起中必然高一脚低一脚。但庆幸的是，这个大家庭的成员正在用笑容迎接挑战，争先恐后挑那副让家庭富裕起来的担子。这样的家庭，不兴旺才怪呢。

救助站的张维文说："就拿救助员工来说，在编的是国家工资，不在编的是合同工资，相差很多。他们辛辛苦苦救助别人，自己的生活水平只是维持温饱而已。当改革开放的红利惠及他们身上，他们有钱带人才出国见识，有资格让读书的儿女上一个重点中学，有钱带老婆孩子进城洗个脸，修个脚，上个饭馆，去个野生动物园，到网红店'奢侈'一下。这种时候我们会特别安慰，这应当不是梦吧？"

是梦，梦正在做，正在实现。

国家越强盛，人民越富有，救助事业越强大。中国的互联网、物联网、大数据、云服务、人工智能等新技术，带来综合国力的强大，无可辩驳。尽管家庭和社会矛盾永远存在，流浪人群永远存在，我们不能只看树木不看森林，即便有一些树生病了，也是"病树前头万木春"。

裂缝正在一条条被缝合，国富民强，这伟大的目标，我们正在实现，我们真的没有理由悲观。

有趣的是，一年前的某天，救助站的吕老师突然问："咦！街上怎么好久不见卖花女和擦车仔了呢？谁有这样的老照片？"

呵呵，卖花女、擦车仔已经沦为了"老照片"。

无论你走到哪里，都在收获福果

救助者心里有一本账。

改革开放的红利最终必须惠及百姓！人民的钱最终必须归于人民！

红利在哪里？在你和我的笑容里，在钱包的信用卡里，在手机的支付宝里，在大妈舞动的红绸里，在出国留学人员的银行卡里，在菜篮子里的鱼肉蛋里，也在受助者回乡的车船里。

一个淘宝网，颠覆了人们的传统生活方式，连老大妈都知道，足不出户，就可在网上购买水果、大米、油盐酱醋、日用百货、海鲜肉类，包括悄悄买个化妆品、减肥品，要多过瘾就有多过瘾。

你没见窗口服务一个口接一个口，只消把材料一递，不必看里面人的脸色，拿了回执你转身就走人，到时间你到窗口一取就 OK，这难道不是红利？！

你没见幼儿园、小学正在大量兴建，重点学校收高价、走后门、批条子的行为起码不敢明目张胆地进行；走地下通道的，一旦被暴露，丢官丢党籍还丢脸。

你没见社区医院一家接着一家，老人、儿童看病再难，也会有社区医生出面，呵护你的健康，他们全是从大医院聘请来的专家。

乘车难，就医难，上学难，出门难，就餐难，办事难，买菜难……太多的难，正在消失或者缓解或者改善。

再看全中国救助站接纳上千万流浪者，用高科技为母亲寻找儿子，让儿子回到她身边时体面又尊严！当这些母亲惊天的哭泣化成快乐的霞光时，你能否认这些大得无边的红利？！

如果你去深圳市救助管理站采访这一群最最平凡的基层劳动者，提出这样的问题："你们愿意回到改革开放前吗？"这里的员工可以说100% 会回答："不愿意！"

《红楼梦》里有一首《好了歌》精辟地总结了对人生的感悟。

网友一首《好了歌》，也精辟地对当今人们的生活状态进行了有趣的总结。

下面是深圳市救助管理站小曾发给他父亲的一个段子：

改革了，开放了，每月收入增加了。

退休了，轻松了，不用按点出工了。

养老了，休闲了，待着也能挣钱了。

天南了，地北了，大好河山玩美了。

…………

仅仅从深圳一家救助站的角度审视，无论远看还是近看，也是到处充满时尚。精神红利加物质红利，这，难道不是人民安居乐业的见证和论证吗？！

改革开放的红利最终必须惠及百姓！人民的钱最终必须归于人民！

红利就是改革开放结出的福果，迈开你的步伐，你会发现，无论你走到哪里，都在收获福果。

点击与点赞

红利，大得无边。

我们能享受红利，那么红利是怎样生成的？

科学家、经济学家、工程师、建筑师、企业家、医生、教师、工人、农民……都在生成红利。

谢站长是吃水不忘挖井人，他总是把功劳让给别人。他曾经在微信中告诉笔者："那些靠自己勤奋努力，老老实实做人、做事，赚到钱分毫不少地为国家纳税的高科技人才、民营企业家，应当受到尊重和高度重视。国家给我们的拨款，有他们汗水的灌溉。"

诚如文章开头列举的大批民营企业，许多是从卖房子、卖车子起步，年年为国家上缴税收，已经在党和国家、在老百姓的一片赞扬声中发展壮大，成了推动国民经济发展的生力军。"百姓的红利盛宴"，他们献上了一道主菜。

那么中国救助呢？可以说，它是生成"生命红利"的大本营。

翻开民政部办公厅主任张卫星提供的数据：从事救助工作的从业人员，全国民政系统是17000人，分布在全国1800多个救助管理服务机构中，每年救助约200万人次。

200万！相当于一个小国家的总人口。救助一个人等于救助一个家，救助一个家等于救助一个村。

有什么红利能与"用自己的生命和青春做代价，救助着别人的青春和生命"相比拟？！

"当官就不要想发财，想发财就不要去当官。"振聋发聩！

多年来，深圳市救助管理站没有一桩经济问题，这是非常值得称赞的！谢站和杨站对记者说："在我们救助站要搞点猫腻，想都别想！是人都明白，谁动了救穷苦人的'奶酪红利'，注定会遭报应！"

就中国现有的经济条件，与世界其他国家相比，我们的救助事业在探索中前进，基本达到理性与感性协调的境界。

当然，我国的社会保障制度尚在完善，这是一个长期的过程，现有的政策要有人去执行、去维护，于是，人的作用就彰显出来。

付新生站长回答笔者的微信可以晒一晒：

彭老师，你问我的有关救助员工心态平衡的问题，我这样回答你吧。救助管理站是政府编制的职能部门，工作人员拿的是国家工资，工作虽然特殊而且辛苦，但工资薪酬国家是保障了的，所以我们不能也不应该委屈。只有义工是做慈善公益事业，他们没有报酬，自愿无偿奉献，牺牲了自己的利益。他们委屈吗？不但没有，还以此为荣为乐，这才是最值得尊重的人。

他们就是这样，把义工推到前台，自己隐身在幕后。

在健全制度的过程中，在深圳经济特区这块热土上，有一群勇于探索的勇士，他们有着感恩的情怀，感恩经济特区的大气，感恩纳税人的付出，感恩他们月月领到的工资，把功利转换成了责任。他们与公安、城管、市民联合起来，在骄阳下，在冷雨中，在火车站，在汽车站，在桥洞下，在天桥上，在视野所及的范围内，主动出击，去寻找那些需要帮助的弱势人群。在这些急需救助的人被寒流冻僵、被骄阳炙烤之前，找到一个是一个！

深圳民政人摸索着创造出了一套冬天不冻死人、夏天不热死人的经验。每年有几千个流浪汉的深圳，大街小巷没有冻死骨、热死骨、饿死骨，这是划时代的奇迹！

道德的升华，这是一笔无法用数字计算的精神红利。

　　多位香港民政朋友到深圳考察时，对着管理有序、成绩斐然的深圳市救助管理站，伸出大拇哥，说："特区人就是聪明，办法真多！"

　　红利是从天上掉下来的吗？当然不是，上帝不会眷顾那些只会伸手的懒人，上帝喜欢勤奋努力的人，越是勤奋，越给得多。深圳这座城，全是深圳人民用血汗、智慧、情商、智商拼出来的。民政人更是用各种方法，缝合了社会皱裂的肌肤。

　　毫不夸张地说，中国的民政救助，很大程度上确保了社会安定；社会安定，很大程度上确保了高科技平安着陆；高科技平安着陆，很大程度上确保了国富民强"中国梦"的实现。这是一个有机生态红利链条。

　　红利，就是这样，一环扣一环生成的。

　　从东北到西南，从高原到海边，中国民政人与社会各界手挽手，用血肉之躯筑起一道人性的长城，不漏掉一个街头的流浪者，见一个救一个。说起社会的稳定，必然要向这些身先士卒的勇士致敬。

　　尽管许多媒体热衷于对大明星的宣传报道，人们对他们的风流韵事也津津乐道，如数家珍，但是却对民政勇士的丰功伟绩了解甚少。

　　但如果把明星如何高消费，如何结婚、离婚，与民政人如何救助流浪儿童、救助残疾人的视频，发到各朋友圈，让朋友们点击并点赞，我们可以 100% 相信，前者点击率高，后者点击率低。但同时可以肯定，前者点赞率低，后者点赞率高。

　　点击与点赞是性质完全不同的两个概念。点击，不过是一时一事；点赞，却是一生一世！

　　微信中对明星的点击，转换成对科学家、对人民教师、对志愿者、对好村干部、对军人、对工人、对农民、对义工、对民营企业家、对慈善家、对民政人的点赞，这就是社会的进步，是物质文明、精神文明的巨大成就！

第十四章　向"贫困"说拜拜

优雅出手，截断重复流浪的独木桥

脱贫的 2020 年已向我们挥手作别。2021 年，我们将在"两不愁三保障"基础上，巩固成果，全力减去贫困存量，确保任务目标按期清零。

在自己的土地上流浪，焦虑与窒息并存的年代，应当结束了。

见证了太多眼泪的救助员工、义工、社工，把结束流浪的美好愿望押在村干部身上。

把救助事业与好村干部绑在一起，这是互为因果的必然。

一位经济学家说得好："我们都生活在同一个国家，我们都生活在共同祖先的土地上，我们一样在挥汗如雨，一样辛苦劳作，我们共同创造财富，没有谁有权力让他人流浪，也没有人应该去流浪！"

2021 年，中国最落后的农村，或许会迎来一个虽然艰难，却不失华丽的转身，变成像河南南街村、上海旗忠村、浙江航民村等著名村庄那般标准漂亮的模子。

以前，农村人最怕村支书、村主任。他们中有的能一手遮天，嚣张跋扈，成为村霸或村霸的保护伞。许多时候，村民即便是想举报，也怕遭到"你告我，我就弄死你"这样的报复，只能忍气吞声、低声下气地活着。

2018 年 8 月，政府发话了：坚决撤换不称职的村党组织书记。目前，国家已经启动了针对村霸及其背后保护伞的专项整治行动，这是医治农村腐败的一剂猛药。

有了称职的优秀村支书、村主任，农村的面貌必然焕然一新。

"让爱回家"寻亲网创始人张世伟，在微信里的一段留言，简明扼要道出流浪者与村干部之间的辩证关系：

彭老师，您好。我自己是从安徽农村里走出来的，我们义工所救助的绝大部分流浪者都是从农村出来的。我对农村的情况有发言权。一个好的村委会主任，会把一个贫穷的农村变成富有的农村；不好的村委会主任，会把一个富有的农村糟蹋成一个村霸称王、土地荒芜的穷乡，逼得不同意见者只能远走他乡。送走一个流浪人，我们心里并不好受，总是祝福他们回家命运有改变，遇到好干部，别再继续流浪。

送走一个流浪者应当心里高兴呀。恰恰张世伟们心里并不好受，因为怕流浪者回乡如果遇不到好村干部，会再继续流浪。简单的一句话，道出了张世伟这个群体，高尚得有多质朴。

别再继续流浪！这是全民的愿望。

请来欣赏深圳实验学校初三学生李烁彤的作文《勤劳的人最优雅》中的几个片段。

这些民间手艺人，尽管皮肤红里透着黑，日复一日劳作的双手看起来粗糙而有些笨重，可坐在院子里编制的竹器却是那么细腻光洁。她们手的动作之飘逸，是我看到最美的画面。井冈朝圣，她们就是"圣"吧。

我突然联想到"优雅"二字。

一位婆婆优雅地将篾子上下穿梭，另一位阿姨更是仙气十足，在编制中还施展其他技法，如疏编、穿、削、钉、扎、套等，手快如闪电，编出的图案有花形、果形、条形、格形、鱼形、美人形……她们用勤劳的手，开创红色旅游，带领当地人走上一条绿色优雅的致富之路。

我突然悟出来，"优雅"，不是背着爱马仕，戴着劳力士，开着劳斯莱斯，牵着英格兰牧羊犬。这些阿婆、阿姨劳作时的姿势，是井冈山独创的优雅。

一个初中生，能如此深刻理解"优雅"的内涵，中国农民应倍感自豪！令人欣慰的是，今天，大部分中国农村的改变令人惊喜。

张世伟说的村干部，的确起了极其重要的作用！领袖，领导，导师，领队，任何一个团队，不能少了一只领头羊！

只要家乡的炊烟再起，地里的庄稼重新返青，孩童的欢笑重新回响在校园，不用媒体炒作，不用书信追踪，远走他乡的游子，能从心灵感应到故乡的召唤。

何止农民出身的义工领头人张世伟，深圳市救助管理站的领导和员工，都特别关注中国农村的变化，因为，他们的事业与中国农民的命运是紧紧关联在一起的。

杨立君手机里，收藏了一篇关于 2016 年中国十大最好村干部的报道。他是这样称赞的：

就是他们，背上背着村民的希望，风里、雨里、烈日下、泥泞里，亲自挑头，像古代战场的首领，扬鞭催马，身先士卒，领着村民在脱贫致富的战场冲锋。好村干部，也是我们救助大军另一战场冲锋陷阵的排头兵。

中国的救助事业与农村脱贫交相辉映！这也是本书要强调好村干部的原因。

十大最好村干部的事迹轰轰烈烈，无须多说。

太多好村干部脱颖而出。他们没有上榜单，却是最最接地气无名的好村干部。例如被当地村民誉为"当代愚公"的重庆巫山县下庄村村主任毛相林，宁夏泾源县大湾乡杨岭村党支部书记陈国鹤。

远在天边的同胞与近在咫尺的父老乡亲，都是血脉相通的亲人，不论哪里传来脱贫的喜讯，都如同中国民政事业在过大年！这就是中国，优雅的中国。

有了好村干部，就有了亲情复归的春潮。张世伟说，亲情的名字就叫"汹涌澎湃"！

张维文告诉前来采访的记者，几乎每一对相见的父子、母女、兄弟、姐妹都会抱头痛哭，正如张世伟手机里摄录的那些视频：积攒了三年、五年、十年、二十年、三十年的思亲之痛，顿时化成"擂天撼地"的倾盆雨。

中国的好村干部，正在一代一代完成历史赋予他们的神圣使命，把穷乡僻壤的不毛之地，变成赛过江南的米粮仓，用长满老茧却不失优雅的手，托起回乡大潮的阳关大道。

激情与速度

21岁的中国青年申怡飞，攻克了5G标准技术大关，把运行一组数据需要两秒钟，升级到一秒钟能运行20万组数据。

中国的民政救助，也将进入"5G"智能时代。敢于梦想，一秒钟能帮 20 至 200 个流浪者找到亲人。5G 时代的激情与速度，并存于中国救助的脉搏中。

2019 年 8 月 1 日，全球都在报道中国芯片。世界顶尖杂志《自然》都用中国芯片图片做封面。

深圳市救助管理站的工作人员在茶余饭后，或者节假日聚会时总会交流一些令人提劲的信息。

听听他们的采访录音吧。

珲哥说："将来高科技用于民政救助会是什么模样？一进门刷脸就能把有危险暴力倾向的人咬定，立即特殊看管；把真精神病与假精神病区分出来，真精神病送医院，假的送回乡；失忆的人只消用特殊激光一照，瞬间恢复记忆，迅速送回原籍。企图永远赖在救助站的懒汉第一关就被筛选出局。必须长期救助的，只要智能机器人一句提示，责无旁贷精心照看。该养的养，不该养的不养。我也不用成天为判断他们是哪一类人而劳心劳神。"

郭敏说："我办公室的资料堆积如山。再过十年、二十年，救助站何须救助员工去绞尽脑汁查找受助对象的信息？机器人就能够准确地查找到所有人的信息，不须验 DNA，只消往机器人的程序里输入某个人的某种信息，它就能断定一个人的身份与另一个人、一个家族是不是相匹配。我的档案室何须存那么多资料。"

杨立君说："郑州警察已经率先戴上了能够人脸识别的墨镜，犯罪嫌疑人只要从他面前一过，就能立即识别，就地抓获。这技术用于我们寻亲，根据报案家庭提供的照片，一眼就能识别街头流浪者是谁，家住何处。到时，国家发给我们街头搜寻员一人一副这样的'机器眼'，看我们能创造什么效率。"

白雪说："那些难度特别大的活，什么抠大便，帮生活不能自理者洗澡，做这些最脏最累的活儿可是机器人的强项，而且无怨无悔指哪儿打哪儿。再下面的事情，诸如联系亲人、订票、送他们回乡，全由机器人代劳了！我盼着呢。"

王惠平说："前不久，京东的智能配送机器人正式上路了，它们能识别红绿灯、躲避障碍，自动驾驶，规划路线，主动换道，自动泊车，自动发信息给客户。我们的'情暖鹏城'计划，风雨夜黑，台风肆虐，年年搭上几个到医院输液的重病号。将来好了，全部由机器人准确无误地完成，它们永远不会感冒，不用输液。我们救助的员工只消天天坐在电脑旁当'监督人'，当'接收员'，久而久之，甚至想不起夜班、加班、顶台风、冒暴雨淋个透心凉是什么滋味了。"

张维文说："躁狂精神病人犯病时，机器人一马当先，轻轻一出手就抱住打人的手，机器人是钢筋铁骨，即使挨两巴掌，也不会像付乐新一样眼睛肿了一个月。"

谢笑说："上海已经有了无人驾驶的清洁车，在大马路上两小时完成一个工人十小时的工作量。很快，无人驾驶的私家车、公交车会问世。到那时，我跑大鹏一天往返两百公里，我可以把座椅调到睡眠档，美美睡个回笼觉了。"

唯独"白鸽"李佳沉默不语，原来她想的与众不同。

李佳说："那时，殡葬火化工作全部由机器人承担。我跟你们不同，我是又快乐，又遗憾。为什么？因为亲自送那些可怜人最后一程的善事，被机器人代替，我有些失落呢。"

郭敏哈哈大笑，说："那你跟机器人一同去完成，机器人跟你做伴，不抢你的饭碗，不抢你评职称，不用你发红包请吃饭，你不是双重保险吗？"

时不时，他们就这样你一言我一语，调侃着插科打诨，放松一下心情。当然，这些都是畅想。有国家坚强的后盾，有高科技一路领航，救助员工们，你们就尽情放飞梦想吧。

人类因梦想而伟大！人类的未来必定美梦成真。

救助员工们的梦想不是空穴来风，是时代发展提供的想象空间。深圳就有一家专门研发人形机器人的高科技公司——优必选，他们的服务机器人已经远销海外。

我们的未来，就在这片希望的田野上！激情创造了速度，速度升华了激情！

在震撼的数据上长袖起舞

2016年3月底，深圳阴沉沉的天突然射进来一道阳光，天晴了！

从民政部传来一条振奋人心的消息，要帮助流浪乞讨人员返乡安置。这一消息，如一个小小的炸弹，炸出来一片欢呼声。因为这意味着一线城市的负担会大大减轻。

但是，在办公会上，深圳市救助管理站的几位站长却沉默了。为什么？因为那些非正常人群进来的时候肮脏邋遢，转眼已变成干干净净整整齐齐的体面人。人哪，处久了都会有感情。越是刚强的男子汉，内心深处越容易眷恋。望着那些一天一天恢复正常的孩子，望着那些精神病患者能够说出正常的话语……由于彼此的相伴，他们之间有感情了。这些人很快就要从他们的世界消失了，这让他们有些不舍。就连得罪过他们的人，分手时也会出现这种奇怪的感觉。

不久之前，杨立君副站长曾经给过一个流浪汉回家的费用。另外一个流浪汉看见了，也伸出手向他要钱。杨立君问："我凭什么给你钱？"

那个流浪汉说："因为你给了他钱，所以你就要给我钱，否则不公平。"无可奈何的杨副站长，只好又掏出钱来给这个流浪汉。人心都是肉长的，哪怕是这些与你非亲非故的非正常人，但只要曾经在你的记忆里翻起过一朵小浪花，让你领略到夏日里的一丝凉风、冬天里的一缕阳光，就不是丰富了你的人生吗？当把他送走的时候，难免会伸出你"春天的手"，握住他"回春"的手。

救助者本能护卫着受助者，这是人类道德情操进化到高级阶段的标志。俗话说，雪中送炭胜于锦上添花。当受灾群众面临风雪袭击时，当流浪人群无家可归时，当患病儿童昏睡在大街上时，中国民政人表现出怎样的姿态，正是检验一个国家、一个政党、一个民族品行高下的试金石。这种时候献出爱心伸出援手，把棉袄、棉被、棉鞋、食物、水、奶、蛋、药等，直接送到他们家中、手中或嘴中，这是国家人道主义的显现。具体到救助站来说，就是直接把流浪人员拉到救助站，让他们吃饱、穿暖，然后送回家乡。这种有人性体温的雪中送炭，胜过冷冰冰的黄金万两。

政府的一个决策、一笔资金、一组数据，体现"以民为本，解民之困""躬行为民之政"的博大情怀。

冬春救助，打开了民政为民的"一扇窗"。这扇窗一打开，阳光如同溪水一样，直接流进需要救助的民众的心田。

家是最小国，国是最大家，只要与人民心连心，什么沟沟坎坎跨不过去？

2019 年 12 月 12 日，财政部、应急管理部安排下拨 2019 至 2020 年度中央冬春救灾资金 52.44 亿元，用于支持帮助各地灾区统筹做好受灾群众冬春期间基本生活保障和救助工作，确保受灾群众安全、温暖过冬。应急管理部会同民政部、财政部还组织召开电视电话会议，进一步安排部署受灾群众基本生活保障和救助工作，确保春节前将中央和地方各级安排的冬春救灾资金及时足额发放到受灾群众手中。

2020 年 12 月，国家下拨 2020 ～ 2021 年度中央冬春救灾资金 62.45 亿元。62.45 亿元，比上一年度增加了十个亿，这是带着党和国家体温的贴心数字。

无论是 52.44 亿元还是 62.45 亿元，都是 14 亿颗跳动的心房共振出的美妙音符。长袖善舞的中国救助"女神""男神"，尽情甩开你们美丽的臂膀，2021、2022……一年又一年，舞出中国救助的精气神吧！

在全国救助站受过救助的同胞，全中国救助员工在祝福你们，祝你们开始崭新的生活，有妻儿的，合家幸福；没成家的，能建立一个和美的家；有儿孙后代的，一代强过一代，再也不出外流浪！

那些浪迹萍踪的孩子，祝你们一路走好。不要忘记远方的叔叔阿姨在挂念着你们，遥遥为你们祈祷着！

记住这句话：其实我一直在你身边，从未走远。

第十五章　有血性的中国度量

祖先高举灯笼照亮后人千秋长路

中国的救助有中国的度量。

中国这样一个庞然大物，需要救助的弱势群体总量大，但是，救助的广度和深度，却并不落后于发达国家丝毫。不是拿钱说事，而是拿人性政策说事。

自古以来，我国就有许多慈善家，其中不乏大商人、地方官员，他们以个人名义行慈善义举，用自己的财产资助贫困和孤寡流浪之人。

除了那些支锅施粥的临时义举，更有终生接济贫困者的高尚善行。他们高举的一盏盏慈善灯笼，一直亮到现在。

朝代可以更换，思想却永远不会被消灭。

春秋时期的范蠡，在帮助越王勾践灭吴国之后，离开越国，到陶地后改名"陶朱公"。范蠡经商有道，积累了大量财富，却没有见利忘义，而是用金钱来帮助别人。《史记》记载，范蠡"十九年之中三致千金，再分散与贫交疏昆弟，此所谓富好行其德者也"。

东汉名臣宣秉，一生节衣缩食，"服布衣"，"蔬食瓦器"，把历年所得薪俸尽数用来帮助别人。《后汉书》记载："所得禄奉（俸），辄以收养亲族。其孤弱者，分与田地，自无担石之储。"

南北朝时，北魏有良吏路邕。《魏书》记载，其任东魏郡太守时，"郡内饥馑，而邕自出家粟，赈赐贫窭，民以获济"。闫庆胤是《魏书》记载的另一良吏，其任东秦州敷城太守时，"频年饥馑，庆胤岁常以家粟千石赈恤贫穷，民赖以济"。

隋朝辛公义任岷州刺史时，为了破除当地人害怕病人、躲避病人的风俗，派人将病人都运到他办公的地方。夏天瘟疫流行时，病人可达数百人。辛公义跟他们朝夕相对，所得俸禄全部用来请大夫和买药为他们治病，亲自劝他们进食，终于把他们治愈。在辛公义的努力下，当地的这种风俗终于被破除。

北宋时期的大峰和尚，到广东潮阳后，募捐筹集资金修建和平桥，历经十二年建成。当地居民感恩戴德，在桥旁建"报德堂"以纪念他。受大峰和尚乐善好施的影响，潮汕地区逐渐兴起的潮汕善堂，历经多个朝代的发展，到清末民初达到兴盛。海外潮汕人聚居的地方，例如新加坡、马来西亚等，也出现了类似的善堂。

明末，江南士绅陈龙正创立的嘉善同善会是当时影响最大的慈善组织之一。嘉善同善会一方面从事劝善，一方面救助贫困，将鼓励做好人与行好事有机结合，对明末及清朝的民间慈善事业有重要影响。清朝江南民间慈善事业有更大发展规模。这些慈善组织有的建起育婴堂，专收弃婴抚养，有的给穷人免费医病。

清朝还有两位著名的慈善家不得不提。一位是曾任两江总督的陶澍，他兴修水利，并设义仓以救荒年，这些举措至今仍然有战略意义。另一位是举世闻名的林则徐。他任江苏巡抚时，和两江总督陶澍共同建立的丰备义仓，起到了荒年赈灾的积极作用。鸦片战争后，即使被流放伊犁，林则徐依旧不忘为当地人民谋福利，自己出资兴修了龙口渠。可以说，陶澍和林则徐的善举，远远超出物质救助的范畴，已经有了慈善与教育联姻的先知先觉。

…………

千古豪杰，尽在历史烟雾中。

先辈在前面打灯笼，照亮了后代子孙行善积德的千秋长路。

后人怎能丢弃祖先的美德？中国今天的民政救助，背后有数千年悠长强大的历史背景为支撑。难怪，今天的救助事业有这样修复社会裂缝的大格局！

全球化背景下，中国的救助事业必然与世界接轨。那么，中国的救助是什么时候走向世界的呢？

中国的救助事业登上国际舞台，可以追溯到 1904 年。

这是中国救助史记录在册的史实，华夏子孙不能忽视。

1904 年，我国东北爆发日俄战争。在国破家亡的危险时刻，当时的社会名流纷纷站起来，工部尚书吕海寰等约集上海上层及各驻沪代表，倡议成立红十字会。沈敦和等三位中国办事总董与英、法、德、美等国人士组成的外国办事总董拟定了会章。同年，万国红十字会上海支会成立。

红十字会刚一成立，就积极筹款，得到政府的支持和各界人士的积极参与。利用筹得的款项，红十字会分两组派义务工作队赶赴东北，对难民进行赈济、救护、资遣、留养，救助了数万人。

1906 年，清政府签署《日内瓦公约》。翌年，万国红十字会上海支会改称大清红十字会。1912 年，大清红十字会改称中国红十字会。

中国红十字会在战乱、灾荒中卓有成效的工作，受到了国际上的重视。红十字国际委员会于 1912 年 1 月 15 日通报各国，正式承认中国红十字会为国际红十字运动的成员。

1919 年，红十字会国际协会成立后，中国红十字会于当年 7 月 8 日加入该协会。在抗日战争和解放战争期间，中国红十字会做了大量救护、赈灾及查人转信等工作。

1950年8月2日，中国红十字会召开了中华人民共和国成立后的第一次代表会议，进行协商改组，周恩来总理亲自主持并修改了《中国红十字会章程》。1952年，中国红十字会恢复了在国际红十字运动中的合法席位。

从古到今，朝代更换，但中华儿女一代一代血性的温度不变。热血与热血并轨，成为一股无可抗拒的真善美洪流。

这里有一个鲜为人知的"文件柜"。

深圳的这个文件柜，储存的不是名人望族、精英豪杰，也不是那些对国家对社会做出重大贡献的佼佼者。这里储存的，是那些最让全民关切的"八无人员"的资料。

流浪者之所以背井离乡，除去那些智力障碍的，但凡头脑清楚的，绝大多数都有痛苦的经历。极度自卑使他们出现反色彩——冷漠，逆反，对抗，敌视，行为偏激，寡言少语，出言不逊，故意发难……那可真是急不得恼不得，打不得骂不得。问题是对方不开口，永远不知道他在想什么？不知道他的身世和家世，怎么帮助他？怎么护送他回乡？这是最磨人的煎熬，比失恋了还痛苦。

中国民政人没有闲着，他们一直在琢磨与时俱进的救助方法。

古人能举办贫民习艺所、儒孤学堂，日本学者能为中国救助写书《中国善书的研究》，都是从灵魂救赎的高度入手。我们当代民政人，必然研究出一套套救助流浪人群的更新、更适合中国的办法。

新世纪　新主角　新大陆

在继承传统的同时，推陈出新，另一个主角登台了。

请看，他们是用什么线缝合裂缝的！

心灵缝合术，需要各种不同线材，扭结成柔软却不失高强度的特殊缝合线，细细密密，一针一针，轻轻下手，不能扎痛人，又不能没力度，缝合后让受助者伤口不流血，疤痕渐渐消失。谁能做到？

心理医生默默无声地登场了。

把心理医生放到结尾处，因为这一新生人群诞生在大数据时代，他们高度的敬业精神，集国家、民族良心之大成，超越自身，超越国界！他们的登场是静悄悄的，没有人鸣锣拉幕，没有人点击点赞，却是"不要人夸颜色好，只留清气满乾坤"。

谁有这样的气魄吗？

甄别，这是第一关。

这一关就设在深圳市救助站管理大门左边，是救助管理站接待处的首关。接待员一般都是老练的员工，他们有丰富的经验，对政策的把握相当娴熟。根据来者的表述、外貌、行为等基本特征，就能辨别谁是一定要救助的，谁是一定不能救助的，谁是可救助可不救助的。

一定要救助留站的，经认可后，必须由站长或副站长签字方能入住。这第一道关很重要，不符合救助条件的，有的必须坚决拒绝，有的要委婉推辞，有的则提供暂时的小小帮助。对有重病的受助者，则一律人道对待，该送医院的送医院，必要时还得背在背上，抬着担架接送。

而对暂时留宿和提供车票回家这两个级别，则是有严格要求的。

但是，在特殊情况面前，"严格"二字往往很难被掌握。

同样破衣烂衫，同样面无表情，同样不言不语，同样遭遇悲惨，同样有手有脚，同样年龄性别，哪个能享受救助，哪个不能？哪个请他立即回乡？哪个立即进入站里？哪个立即请进医院？……没有一定的专业知识和心理学常识，很难有个公平的判断。

中国救助事业，前有祖先的车辙，今有大数据时代的轨迹，必然走上一条不平淡、不孤独的路。此刻，受过高等教育的心理咨询师们，有了大显身手的新大陆。

心理咨询师进入救助系统，永远在服务区。这是中国民政秉承祖先遗风，有血性的创新！

能抚开许多人都爱莫能助的封闭心扉，一定要有特殊的技能。"芝麻芝麻开门呀"，这个密码只有懂得"芝麻"运动密码的人，才能点中穴位，把门打开！

深圳市救助管理站终于在这个环节上，与全国救助者一起，突破了瓶颈。

要掏出一个人的心，就得掏出自己的心，心理咨询师在这方面的成功非常值得社会各界关注和研究。

心理咨询师用日记形式，把述说者口述的情况、面部表情、叙述时的心情等记录下来，整理成册，存放在医学"文件柜"，一人有一个救助记录和救助方案。

每个人都有属于自己的经历，一千个人有一千种完全不同的流浪心路。

这样与众不同的一对一的交流，在中国救助史上独树一帜，其他国家是没有先例的。

小河如果不流入大河，大河如果不流入大海，世界的心脏就会停止跳动。

人的思想如果不汇入血脉，人的血脉如果不汇入中枢，生命就会结束。

关闭了沟通的渠道，就等于按下了通向绝路的按钮。

别看受助者不言不语，但他们的潜意识里太需要有一个排解的渠道，太需要向人倾诉，只是没有被点到要害处而已。一旦被心理学手段击中要害，他们也会推心置腹，等于活血化瘀了。

新世纪，新主角，开辟了新大陆。

禁门一打开，甄别自然而然就能拾级而上，最终登上救助心灵这一最高阶梯。托尔斯泰的《安娜·卡列尼娜》开章第一句："幸福的家庭大致相同，不幸的家庭各有不幸。"几万个离奇的、沾满血泪的故事，让我们知道了这些流浪者绝大多数是值得同情的。高尚也好，卑微也好，人格是平等的。

救助他们理所当然！连宠物都要救助，何况是人。

在新大陆登陆的新主角——心理咨询师，他们代表了社会那双谅解的手，在抚摸中让流浪的灵魂逐渐回归属于自己的港湾。

不难发现，这些一对一的对话，其实就是一部部小电影。但小电影里收着大世界。

不管怎么说，心理裂缝缝合术，可以作为中国民政救助的科研课题。心理咨询师的访谈非常规范，包括了访谈内容、访谈评估、建议等。这些都是专业程序，但绝对不是走程序，仔细品味，可以感觉心理咨询师的理性思考中融入了大量情感！

不难想象，那些从事这个行业的心理咨询师，日日、月月、年年反复耕耘着瘠薄的荒原，他们的视觉疲劳、心理疲劳、肢体疲劳、精神疲劳，可以说是达到了极限。对此，我们只能心存崇敬。

深圳市救助管理站那摞起来接近2米的访谈记录册中，没有一个接受访谈者与另一个的遭遇是相类似的，不同的人、不同的身世、不同的故事上万个。

　　有些受助者无法界定是不是患有精神病，心理咨询师要经过交流、试探，进行专业判断。如果是，就会温和劝导他们接受帮助，然后终止交谈，立即上报站领导，即时送医院就医。

　　通过心理咨询师专业的启发、沟通，境况有所转变的人起码二百多个，这可是心理缝合术用于救助事业伟大的战功！

　　心理咨询师吕宏普说过这样一句话："我想钻进他们的灵魂里去，去修补错乱的知觉。"

　　救助，这是一个宏大的概念，包含着外在的和内在的，生命的和心灵的。

　　随着时代的发展，中国的救助事业，越来越多地在心灵救助上下功夫。

　　心理咨询师所访谈的对象，包括咨询师本人，及至我们每一个人，都是不断反省、不断反思、不断进步的个体。

　　心理咨询师多数时候面对的是一粒粒正在干瘪的"种子"，如果救助及时，埋进土，浇上水，撒上肥，有些种子还是有望长出绿油油的苗苗的。

　　当然，也不能否认，由于种子优劣不等，有的种子你即便给再好的营养、再好的条件，它也生不出根发不出芽，这是极其个别的现象。没有内因，外因没有作用之物，种子到哪里去生根发芽？反过来，没有外因，即使有再好的内因，种子也不能发芽成长。

　　经过心理咨询师的启发开导，太多有心理障碍的受助者心结松开、解开，这是内因通过外因起了质的变化。

　　或许以下几个从上百个访谈记录中挑选出来的案例，可以让我们更近距离地观察心理咨询师对受助者的"耕耘"。

案例一　心理咨询师李雁洪和受助者彭某

彭某是这样来到深圳市救助管理站的：他用好不容易积攒的一点钱买了一辆电动车拉客，没拉两天，就因为非法载客，车子被没收了。断了生计，求职无门，饥寒交迫，他非常愤怒，想用极端手段报复社会。在此之前，他打通了一个曾帮助过他的杨老师的电话，被杨老师坚决阻止，并建议他来深圳市救助管理站求助。彭某对杨老师非常信任，于是克制住冲动，来到救助站。

心理咨询师李雁洪耐心地听彭某讲述自己的家庭情况和经历，从他能清晰表达问题、逻辑思维正常、外表也无异常上看，他没有精神方面的问题。

李雁洪先顺着彭某，同情他的遭遇，让彭某感觉到咨询师说话都说到点子上，这辈子还没遇到过这样能钻进他心眼里的人。话匣子一打开，彭某多年的怨和恨忍不住发泄了出来。

面对这个因遭遇不公平待遇，情感极度失衡的人，李雁洪感谢彭某对自己的信任，发自内心充分理解他的不容易，推心置腹地肯定彭某关键时刻能够冷静，没有酿成大祸。如果彭某没有给杨老师打电话，听从劝阻，那他也许早已穿上了囚服，戴上了镣铐。李雁洪对彭某说："能用理智战胜冲动，这说明你是一条汉子！男子汉的优势体现在能把握和控制自己。"接着，李雁洪开始疏导，让他修复与家人的关系，建议他回家和父母好好谈心，尝试改掉自己的坏脾气，来获得家庭的温暖。

做好铺垫之后，李雁洪才切入导致彭某情绪失控的导火索——被没收的电动车。李雁洪告诉彭某，其实有很多营生的方式，没有必要去干非法营运的事情，既浪费时间又浪费金钱。目前各个县里面都有免费职业培训，包括厨师、汽车修理工、电工和冷气维修工等工种，去选一个适合自己的来认真学习，学好技术了才能找工作，才能成家立业。

最后，针对彭某容易情绪失控的特点，李雁洪为他提供了一个心理救助的电话号码，希望他以后无论遇到什么事情都要学会克制，如果真受了委屈又无人倾诉，就打这个电话求助。

彭某激动地记下电话号码，并对免费培训产生极大兴趣。他说，能够有老师指点，好好说说积压在内心的话，感觉舒服多了。

案例二　心理咨询师万谦、李雁洪与受助者唐某

唐某来深圳后不仅没找到工作，钱包和身份证还被偷了。报警后，警察介绍他到救助站寻求临时救助。

在社工的安排下，心理咨询师万谦、李雁洪与唐某进行了一场吃力的交谈。

通过交谈，心理咨询师发现唐某性格木讷，自控力弱，不能吃苦，好逸恶劳，虽有自知之明，但不想改变自己，心理发育"先天不足后天亏损"。心理咨询师首先找出他的优点，肯定他不抽烟、不喝酒、无不良嗜好等，说这就是一个男人能战胜自己的最好优势。在唐某受到鼓舞时，心理咨询师再回过头，帮助他认识自己的弱点：做事不专心；为人之夫缺乏爱心，为人之父缺乏责任心；对自己缺乏自信；缺乏吃苦耐劳的男子汉气度。

心理咨询师对唐某说："世界上比你困苦的人多了去，人家怎么能用双手改变命运？我不信你老唐不如他们！永远不要企图天上掉馅饼。挺起胸，前面的障碍你要用自己的手去打通。"

看到唐某点头之后，心理咨询师接着进行下一步引导。

他们对唐某说："你有一技之长，这是谋生之本，令人羡慕，许多

人的谋生之本不如你。你要把自己的技术利用好，立即走出救助站，下午就积极出去找工作，自食其力。派出所可以开具临时身份证，现在出去找工作就先用临时身份证。这是当务之急。先找相对容易的工作，找到了工作后，就要持之以恒，没有一个老板喜欢三天打鱼两天晒网的人，也没有一个女人喜欢不上进的男人。等你成为老板不可或缺的左膀右臂，看看老板炒你不炒你？再不能像以前那样打游击。除了挣钱，你还要多关心两个孩子，毕竟是自己的亲骨肉，一定要尽到父亲应尽的抚养义务。"

　　一个原本失望之人，因为一句"我不信你老唐不如他们"开始有了重新认识自己的意识。一句"你有一技之长，是谋生之本，令人羡慕"，把唐某激动得眼圈发红，坐立不安。而那句"等你成为老板不可或缺的左膀右臂，看看老板炒你不炒你"有如"火上浇油"，让唐某对生活、对自己恢复了一些信心。

案例三　心理咨询师李雁洪、万谦与受助者魏某

　　魏某身材瘦小，健康欠佳，谈吐正常，因被老板无故辞退，没拿到工钱，无法生活，来到救助站寻求临时救助。

　　心理咨询师李雁洪、万谦与魏某进行交谈，了解了魏某的感情状况、与家人的关系、工作情况等。尽管一切都不太如意，但可贵的是，魏某一再强调做人要做好人，要行善。

　　通过交谈，心理咨询师判断，魏某可能有偏执人格，遇事冲动，心胸狭窄，看问题很偏激，社会适应性较差，但又有善良的一面。心理咨询师首先肯定魏某的善良和仗义，在自己最需要帮助的时候还能主动去帮助别人，难能可贵！接着，心理咨询师开解魏某，在遇到不公平对待

时，自己的权益要争取，但不能耽误男子汉自食其力的时间。

看到魏某终于听进去了，心理咨询师给他提出了建议：

1. 由救助站帮他购买车票，回到老家附近的城镇打工挣钱，以便于照顾女儿。

2. 总结来深圳找工作的经验教训，学会适应社会、适应环境。

3. 家里有父母、有孩子，亲情在希望就在。要学会慢慢改善与父母的关系，主动承担起做儿子、做父亲的责任和义务。

4. 回老家安顿好之后，抽出时间向深圳市市场监督管理局投诉那个辞退员工不给工资的老板，努力争取要回自己的工资，必要时可以来求助。

魏某非常感激，接受了心理咨询师的建议，决定先回家乡！

案例四　心理咨询师李雁洪与受助者小吉

小吉觉得深圳机会多，便来深圳找工作，还想顺便看看能不能找到在深圳工作的叔叔。但后来，他把身上的钱花完了，又忘了那张有钱的银行卡的密码，多次输入密码错误后，卡被锁了。他在深圳也没有朋友，只好先来到救助站求助。

在交谈中，小吉告诉心理咨询师李雁洪许多事情，包括年幼时父母离婚，后来父亲离世，曾经误入歧途，近期遭遇车祸，来深圳后诸多不顺，等等。

李雁洪非常仔细地观察着小吉：他年轻，健谈，情绪较稳定，虽然瘦瘦的，但看着挺精神的。

小吉告诉李雁洪，自己比较爱为别人着想，什么事都尽量靠自己，不麻烦别人，也不后悔经历过的事情，因为不经历这些事情，也许就不会有那么成熟的思想。

李雁洪先帮小吉解决最迫在眉睫的事情：回家去把银行卡处理一下，解决钱的问题，然后把该办的事情办好。他是幸运的，家里人还能帮他，这是他的优势。

接着，李雁洪帮助小吉梳理困惑，肯定他头脑清晰，让他看到自身的很多长处：年轻，有销售经验，有头脑，有志气，有担当，是一条好汉。

小吉说，从来没有人同他这样交过心，也没有得到过这样的肯定，觉得自己突然信心百倍，心理咨询师对他的鼓励，令他对自己燃起信心和希望。

不同对象的心理辅导案例有 100 多个，仅仅列举四例，就足以看出，中国救助并不墨守成规，在发展中有所创新。

再次引用深圳一位老人大代表的话：救助站的咨询师是耕耘荒芜心灵的拖拉机，一分耕耘一分收获，你们在耕耘别人的同时，也在耕耘自己。

尾声　国家品行

在全球化背景下的救助事业，中国绝对不是孤零零的独行侠。欧美的风、亚非的风吹进来了，中国的风吹出去了，在天际交汇，形成强大的气流，把沉睡的角落吹醒了。

习近平总书记说，我们的人民热爱生活，期盼有更好的教育、更稳定的工作、更满意的收入、更可靠的社会保障、更高水平的医疗卫生服务、更舒适的居住条件、更优美的环境，期盼着孩子们能成长得更好、工作得更好、生活得更好。人民对美好生活的向往，就是我们的奋斗目标。

2020 年 10 月 14 日，国家主席习近平在深圳经济特区建立 40 周年庆祝大会上的讲话中，13 次提到"人民"，他强调："中国共产党根基在人民、血脉在人民。人民对美好生活的向往就是我们的奋斗目标。"

救助者与受助者都是人民，你和我都是人民，都有追求美好生活的权利。党和国家就是撑住我们腰杆的大靠山。

三十年前，如果一个中国人到了美国，会被肯尼迪机场、高速公路、超市、曼哈顿的摩天大楼和铺天盖地的灯箱广告惊呆，感慨这才是发达国家！而今天的中国，摩天大楼多不胜数，这种水泥森林对视觉的冲击感早已经荡然无存。人们在寻找绿色草坪、森林公园、青山绿水。

党的十七大报告指出，必须在经济发展的基础上，更加注重社会建设，着力保障和改善民生，努力使全体人民学有所教、劳有所得、病有所医、老有所养、居有所住，推动建设和谐社会。

截至 2018 年年底，我国注册登记的独立流浪救助机构有 1710 个，从业人员 18000 人，2018 年救助生活无着的流浪乞讨人员 146.4 万人次。从 2003 年救助制度实施开始，截至 2017 年第三季度，一共救助了超过 2400 万人次的流浪乞讨人员。

在改革开放的时代，看问题必然要站在全球化的高度，站在历史的高度。在看中国救助事业时，在看各个城市救助数据时，必须用开放的眼光，用历史的眼光，用理智、开明的心态，认真研究不同国家对救助事业的政策、法规，对流浪群体的处理方式，从而取长补短，回避弯路，规避风险，借光充电，借风扬鞭。

在看当今世界的救助风景时，必须站在历史的高度，秉承前人高尚风格，借历史的光，为今天加油充电。世界的进步促进中国的进步，中国的进步推动世界的进步。

后记 用爱吻你的痛

笔者问了这样一个问题:"如果你开车,在狂风暴雨中行驶,路上遇见三个人,一个是老年人,一个是流浪汉,还有一个是你最爱的女儿,但是你的车只允许救一个人,那么你救谁?"

这可真是难倒了在场的几位救助员工。但是有一位员工,她是这样回答的:"我把车钥匙交给那位老人,让他开车把流浪者送到救助站,然后他开车回自己的家,只消给我一个电话,我到他家去取车。留下暴风雨中我跟我最爱的女儿,有妈妈支撑着她,她不会害怕。我们一起等待下一辆车救我们。"

这位员工是谁?

她是 2019 年 4 月新上任的深圳市救助管理站站长潘增月。

可别小看了这位"美眉",她是土家族的精英——深圳市优秀共产党员、深圳市政协委员、广东省殡葬改革先进个人、深圳市劳动模范、深圳市三八红旗手。

老的头发熬白了退休了,优秀的后生仔、后生女顶上来了,救助事业后继有人!

潘增月笑着说:"这样的回答不是我的发明,答案早就应当有了。"

红尘有约，我用爱去吻你的痛，世间万物都向你伸出了春天的手，这份情缘是永远割舍不掉的。

向支持本书的广东省作协、广东文学院致以深深的感谢！

附录　国外救助事业掠影

经济高速发展造成的贫富差距，使人与人之间的命运大相径庭，哪个国家也无法回避。

发达国家也好，发展中国家也好，救助制度各有特色，各具民族个性。他山之石，可以攻玉，借助别人的亮光，看清我们的通道，人家也在借我们的光，照自己的路。地球村就是这样，你借过来，我借过去，这真是非常有趣的良性循环。

英国

（素材由留学英国伦敦经济学院的朱女士提供）

一个中国女人的感叹：

从大英博物馆到自然历史博物馆、从香格里拉酒店到戴安娜王妃的哈罗德百货、从伦敦塔到海德公园、从伦敦经济学院到剑桥大学、从国会大厦到白金汉宫、从圣保罗大教堂到威斯敏斯特大教堂、从巨石阵到丘吉尔庄园……花了一个月，对在英国社会进行民情考察之后完成长篇论文的朱家敏（深圳救助站一位领导的朋友，真实姓名隐去）来说，这简直是小白兔背着大象过河，让她筋疲力尽到走路都能睡着。

朱家敏是1991届武汉大学英语系的毕业生，在深圳工作多年，后来到英国伦敦经济学院读博，与一英国铁路高管结婚，定居英国。这篇论文，她写了四年，最终是通过了。

伦敦实在太大了，就算再多加一个月也考察不完啊。不过，她有一个重大的收获，就是对英国社会人情世故的看法有了颠覆性的改观。她对救助站的朋友说，以前她总以为这个贵族至上的社会人情冷漠，到了这里，才品味到英国人非常有人情味。

那天，她要去大英美术馆，因坐错了方向在地铁里迷了路。她向一位英国人求助，没想到围上来七八个英国人。这些非常友好的男男女女，每个人都比比画画告诉她，应该到哪里去换乘正确的线路，以至于有两个人错过了自己的地铁。当她坐上地铁以后，还有一位女士陪在她的身边，指导她该下地铁了，然后怎样去乘另一线地铁。她把伞落在座位上，快走出地铁时，这位英国女士追上她，把伞送到她的手上，还对她说"祝你好运"。

在满满的温暖中她却感觉到少了些什么，因为她的社会考察不仅仅需要看见阳光，还要看见阴雨。在英国的这段时间她确实没有看到流浪者和乞讨者。

她对英国文学情有独钟，从初中时代就开始崇拜英国文豪狄更斯。《双城记》《雾都孤儿》《艰难时世》《远大前程》她全都拜读了。这些作品都是作者蘸着痛苦的汁液写成的，就像《双城记》里面那家啤酒店的啤酒桶破裂，流出的啤酒成了一条小河，这条痛苦的小河两边爬满了在地上吮吸啤酒之液的饥民。这个细节虽然发生在法国，但也是当时英国社会的写照。

尽管今天的英国满街几百年的古建筑绽放出了崭新的姿色，隐隐约约还是能叫人感受到丝丝缕缕淡淡的忧伤，特别是戴安娜旧居，更令人感到森森的凉气。但这些忧伤里面少了一点流动的色彩。什么流动色彩？哦，是人。她看不到一个孤儿，看不到一双肮脏的手，看不到一张愤怒的面孔。就连奥克兰小街也是整整齐齐，干干净净。

传说被亨利八世砍头的安妮皇后的鬼魂，夜间经常游荡在伦敦塔内的回廊上。朱家敏非常想到那里去感受一下恐怖是什么滋味。但是，伦敦塔已经变成了人间乐园，四周高楼林立。草坪上，通宵达旦都有缠绵的情侣，哪里去找安妮皇后的幽灵？泰晤士河早没有了"雾都孤儿"的泪水，变得清清亮亮。一切的一切，与她读到的文学作品描写的景象相差太大。

回到酒店公寓，她问服务员，为什么大街小巷到处看不到流浪者和乞讨者。服务小姐说了一句："不必要啊。"她指着大堂一辆残疾人推车里的男人说："你看，不仅是他，推他的阿姨也有国家的生活补助。""哦！"她才恍然大悟，感觉错位了！她所感受到的淡淡忧伤，肯定是戴安娜王妃从遥远的天国俯视英伦大地留恋的忧郁眼神。

朱家敏说，英国的社会救助主要重点是低收入的贫困居民，覆盖面很大。救助分配在很大程度上取决于贫困地区的标准。英国的贫困县每年由国会规定，在理论上是按照需求水平而定，救助金会随政府规定的贫困标准而变化，体系完善，救治目标精准，包括世界大战中的残疾军人和平民、战争遇难者的遗孀和孤儿，包括残疾人的看护津贴等。因此在英国的大街小巷基本上看不到流浪汉、乞讨者，以及残疾人。

从中世纪开始，英国基督教会从慈善施舍和同行业的互助互济开始，建立了最早的社会救助制度。不过，那时候的救助还没有列入国家行为。欧洲最早的救助，都起源于宗教。就宏观的角度来看，英国的社会救助是做得最好的，为全世界树立了良好的口碑和榜样。

　　在"二战"中，丘吉尔是坚持不向希特勒投降的巨人；他的国家呈现出的古老面孔不是苍白而是红润，迈开的步履不是老态，而是扎实又坚定。你在教堂门口、医院门口、街道两边、地铁里面看不到一个伸手向你乞讨的人，也很少见到卖艺行乞的人。英国的救助，无浪漫而言，就是根据统计好的数目发放资金，实实在在按需分配。

　　也可以说，英国社会的救助之光，就是"丘吉尔倔强性格的折射"，这是朱家敏的总结。这一切，写入了她的论文，也算是一位留英博士的亲身感受吧。

法国

先跟我一起来看两组镜头——

镜头一：

　　8月的巴黎，已经可以穿毛衣了。在名为 PEKIN 小街的一棵大树下，有一座石头雕塑，造型是罗丹的《思想者》。这座仿"思想者"的石雕与原版之区别是颜色，原版是白色，这座是灰色。

　　只见它俯首而坐，把右肘放在左膝上，手托着下巴和嘴唇，目光下视，表情凝重，陷入深深的思考、冥想之中。罗丹用此形象来象征诗人但丁，也象征罗丹自己甚至全人类。"思想者"在对人类表示同情与爱惜的同时，内心也隐藏着苦闷以及强烈的思想矛盾。而突出的前额与眉弓、下凹以致出现黑影的双目，加上压弯的肋骨和紧张的肌肉、紧收的小腿肌腱以及痉挛弯曲的脚趾，则体现出人物内心的压抑和隐藏的痛苦。这座街头雕塑完美地表达了罗丹的深邃思想。

　　巧合的是，这座"思想者"的身边，竟飘出一缕如诉如泣的小提琴独奏曲，是马思涅的《沉思》。乐曲优雅，娓娓诉说着一个爱情的悲剧，分散的和弦丝丝缕缕扣人心弦。

是谁这样完美地借助同样主题的世界名曲，来衬托雕塑的魅力？

说不清是石头雕塑的魅力还是音乐《沉思》的魅力，引得无数游人在这里驻足，以"思想者"为背景留影。

突然，有人发出叫声："啊！"

原来，石头雕塑"思想者"突然动起来了：先是抬起下巴，然后支撑的胳膊慢慢下垂，之后他居然慢慢站起来了。哇！石头复活了！他随着音乐缓缓起舞，那柔软的躯体、灵活的四肢、悲怆的表情、曼妙的姿态，吸引了越来越多的行人……

他不是雕塑，是活生生的人！是人！

这个人除了下体有一小布条遮挡，其余全部赤裸，从头到脚涂抹成石头的灰色。光是化妆，也许要花半天时间；舞蹈的基本功，也许要几年时间；音乐的选择和动作的配合，也许要更长时间。这不是什么乞讨，是不折不扣的艺术！能登大雅之堂的艺术！即使到巴黎国家大剧院演出也绝对有卖点！

悠扬的旋律，和谐的肢体语言，使许多围观者忘却自己要到哪里，完全融入艺术的享受中，泪流满面，不由自主，就把手伸向自己的包包……钱，就这样一角一元落入"思想者"前面的大帽子里。人们会觉得，受着美的陶醉，这钱掏得值。

在这凉风习习，人们裹衣而行的季节，那位乞丐赤身裸体，吞风饮雾，奉献艺术，他还能坚持几天？冬天到了，卖艺生涯得画一个句号，他的终点在哪里？类似这样的情景，在小街上经常可见，只不过"雕塑"的造型有区别而已。

这就是法国式的乞讨。

法国是个浪漫遍地的国家，连乞讨也是浪漫的。

　　但是，如果你在法国的地铁里、闹市区、铁塔下、塞纳河边，浪漫的慢节奏就会变得狂放起来……街头画家、音乐家、手工艺术家、能抓多少眼球就抓多少眼球。更神奇的是那些超级扒手，他们可不是想象中的破衣烂衫，而是衣冠楚楚，温文尔雅，貌似男神，从你身边过去还带着一阵香风。这阵香风就是吸金的风，十分浪漫地就将你口袋里的钱，魔术般地吸走。——欧洲的扒手全具此"神功"。笔者曾经在法兰克福机场被一位"高富帅"轻轻撞了一下，包包里的八千港币就不翼而飞，但护照等却原封不动。

　　够浪漫吧！

　　镜头二：

　　在一辆开往罗浮宫的地铁列车里，"轰隆隆""轰隆隆"……只听见列车发出的单调的吼叫。突然，这令人昏昏欲睡的空间喧嚣起来。一个中年汉子平地冒出，非常有礼貌地向大家问候，然后演戏般地背他的台词：

　　"我是一个失业者，妻子也抛弃了我。工作难找，连加油站都拒绝我。我四处碰壁，目前生活很困难，需要各位救济，这实在是迫不得已。我也有自尊，但生活不下去也会向别人求助。请你们给我些施舍吧，谢谢各位聆听我的倾诉。"

　　然后，他就伸出双手，挨个向人要钱。有人转脸假装看不见，有人闭眼假装睡着，有人无动于衷面无表情，只有极少的人，掏出一点零钱放到他的手中。接下来，这个浪子就一个车厢挨一个车厢发表着同样的宣言，从头走到尾。在此过程中，他绝对不会去碰人的衣袖，更不会有过激行为，也没有被任何相关人员出面阻挠。

　　据统计，法国目前共有六千多万人口，其中就有二十多万无家可归者。不过，他们饿不着，冻不着，基本生活是有保障的。救助社会流浪乞讨人员主要靠专门的机构，比如巴黎的"无家可归者救助队"，后者同时负责公园街头巡逻或鉴别流浪者身份。所以，你在街上看不到直挺挺躺在地上、不知死活的人。

"无家可归者救助队"有许多合作伙伴，比如巴黎近郊的南泰尔无家可归者医疗和接待中心等，也有一些诸如"爱心食堂"这样的社会民间机构。对于那些热爱流浪的人来说，流浪是天堂，能享受自由与阳光。即使这样的另类也得允许他们有口饭吃。"爱心食堂"就是他们时不时光顾的一个据点。当然，如果不符合身份鉴定，"爱心食堂"也会对他们温柔地说"NO"！

印度

（素材由付新生和瓦格曼夫人提供）

这是付新生一位德国朋友瓦格曼夫人和她懂一点印度土语的闺密卡霍的亲身经历。

几年前，瓦格曼夫人和卡霍到印度旅游。她们听说印度大街上有很多乞讨者，因此事先有所准备，换好了一些零钱揣在包包里面，以备不时之需。果不其然，她俩从酒店刚一出门，就拥上来一群人向她们要钱。她俩好不容易甩掉那群乞讨者，刚要松一口气，一个抱着吃奶的孩子的年轻女人又挡住了她们的去路。女人梳着一条又粗又长的大辫子，有着象牙色的皮肤，长得还蛮漂亮。她操着一口生涩的英语，匆匆忙忙说着："对不起，小姐，打扰你了。我不要钱，要你帮我！"

瓦格曼夫人感觉很意外，问："帮你？帮什么？"

那女人说："帮我买奶粉，孩子吃的奶粉。"

瓦格曼夫人问："我凭什么给你买奶粉？"

女人紧张地看了一下四周，匆匆忙忙说："请你不要往左边看。大树后面，我的丈夫正躲在那里窥视我。"

瓦格曼夫人更加莫名其妙，问："是你丈夫要吃奶粉吗？"

年轻女人指指怀里的孩子："是他，是我的孩子……我已经很久没有奶水了，孩子才八个月，已经饿得连哭都哭不出声音了。他还在发高烧呢，再没有奶给他吃，他会死去的！求求你了小姐，求你帮我买一袋奶粉吧！"

看着年轻女人怀里那骨瘦如柴、奄奄一息的婴儿，瓦格曼夫人动了恻隐之心，说："这样吧，我给你钱，你自己去买奶粉。"

年轻女人急得眼泪汪汪："不可以！不可以！他会看到你给我钱。你一走，他会把钱抢过去赌博，输了以后又来找我要。你只能给我奶粉，求求你！"

瓦格曼夫人问："你不怕我给你的奶粉也被他抢走？"

年轻女人说："毕竟他是父亲，他也心疼他的孩子。"

瓦格曼夫人说："好，那我现在到超市去买一袋奶粉给你，你在门口等我。"

就这样，奶粉的"交易"达成了。

第二天早饭后，瓦格曼夫人要同卡霍去游览景点。出门前，她们各买了一袋奶粉，打算送给那个可怜的女人。可惜，她们在酒店门口并没有遇到她。等她们从景点回到酒店，已经快晚上七点了，还是没有碰到那个粗辫子的年轻女人。她们各自的包包里还放着一袋奶粉，只好拿回去，打算第二天再送给那个女人。

突然，瓦格曼夫人看见不远处的火车站墙根下站着一群人，正围着一个跪在地上的女人。女人梳着又粗又长的辫子，仔细一看，正是那个跟她们要奶粉的女人。于是，她俩向那一群人走去。走近一看，瓦格曼夫人惊呆了：只见女人紧紧搂着那骨瘦如柴的孩子，孩子皮肤已经变成了紫黑色，张着嘴，无神的眼睛直愣愣地看着天空，已经没有了生命的气息。年轻女人的灵魂似乎也跟着孩子一起去了，跪在地上一动不动，嘴角挂着一丝奇怪的浅笑，只是把孩子越搂越紧……

瓦格曼夫人的眼泪不由得涌出眼眶。她没有想到，刚刚来到印度就闯进了这样的"悲惨世界"：奶粉还有什么用呢？昨天的奶粉没有救活孩子，今天的奶粉又能救活谁呢？她突然产生一种冲动，想对着天空大喊：为什么没有一个人来帮助这些穷人？政府的救助机构，还有民间的慈善机构，都干什么去了？

到印度的第三天，瓦格曼夫人由于拉肚子引起脱水，不得不到医院输液。在医院，她遇到一位德国医生。这位医生告诉瓦格曼夫人：印度到底有多少乞丐，连政府也无法掌握准确的数据。有社会学家估算，仅新德里一地就有80万人居住在条件极其恶劣的贫民窟，其中约1/3已沦为乞丐；而在孟买，贫民窟里的居民更是数以百万计。

据《印度时报》报道，由印度内政部公布的数据显示，2004年至今已经有超过33000名流浪汉死于新德里街头，平均每天超过10人。在新德里，有接近15万人流落街头，由于当地收容设施的紧缺，致使街角、空地、废弃建筑成了无家可归的人们争抢的地方，甚至在马路上也能看到这些人挤在一起。也正是如此，在缺乏基本的卫生设施的情况下，大部分流浪汉死于传染性疾病和营养不良。首都新德里的大街上有很多学龄儿童成群结队，背着破袋子在饭店和人潮涌动的街头尾随着那些外国人和有钱人，让人不得不拿点钱去甩掉他们。

瓦格曼夫人也是个社会学家，住院的几天，让她了解了许多这个国家的国情。对于街头乞丐，印度政府基本上采取不干预、不整顿、不收容的"三不"政策。这一政策基于印度宗教和社会文化背景。印度教提倡施舍，认为施舍是一种至高无上的美德，因为这是"法"的规定，履行这种"法"正是达到解脱的手段；向他人索取也非不道德行为，这同样是"法"的规定，同样是达到解脱的手段。

这样的治理手段很奇特，难道政府躲在宗教的外衣下，用信仰掩饰已经泛滥成灾的社会问题？

德国

（素材由笔者和在德国留学的孩子提供）

德国是一个特别有创造力和制造力的国家。"德国制造"的宝马、奔驰领导世界潮流，其医药、机械制造业也独领风骚百多年。从某种意义上说，有些城市其实就是一个大工厂。比如，在斯图加特市，成千上万的工人、技术人员、高科技人员每天穿梭于工厂、酒吧、公寓，使这座城市充满活力。

这样强大的工人阶级队伍，占据了德国从业者的绝对领域。按理说，由于就业相对容易，德国乞丐数量应当比较少，与其相对应的救助业规模也应当比较小才对。可实际上，德国最大的产业竟是社会救助业，从业人员达200万之多，相当于该国汽车业、建筑业、采矿业、钢铁业、渔业、飞机制造业及能源行业的从业人员数量的总和！

多年前，怀着仰慕的心情，笔者母女俩来到汉堡这个丰富多彩的魅力之城。不过，令人意外的是，在贫民区，我们看到大批身强力壮的流浪者，或立于墙根，或躺在地上，或站在街上无所事事，神情恍惚，疑似"白粉仔"；母女俩惊讶之余，又看到摇摇欲坠的房子，墙上画满了五颜六色的奇怪图案，写满了各种难以识别的奇怪字符。

一不留神，我们误闯到红灯区，看到打扮得怪异的"特殊职业者"，两片红唇鲜艳欲滴；我们还看到男扮女装者，长长的假发直拖到腿肚子，胸部垫得像山一样，高跟鞋的跟尖得像锥子一样，杵在街上。还有不男不女的怪人冲我们做鬼脸，做下流动作，吓得我们惊惶失措，逃之夭夭。女儿惊魂未定，问我："这是德国吗？"我说："我正想问你呢？"我们在为一个经济高度发达、道德特别严谨的国家有这样灰暗的一角而共同感到惋惜。

女儿翻看资料，方知救助业居然是德国第一大产业。我们刚刚见到的那些人，大概率是救助的对象。他们拿着救助款，过着寄生虫一样的生活。以上种种，让我们充满疑惑：

为什么政府不帮贫民窟的人翻修房子？

为什么政府放纵那些吸毒、有害行为？

德国是经济发达国家，企业需要大量劳动力。也就是说，除了极少数因身体等原因丧失劳动能力的人，大多数人即使没有福利制度的保护也照样可以凭借就业生活得很好。这样的国家，过度优厚的福利似乎有点多余。为什么不减少一些福利，把节约出来的资金用于投资生产，让社会整体蛋糕越来越大呢？

但压缩福利规模谈何容易啊！事实上，德国的福利制度造就了庞大的救助产业。它不但无法被压缩，反而以极快的速度在恶性扩张。福利制度在表面上救助穷人的同时，也制造出了更棘手的社会问题——穷人形成了对福利救济的依赖，道德观念被异化，许多身体健全的人丧失了工作能力，丧失了责任感，沦为无用的废人。德国最大的企业不是大众、奔驰、西门子、拜耳，而是一家名为明爱会（Caritas）的天主教救助组织，其旗下雇员总数超过50万人。其主要竞争对手新教的社会福利会，雇员总数超过45万人。据估算，德国救助产业每年总产值为 1100 亿～ 1400 亿欧元，其中来自个人和机构捐赠的约为 100 亿欧元，来自保险业的约为 200 亿欧元。通过政府财政拨款，德国政府税收的五分之一流向了救助产业。救助产业膨胀化，肥了那些土豪机构老板的腰包，养了一群懒汉。

福利洼地，这就是前面那两个问题的症结所在。

德国是以文明发达著称的，但其救助制度居然暗藏着如此令人揪心的危机，不知道默克尔这位女神总理，要用怎样的手法，挤出这脓包里的脓液？

日本

（素材由北京一位内科主任周医生提供）

一组小镜头：

5 月的东京，天气凉爽，春意盎然。从南京来到东京的 82 岁的周小明（化名，老北医的毕业生，内科主任医生，曾经由中国卫生部派到日本仙台医院从医一年）老人，和家人到东京来度假。这天，他没有和家人一起外出，自己一个人在旅馆附近的小街上漫步。不知不觉间，他拐到了一条比较僻静的小街上。

在这条小街的一个角落，他看到有一个男人，从垃圾箱里面捡出了很多空易拉罐、矿泉水瓶、纸箱、报纸、杂志……他有些惊讶，因为在东京的这些天，他很少看到拾荒的老人和乞丐。当那个拾荒者抬起头时，他更加惊讶了，因为对方并不是一个老人，也不是一个面黄肌瘦的饥民，而是一个面色红润的中年汉子。他身强力壮，为什么要以拾荒为生？他想，这样一条汉子拉下尊严，在光天化日下拾荒，肯定有深层的原因。

那个拾荒者，感觉到有人在注视他，便转过脸，笑眯眯地盯着周老先生。

周老先生觉得他的笑容有讨好的成分，可能要向他乞讨。老先生怀着怜悯和好奇心走到这个拾荒者的面前，从裤兜里悄悄掏出了一小把日元硬币攥在手中。这些钱他早晨算过，大约合八九块人民币。

然后，他用小时候学到的日语问了一句："你好。"

拾荒者似乎早有所准备，向周老先生略微一鞠躬，还了一句："你好。"

周老先生说："你辛苦了，该歇一会儿了。"

拾荒者盯着周老先生打量了一阵，问："你不是本地人，是从中国来的吧？"

周老先生问："你怎么知道？"拾荒者说："我的祖父是中国人，他说话的口气跟你很像。"这一下，把两人的距离拉近了。

周老先生说："你看起来很年轻啊？"

拾荒者说："快60了，老啦！"

周老先生摊开手掌，说："不好意思，我身上就揣了这些零钱，给你去买瓶水喝吧！"

拾荒者笑了，说："不不，我有手有脚，身强力壮；我有头脑，怎么能要别人的施舍，更不能要你这样的老人的施舍。"

周老先生说："你是不是嫌少？"

拾荒者说："如果我接受别人的施舍，我这一天赚到的钱可能比我上班赚到的钱要多出两倍。但是，那样得来的钱多么令人羞愧啊！"

周老先生更加好奇了，他问："真的吗？你是失业了，辞职了……"

拾荒者说："都不是。我在松下有一份像样的工作，但不自由。有什么比自由更重要呢？"

周老先生越听越糊涂，问："没有稳定的职业，自由值几个钱？"

拾荒者指指脚边的"宝贝"："它们就是价值。"

周老先生吃惊地问："那你的儿女们，他们会怎么想？"

拾荒者说："他们尊重我的选择。"

"他们不给你生活费？"

拾荒者说："我有手有脚，能吃能睡，为什么要靠儿女呢？我这种自由自在的生活，完全能养活我自己！"

周老先生问："那么政府不给你们资助吗？"

拾荒者有些恼怒了，说："我们的政府当然会管我们，会拿出很多钱来资助我们。但是，你可以到大街小巷去问问，像我这样的人用过政府的一分钱没有？伸手向政府要钱，伸手向别人要钱，那是非常可耻的。你以为我是那样的人吗？我只是要寻回我的自由。"

周老先生眼睛直眨巴。

"老先生，你可能始终没有明白我在说什么。"

周老先生说："我学过日语，我懂你说的话。但是我不明白，为什么你宁愿拾荒，也不要写字楼里的工作？"

真是"话不投机半句多"。听到这，拾荒者别过脸，不愿意再去理睬这位唠唠叨叨的中国老人。他从背包里取出湿纸巾擦擦手，又取出一个小瓶子，打开盖子美美地啜了一口。

周老先生看出，那是一个装清酒的小瓶子。拾荒者就着小小的紫菜寿司，边吃边喝，吃得慢条斯理，喝得津津有味。看来，真如他所说的，他在属于他的自由里找到了乐趣。他那架势，好像是故意要让周老先生看一看，他的生活并不像人们所想象的那样无聊而痛苦。

用金钱做代价换取自由，这是一种活法。现在，周老先生有一点理解了，理解这个男人为什么"沦落"到这种地步还能自得其乐。这样的人，表面看上去比较懒散，得过且过，容易满足，内心深处却有着不看重功名利禄、视金钱为粪土、自尊自爱的清高。带着一丝惋惜，周老先生将那一把硬币悄悄地塞回了裤兜里。

而这位拾荒者，形象地勾勒出了日本救助事业的轮廓。

日本的救助最为另类，其理念是"满足体验，保障生活"。

2014 年，付新生站长到日本考察时问道：你们国家的流浪汉有饿死的吗？回答是：有。问：有冻死的吗？回答是：有。问：有病死的吗？回答是：有。问：为什么这么好的福利还会出现这样的问题？回答是：他们流浪是为了体验自由自在的乐趣，绝对不肯接受政府的救济，宁死不屈。

这就解开了前文周老先生的困惑。

日本国土面积有限，人口密度很大，生活压力大，稍微好一点的工作就会有很多人去争抢。大和民族又是十分严谨的民族，对待工作非常认真，上班时间往往大大超出正常工作时间。长时间高密度的工作，加上生活压力，家庭的不和，导致许多人为了生活得轻松一些，索性选择去流浪。他们并不是没有工作做，而是有工作不去做；也不是无家可归，而是不想回家。流浪者不是乞讨者，日本的街头看不到一个伸手要钱的乞讨者或流浪汉。他们会通过拾荒及打临工之类，换取食物和衣物。如果这一天拾荒的收获比较大，不仅能够让他吃饱穿暖，还能够让他买点清酒过把酒瘾。

据统计，日本有近万名流浪汉生活在城市公园和河川边上，但是与众不同的是，日本的流浪汉不是真正的乞丐，他们有较强的劳动能力，流浪不是为了向他人索取金钱和食物，而是把流浪作为一种生存体验。日本政府则建立相应的社会保障制度，为他们建造帐篷供其免费居住，以满足他们这种特别的心理需求。日本把社会救助统称为

"生活保障制度"，由国家出资救助，内容包罗万象，包括生活、教育、住宅、医疗、分娩、丧葬等资金扶助。除了政府救助，还有许多热心救助的人士自愿成立了民间团体民生委员会，协助政府实施救助行为。

日本的社会福利非常好，政府每个月会发放 12 万日元，约合人民币 7600 元给流浪者做救济金。这样，如果流浪汉很难通过拾荒生活的话，可以用政府的补助得以轻松度日。但是绝大多数流浪汉是不愿意拿政府的经济补贴的，只要自己还能够劳动，就不依靠其他力量。他们的流浪是有尊严的流浪。他们会在不影响别人的生活和城市的容貌的情况下，给自己找一个僻静的地方，搭一个小窝棚，捡来别人扔的家具，过得有声有色。

绝对不是因为社会救助好，流浪者就不伸手乞讨，必须强调一下制度：日本的法律严禁乞讨，如果向人乞讨被发现是要被罚款的。如果有人利用儿童乞讨，会被定为刑事犯罪，处以监禁和高达 100 万日元的罚款。当然，日本人有高度的自尊心，就算真正落魄到要去流浪拾荒，宁可饿死也绝对不会求人施舍。人穷，但不能志短，这是日本人从小就根植入灵魂的观念。

澳大利亚

（资料由北京外国语大学老校友迟永静提供）

澳大利亚救助事业的特点是：政府投入，全员参与。

在澳大利亚墨尔本的街头，经常可以看到行乞的流浪者。

有这样一则报道：澳大利亚前总理马尔科姆在墨尔本街头，同一个流浪汉握手，并向他的咖啡杯里投了五澳元，此举成了媒体批评总理的焦点。有人讥讽他太吝啬了，如此富有，只给五元钱；有人批评他，不应当把钱直接给到流浪汉手里，应当到慈善机构去捐款；还有人说，总理这样做只是为了作秀，在镜头面前展示自己的慷慨；也有支持的人说，虽然他给的不多，但此举至少让大家看到他向穷人伸出了援手。马尔科姆在接受采访时说，他看到流浪汉很可怜，他给钱只是出于人性的自然反应。如果此举让人们感到失望的话，他感到很抱歉。

这一组画面说明澳大利亚是一个充满人情味的国家，同时也暴露出这个国家存在的社会隐患。

澳大利亚是世界上最早实行福利制度的国家之一，但是它的"无壳蜗牛"问题也很严重。澳大利亚总人口 2400 万，每年就有 11 万人无家可归，其中约 1.6 万人要在街头露宿，这个比例是相当大的。按说，高福利的国家不应当出现这样的情况，但是仔细分析一下，这并不矛盾。

为什么会出现这么多无家可归者？多半是因为没有安全的住房，或者居住环境恶劣，没有长期合法居住的权利等。其中 31% 是家庭因素造成，比如暴力、家庭破裂、住房压力过大；还有一些因素，如精神病、失业、失去亲人照顾、国际难民等。

为什么他们不找工作？不难看出，这些人要不就是身体有问题，要不就是竞争力太弱就业范围太窄。

那么，他们的生活来源是什么呢？自然是社会救济，但政府的救济是很有限的，全国每年有 50 万人在领救济金。

国家发放多少救济金才够填这个无底洞呢？这也是使澳大利亚政府头痛的现状。

　　澳大利亚救济金发放情况大约是这样的：一个没有家庭拖累的单身者，每周能领到 262 澳元。领这些钱是有条件的，必须证实自己的资产低于规定的水平，而且是有工作意愿；在一周内找工作，必须达到规定的次数；对于长期失业的人，还需要从事一定的工作：30 岁以下，失业一年以上的，一周需要无报酬从事社区服务 25 小时。

　　澳大利亚的物价相当高，一间房间里放两三张床，一个床位要 80 澳元。如果自己做饭的话，一周再怎么节衣缩食也要 100 澳元，外出找工作的交通费一周起码也要 30 澳元。还有生活用品费用也是无法节省的开支，牙膏、肥皂、牙刷、卫生纸、矿泉水，总不能对它们说"No"。可以说，政府给他们一周的钱只能维持半周就没戏了，怎么办？就只能靠流浪拾荒，运气好的再打打卖力气的短工。

　　连澳大利亚这样的国家都无法完美地承担无家可归者造成的重负，那么发展中国家、贫困国家的无家可归者的悲凉情景，就完全可以想象了。

　　为此，马尔科姆和他的政府在不断寻找新的突破口：新建房屋为流浪者提供住宿，并鼓励人民参与救助流浪汉。与此同时，政府特别注意维护流浪汉和无家可归者的自尊心。在澳大利亚有一种名为"Soup Kitchen"的食堂，专门为流浪汉提供免费饮食，以免他们伸手乞讨，大大维护了这一人群的自尊。

　　其实，马尔科姆向流浪乞丐那一伸手，不管媒体如何评判，也代表一个政府的良心和人性。

美国

（资料由在哈佛培训过的学生包曼、晓燕共同提供）

美国虽然是发达国家，但是流浪乞讨人员依然很多。每年大约有200万到300万人陷于无家可归的困境。

街头乞丐在美国随处可见。据一位在哈佛培训的中国学生描述，在哈佛大学南门外，经常能见到一对老夫妻带着一只狗行乞。他们在纸板上写道："请帮助做任何的改变。我们住在街头需要食品。"很多乞讨者面前都立着一块类似的牌子，或许有人就是喜欢这种生活方式。不要小瞧了他们，他们可能受过良好教育，弄不好还可能是一位博士，由于受到某种打击而自暴自弃、流浪街头。当然大部分人则是因为贫困潦倒，付不起房租。

美国政府严禁随便乞讨，要得到乞丐的身份并不容易，首先要获得当地政府的乞讨许可证，每年要有几个月上街乞讨的经历才能上岗。因此，他们很在意政府给的资助，上街行乞只是为了保住这个身份。

与其他国家的乞丐衣衫褴褛、蓬头垢面的外在形象完全不一样，美国的职业乞丐都非常注意仪表，不会满脸油污、披头散发。这些乞丐神情坦然，有的一边晒太阳一边喂鸽子；有的旁若无人地自弹自唱。他们面前那块牌子，五花八门地写着："我要钱""我要啤酒""无家可归""饿""帮我""我需要钱进行酒精研究"……这中间不乏酒鬼，酒瘾犯了，没钱买酒，能讨一口是一口。有的乞丐在路口亮红灯时，拿着一个盛水的瓶子，举个刷子，迅速地替你擦几下风挡玻璃，擦得特别干净。给他一个硬币，他就非常开心地说声"谢谢"，然后奔向下一辆汽车。

美国的职业乞丐是比较有教养的，从来不会主动向人伸手，完全凭借路人的善心。他们总是离人和车很远，有人向他们的纸杯里扔点硬币，他们会礼貌地说声"谢谢"；不给的，他们也绝对不会死缠烂打。在节日期间，乞丐们还会竖起这样的牌子："圣诞快乐！""新年快乐！"人们会给他们一些零钱，甚至食物、香烟。

在乞丐大军里很少小孩和妇女，老人也比较少见，更看不到断胳膊断腿的残疾人，倒是能看见精神病患者直眉瞪眼、自言自语在瞎走。美国的流浪者大多数是强壮的成年人，这些人是被救助机构拒之门外的"弱势"群体，这才是美国流浪大军的主流。

那么，美国的民政救助是怎样来帮助这些无家可归的人的呢？

美国政府采取的是严格限制、国家出手的措施。美国政府救助流浪汉的资金，来自两部分：一是政府资助，二是社会资助。在救助站或庇护所，各种设施比较齐全，不仅有生活必需品，还有图书馆、阅览室、健身房等配套设施，简直就是一个小社区。受助者可以根据自己的情况决定随时离开。遗憾的是，许多人宁愿到街头流浪也不愿住在庇护所，这种情况不单美国，全世界都存在。

美国救助资金管理制度相当严格，严禁带欺骗性或者是造成人身伤害的乞讨行为。如果出现这样的乞讨行为，会受到法律的制裁。美国1935年就诞生了社会保障法，社会救助正式成为社会分配制度，列入长效制度，旨在保障公民在暂时或永久失去劳动力以及由于各种原因生活发生困难时，给予物质帮助。

有着"金融帝国"之称的美国，对街头乞丐发放乞讨许可证，街头到处可见面前立着一块牌子的流浪者。对此，政府并不过多干预，而且任由他们自由出入求助机构，这在世界上实属罕见。

穿合脚的鞋，走自己的路

除了上文提到的各国，还有挪威、瑞典、丹麦、瑞士、比利时、荷兰、加拿大等国，都有各具特色的救助措施。哪个国家也不愿意看到流浪者在街头破坏国家形象，也担心流浪人群带来的不安定因素，更怕由此而滋生的恐怖分子搞出的恐怖活动。

说到这里，可以总结一下国外救助的特点了。

追寻别国的行踪，可以发现发达国家对流浪乞讨人员的救助政策，主要体现了四个特点：

第一，注重立法，健全社会保障体系，建立长效机制。

第二，民间救助力量进入社会救助，是全球未来发展的一个方向，这正是发达国家救助事业可供借鉴的一个非常重要的参考点。

第三，区别对待，人本管理，对带欺骗性的恶意乞讨行为给予十分严厉的制裁。对于真正有困难的流浪者除了提供物质保障，还注重维护流浪乞讨人员的自尊心。

第四，多部门联合，使其制度化，加强救助部门协调，加强对流浪乞讨人员进行技能培训，使其能够自食其力，从而实现由他助到自助的转变，从根本意义上救助流浪乞讨人员。

这些经验和教训，有一定的可借鉴性。

许多到过国外考察的人，都有同感：发达国家的救助事业并不比中国强，中国政府对流浪者的人道主义关怀，甚至高于许多国家。我们与世界走在一起，绝不妄自尊大，也绝不妄自菲薄。

当然，对于中国是不是应当救助社会化，政府仅仅成为资助方，的确也是值得探讨的课题。

杨立君对笔者说：社会救助制度浓缩了社会发展的轨迹，从封建社会官办、民办以及宗教慈善，发展到了工业社会正式制度的设立，走过了一条从统治者的恩赐到国民享有基本权利的道路。它反映了人们对公平的追求，对人性的渴求。该制度的建立，对于解除劳动者的后顾之忧，维护社会安定，促进社会公平具有不可替代的作用。特别是在现代社会，社会救助制度作为反贫困的一项重要举措和制度，更加普遍受到全世界各国政府的重视。

每个国家的救助事业有每个国家自己合脚的"鞋子"。中国不可能去模仿他国，也切不可闭关自守。我们国家比很多国家大好多倍，人口多好多倍，流浪人口也多好多倍，我们能去给流浪者搭帐篷、为照顾残疾人的护工也提供生活补助吗？完全没必要！即便我们极为富有了，也没必要为不够救助条件者喂饭。

总之，通过与国外救助事业的横向比较，我们更有了穿着合适的"鞋子"，不卑不亢走自己的救助之路的信心。